我が詩的自伝
素手で焔をつかみとれ!

吉増剛造

講談社現代新書
2364

目次

きぎて・構成・年譜作成：林浩平

第一章　「非常時」の子

『怪物君』直筆原稿より

生い立ちと幼年期の刻印

私のような者が、こういう機会を頂いて、みずからの生い立ちを考えるというのは予想もしていなかったことで、やはり青天の霹靂《へきれき》みたいなものですね。いただいた資料を眺めて、特に自分が生まれたあたりの空気のことを考え始めるという、非常に珍しい機会に恵まれました。するとやはり、物を書くために考えるのとは全然違う光の当て方で頭が動くんですよね。それで私なりに貧しい生をどういうふうにつかまえるかというのを大分長いこと……フィルムをすーっとやわらかくめくるようにして初めて考えるようなことが出てきましてね。それで少しずつ気がついたことをお話ししていきます。

まず第一に、僕は一九三九年（昭和十四年）、生を受けて、年子の弟の武昭《たけあき》さんが一年八ヵ月後に生まれるんだけど、年子の弟が生まれた一年後が開戦の年、すなわち昭和十六年十二月八日なんですよね。おばあちゃん子だったから——おばあちゃん子というのは、すぐ次の子ができたために母親が二人の赤ん坊の面倒を見切れないので、おばあちゃんが博多《はかた》からやってきて僕の面倒を見るということをやったんで、おばあちゃん子になったんですけどね。で、おばあちゃんが、「剛ちゃん、今度の戦争は大東亜戦争《だいとうあせんそう》っていうんだよ」と言って。剛造という名前は、はじめは「コウゾウ」と読ませるつもりで届け出もそうしたらしいのですが、〝ゴウチャン〟の方が呼びやすくて、「ゴウゾウ」になりました。とにかく一番強い名というのが父親の気持だったと聞きました。「コウゾウ」と読むとそれがよく判ります。「造」はおそらく父が九州帝大の造船科を出たことが理由なのでしょうね。それで阿佐ヶ谷《あさや》の天祖《てんそ》神社（現・神明宮）の木の下で誰かがぱっとマッチを擦《す》るような火と、それからおばあちゃんの「大東亜戦争だよ」っていうその声がとても印象に残っています。

恐らく異様に暗くて、人間の集団の感じ方としては最底辺みたいな空気が流れていた時代です。それを考えると、よくここまで生きてきたもんだと思うけれども、ある歴史の特別な曲がり角と隅っこと一番暗いところで生を受けた。一年か二年前か後になると少し違ってくるような、それくらい感覚的に言うと、フィルムに傷がつくようにして記憶に傷がついたような子どもだったのですね。個人的なことよりも、歴史そのものがとても暗いというか、かつてこの国に生きた人たちが、経験しなかった未知の暗がりに入っていったときに生を受けた子どもなのね。

基本的に病弱で臆病で、少し気の弱い子《こ》だったということもあるし、ひきつけ（発作性の痙攣）を起こしやすい子だったらしいのね。内向的でとじこもりがちなところがあるから物を書き出す、ということがあったから、時代の暗い沼と触れる、その上の水と空気の間みたいな、そうした冷気みたいなものを恐らく終生持ってきている。だからあらゆることに、どう言ったらいいのかな、気配というか幼年時代の決定的な刻印を持って生きてきている人らしいのね。だから阿佐ヶ谷で、恐らく二歳か三歳のときに、駅前に三人の白衣を着た死人《しびと》が走っているなんていう幻覚をはっきり覚えていたり。どうやらそれは……これまでは私の心性によるのだと思い込んで来たのだけれども、「共同幻想」に近いものだったのだ……という考えに傾いてきました。

それから小学校に入る前に疎開をします。「疎開体験」と普通に言葉で言われるけれども途方もない経験で、電車に乗ろうとしても電車のドアのガラスが全部壊れちゃってるのね。ドアといってもドアがあいて乗るんじゃなくて、閉まってるドアの割れてるところから乗っていくようなね（笑）。そして父親の里の和歌山に疎開していくんだけど、東海道線は危ないっていうんで中央線で松本を通って関西線で回っていって、和歌山までたどり着きました。疎開していくときに、もちろんところどころで空襲を受けて汽車から逃げ出したり、あるいは小学校に入ったときに上から戦闘機が、帰り際に子どもをおどかすために上から急降下してきて撃ってきたり、そういうことを断片的に記憶として言語化もしているのだけれども、しかしそれら全てを交えて、恐らく伝達不可能な非常に暗い特殊な時代の空気のたまりみたいなところで生まれてきた子、なのね。

それが出発点らしいな。そういうものは世代的なもので、なかなか共感を得られるようなところではないの。それがまず出発点にありますね。

僕はおやじに非常に反発してきて、おやじからも死に際に物を投げられるくらいの、そんな親不孝な息子だったけども、そのおやじが零戦《ゼロセン》をつくってる技術者だったのね。だから、家庭の中が複雑だったこともあるけれども、幼いときからそういう空気の中で育ってきた。こんな言葉を使っていいかどうかわからないけれども、異常というといい過ぎになるけれども、欠損があって生まれてくると間違いなくそれは外見的に見えるけれど、そうじゃなくて内部的にそういうものを抱え込まされた、少し変わった人。時代から見直しても、そういう子でしたね。

物語にはならないかもしれないけれども、ある時代の空気を伝える記述は可能だと思う。そういうものをしょっているために、いろんな傷というか、時代からも来るし周りからも来るような傷を依然としていっぱい僕は引きずってる。

舞う女たちに惹かれる

例えば女の人との出会い方。ついこの間、こんな年になってある人が好きになってそれでわかったんだけど、「ああ、俺にとって女っていうのはこういうふうだったか」と思って。こんなふうなお話ができるということで考えていったら、特別な気配を持った女の人に非常に惹かれてきたという記憶が浮かび上がってきました。疎開で行った和歌山で集団生活をするでしょ。そうすると集団生活だからそういう人がいるんだけど、夏の明るいお庭で舞っている親戚の若い女の人がいたの。ヒロちゃんという、いつも舞っていて、そして叫んでいる、とてもきれいな女の人だけど、そうだ、いつも踊ってたな。そんなきれいな女が一族の中にいた。で、五歳から六歳の男の子に、その不思議な舞いを舞う女の人が鮮烈な、光源のようにして記憶に刻印されたのね。

もう年齢は二十五、六だったと思います。昔だからそういう人がいるわけです。そんなことに思い当たって気がつくと、僕は後年、これは吉本隆明《よしもとたかあき》さんの影響もあるのだけれども、奄美《あまみ》大島に島尾敏雄《しまおとしお》＊さんを四半世紀追っかける。あれは島尾さんの奥さんの島尾ミホさんを追っかけてるふりをしてるけれども、実は『死《し》の棘《とげ》』を読むとわかるけど、娘の島尾マヤちゃんという、言葉を失って、〝オテマギ〟とか〝アーシクリモ〟という、あの子に惹かれていたのね。そう、マヤちゃんも、いつも舞っている少女だった……。それが、きっと、後年、稀代《きたい》の舞踏家大野一雄《おおのかずお》＊さんに惹かれて行く素地だった。そういう異性の特別なオーラを発する人にね。

こうして考えていくと、こんなことは非常に注意深く言わないといけないのだけれども、アメリカへ行って出会って終生連れ添うことになった、マリリアさんのことね。このブラジル生まれの六ヵ国語ぐらいぺらぺらしゃべる人と添い遂げちゃってる。これもある意味では異様なつき合い方ですよね。異性の輝きが別の光をともなっているような女に惹かれるといってもいいな。そう、舞っている、踊っているがポイントかも知れませんね。お能にも通じているし、あるいはギリシア悲劇にもね。そういう人に非常に惹かれ続けてきている。普通いう異性とは違うのよ。それがもしかしたら、最初に言いましたように、もうどうしようもなくこういうところで生まれてしまった運命の糸筋みたいな、そういう感覚、私自身のなかにもそれがあるのだということに気がついてました。

書くことと時代の狂気の結びつき

こうして語っていて「詩」にいたるひとつの核のようなものが浮かんできましたね、……。つねに舞うように、なのでしょうね。幼いときから手を動かして地面に蠟石《ろうせき》で何か

*島尾敏雄（一九一七～一九八六）――小説家。戦時中、震洋特攻隊の隊長として、奄美の加計呂麻島の基地で過ごした際に、ミホ（一九一九～二〇〇七）と知り合い結婚。小説『死の棘』は、敏雄の私小説。自らの浮気のために神経に異常を来した妻との間の極限状態のなかで、夫婦の絆とは何かを見極めようとした壮絶な人間記録である。

*大野一雄（一九〇六～二〇一〇）――舞踏家。戦前よりモダンダンスを学び、戦後は土方巽とともに舞踏の世界を開拓・牽引し、欧米でも大きな反響を得た。百歳を超えても舞台を務めて、生涯現役を貫く舞踏家として広く知られた。代表作に『ラ・アルヘンチーナ頌』、『わたしのお母さん』など。

書いていたり、文字に対する不思議を常に持っていて、必ず手を動かす、あるいは手を舞わせてね、物を書くという宿命もしょってしまったのね。

疎開していたころ、和歌山の市内まで郊外の永穂《なんご》という村から行くとき、自分でわらじを編んで、それを履いたのね。そのわらじを編んだときの濡れた藁《わら》の感触と、少し濡らして木づちで打っていたときの手や心の驚きが終生残っていて。柳田國男《やなぎたくにお》さんの「わらじ」の話に惹かれて来たのもこの記憶のせいなんだな。

そして、それを正確に記述しようとする後年の精神の働きによって記憶が二重になってきてるのね。つまり事実そのものというよりも、それを書きとめる際に、そこで働く「透視力」によってというのか、微妙に変えてずらして書いてるはずです。書くということによって、それがあらためて記憶に入ってきている。それも大きく言うと、最初に言いましたように時代の深い狂気みたいなものと結びついている。

いま話しながらちらっと気がつくけど、これは人にはあんまり説明できないし、僕の意見に賛成してくれる人は少ないかもしれないけど、震災の後自殺した芥川 龍之介《あくたがわりゅうのすけ》のお母さんは少し普通じゃなかった人だったらしいのね。で、芥川みたいにあんな明敏なタイプじゃないけれども、あの人が大震災を経験して、あんな文学者があああいう死に方をしたというのは、僕は心のどこかで何となくわかるの。

今そういうことに気がつくけど、そうしたネガというか、非常に深いマイナスをしょってるな。だからそのマイナスを、……「マイナス」というけど、思い切っていうと「生きようとしている記憶」でしょうね。それを手と頭でほぐしていって書くことによって、さっきお話ししたわらじのこととか、あるいは空襲の経験とかそういうことがいっぱい出てくるけれども、基本にあるのはどうもそういうことだったという気がしますね。

声の不思議な力

むしろこの機会にとてもいい光を投げてもらったので、いろんな角度から考えました。さっき夏の光の庭で踊っている女の人のことを言いましたけど、つい最近、たまたま新聞記事を読んで、ギュンター・グラスが死んだ（二〇一五年四月十三日）ということもあって、『ブリキの太鼓』というのが、あれは池澤夏樹《いけざわなつき》さんがピックアップしたのかな、池内紀《いけうちおさむ》さんの訳で出たのね。あれをもう一回読み直してみたのね。あの映画には僕はショックを受けました。ギュンター・グラスっていい作家だからね。

で、あの中で僕が「ああ、よく似てるとこあるな」と思って覚えてるのは、オスカルっていう坊やが三歳で成長をとめちゃった。で、太鼓たたきになるのね。とっても親近感を持ったのは、あいつがとんでもない高い声を出して、その辺のガラスなんかその高い声によって割れちゃう。あれがギュンター・グラスの想像力っていうよりも体質っていうか直感のすごさだけど、それでふっと思い出したんだけど、僕も子どものころ、喉《のど》が覚えてるんだけど、ものすごい高音で叫ぶ子だった。それはもうおふくろはさぞ苦労したと思う。自分が声を出すっていうこと、声が出るっていうことに対して非常な興味を持っていた。二歳か三歳の子どもってそうだよね。それを依然として僕は覚えてる。僕の喉が覚えてる。

僕は顰蹙《ひんしゅく》を買いながらも詩の朗読ってやるじゃない（笑）。その詩の朗読なんかをやるっていうのは、『ブリキの太鼓』のオスカルが自分の喉を震わせる、あの言語以前のもんだよね、それとつながっているところが間違いなくあるなということに気がついた。さらにいろんなものがダブってるんですけど、終戦後、家の中で娯楽なんかないときに、まだ戦前の女の人の娯楽が残ってて、百人一首の札、カルタをとるじゃない。あのときに、この剛造さんってあんまりほかに才能はないのに、その歌を詠《よ》むのが異常にうまかった。普通いう歌じゃないのよ（笑）、百人一首の歌、短歌を。それは自分で覚えてる。それはどこかでつながってるな。しかもそれは最初に言いました非常に深い冷たい、生存の底の方の感覚、……川底から河童《かっぱ》が出てくるような、芥川の「河童」みたいな、……芥川龍之介は隅田川という大河の子だからね。亡霊や河童はすぐ傍らにいるんだよ。ああいう世界とつながってるもんだなという感じがするね。

そうして考えてこれは初めて気がつきましたが、特に僕は外国へ行って朗読するということを続けてきてるけども、そのときに伝わっていくものは、そうしたほとんど狂気とすれすれのような声の、喉の問題。亡くなる前に吉本隆明さんも、書道家の石川九楊《いしかわきゅうよう》さんとの対談で「文字なんて言ってるけど問題は喉なんですよね」って言ってるの。それはちょっとわかる気がする。

昔アイオワ大学に呼んでもらっていたころ、日本語のわからない詩人や作家を相手に朗読したのね。そうしたらメチャ受けてね（笑）。「カミカゼ・ゴーゾー！」って言われたくらい。おそらく、とくにアジアの詩人たちは、潜在的に持っている日本兵の雄叫びを想起したはずです。しかも普通は青白い黙っている子が一息にね、読んだのは「燃える」という詩でした。だからこの時の「叫び」は詩の「中味」にもかかわっていた筈です。

燃える

黄金の太刀が太陽を直視する
ああ
恒星面を通過する梨の花！

風吹く
アジアの一地帯
魂は車輪となって、雲の上を走っている

ぼくの意志
それは盲ることだ
太陽とリンゴになることだ
似ることとじゃない
乳房に、太陽に、リンゴに、紙に、ペンに、インクに、夢に！　なることだ
凄い韻律になればいいのさ

今夜、きみ
スポーツ・カーに乗って
流星を正面から
顔に刺青できるか、きみは！

聖書とアメリカ進駐軍の記憶

こんなふうにしてお聞きくださることを念頭に置いてしばらくぼーっと考えてて思ったんですけど、書くときっていうのは書く効果のためにいろんな記憶の角《かど》みたいなものを利用しながら、書くものが要請する効果みたいなものをつかんで書くんですね。そのことをぼーっと考えてたときに、私の生っていうのは別におふくろから物語を聞かされるわけじゃないし、絵本を読んでもらえるわけじゃないし、全く外界の冷たーい絶望的な空気が入ってくるのだけを吸ってた子どもだという、特殊な子どもですよね。そういうことに思い当たりつつ、この喉のこと、あるいは夏の庭で舞っている女《ひと》と出会って終生その像が残ったということと、それをお話ししておきたいと思いました。

それから少し飛ぶけれども、戦争の後、小学校のときにいじめられて、啓明《けいめい》学園っていうクリスチャン・アカデミーに移った。そのときにアメリカ人の宣教師が来てて。横田基地っていう当時日本最大の米軍基地のそばの福生《ふっさ》の子どもだったということもあるけれども、やってきた宣教師に感化された大人たちが聖書の朗読と賛美歌とをやるのね。お祈りもする。それで聖書をもう一回読み直してみたのですね。新しい聖書ではちょっと違うんだけど例えば旧約聖書の「詩篇《しへん》」ね。“The Lord is my Shepherd”（主はわが牧者なり）と。

"The Lord is my Shepherd, I shall not want." そういう聖書の朗読と賛美歌と、あるいは「コリント前書」の第十三章、「愛なくば鳴る鐘や響く鐃鈸《ねうはち》のごとし」なんていってさ。ちゃんと覚えています（笑）。

そういう音声的なものが入ってきて、それに周りの人が震撼《しんかん》させられているような心の何か。すぐそばにいる兄貴分がどうやら神の姿を見たらしいというのをこっちも感じて、それで洗礼を受けるというようなことになったわけね。いま話しながら気がつくけども、そのときに聞いていた声っていうのは、さっきの夏の庭で舞っている女《ひと》の声に少し近い、いうなら異語《いご》というのでしょうか、はっきりとはしない遥かな言葉を聞いていた、……。聖書の中の言葉を聞いていた。

しかも終戦直後やってきたアメリカ軍の兵隊たちというのは志願兵じゃなく徴集兵だから、割と嫌々やってきた良家の息子がいたの。だから、とっても優しくて親切にしてくれましてね。もちろん英語でしゃべって、僕も瞬間的に英語をしゃべれるようになってたもんな（笑）。それで、向こうも子どもだしこっちも子どもだから一緒に水遊びをするわけじゃない。そのときに軍用犬のシェパードを引っ張ってくるんだよ。

シェパードを引っ張ってきて、シェパードに水遊びさせながらチョコレートをくれたりなんかして一緒に遊んでた。で、The Lord is my Shepherd、「主はわが牧者なり……たとひわれ死のかげの谷を歩むとも禍害《わざはひ》をおそれじ」なんだ。あのシェパードと一緒に聖書のShepherdも来たんだなあ。犬のシェパードのほうは忘れちゃったけども(笑)、聖書の「詩篇」の第二十三篇の「主はわが牧者なり……たとひわれ死のかげの谷を歩むとも禍害をおそれじ」は覚えてます。そういう異語との傷口みたいな接触が、やはり出発点にあったのね。

でも僕が今しゃべってるようなことは、この機会に考えたこともあるから、詩の中に入っていないこともあるかもしれないけど、恐らく無意識のうちに詩にはほとんど書いてるんじゃないかな。詩には書かれてると思いますよ。

黄金詩篇

おれは署名した
夢……と
ペンで額に彫りこむように
あとは純白、透明
あとは純白

完璧な自由
ああ
下北沢裂くべし、下北沢不吉、日常久しく恐怖が芽生える、なぜ下北沢、なぜ
早朝はモーツァルト
信じられないようなしぐさでシーツに恋愛詩を書く
あとは純白、透明
完璧な自由
純白の衣つけて死の影像が近づく
純白の列車、単調な旋律
およそ数千の死、数千の扉
恐るべき前進感
おれは感覚を見た！
純白の、数《かず》無数
純白の、無数の直立性
純白の、数千の扉
道はただ一筋、死にいたる扉を考えていたのはまぼろしであった

夢であった
夢のなかの、夢のなかの、夢
二月十一日
朝
下宿のこの部屋で
次々に恐怖がひらく
純白の思惟
純白の橋
自我漂泊する車輪の響き
火よりも白い
水よりも白い
凄絶な流動が夢を支配し
たちまち現実化する
狂いはしない！
純白の思惟に漂着して
停止

だれもくるな
この部屋をノックするな
こんなに孤独なのにさらに孤独欲求が深まる
たちまち現実化する純白、痛い、この意識の亀裂は
決して神秘でも、美でもない
書物に書かれている虚妄の虚妄をたちまち判読する
一本の戦慄
慄える唇から囁かれる一語でたちまち消える戦慄
雪崩うつ数千の扉
脳葉ひらひら舞っている
ものみな白く純白
数千の扉へ数千の感覚が走る
血が走る、自殺が走る、壁走る
純白、アッ浜村純、太平洋で叫んで走る
なぜ純、なぜ浜村、なぜ
死骸がふわっ、と走る

壁がふわっ、と走る
死骸がふわっ、と走る
純白の糸にとりついて垂直に走る
扉が左手上方へ飛ぶ
あとは純白、あとは純白、純白
ひらく
外へ出る
思惟
ゆるい坂道をゆっくりくだってゆく
言葉の波をゆっくりはねのけながらくだってゆく
ああ
下北沢裂くべし、下北沢不吉、下、北、沢、不吉な文字の一行だ
ここには湖がない

The Lord is my Shepherd…………Yea, though I walk through the valley of the shadow of death, I will fear no evil; for thou art with me;

主はわが牧者《ぼくしゃ》なり……たとひわれ死《し》のかげの谷《たに》をあゆむとも禍害《わざはひ》をおそれじ、なんぢ我《われ》とともに在《いま》せばなり

詩篇第二三篇、教えられた聖書の一節を
歌のように口ずさむ、意味もなく
ただ湖のイマージュから
薄氷を踏んで
生きてゆくであろう
透明な思惟
やがて歌もなく、詩篇もない
現実にむかって
純白になるであろう
坂道をゆっくりくだってゆく
朝であった
橋を渡る

霧だ！
橋を一気に渡る感覚体
霧だ
血がゆっくりゆっくり額ににじんでくる
海だ！
巨像沈めるように海中に肉体を直立させた
海だ
何人《なんぴと》も決して泳がぬ
ただ天から剣が刺さっている
思惟
ゆっくり
みあげると
空、不吉なる卒塔婆《ストゥーパ》
顔
ギターに眼を鏤《ちりば》めたような空が響く！
思惟、何処へゆくか

思惟、何処へゆくか
ここ下北沢、下北沢不吉
ここ湖底であろうか、古代の
霧
ゆっくり
みおろすと
やがて夕暮
鏡のような夕焼のなか、人々が歩いている
またその奥で
宇宙の涯に壮大な夕焼を建てている大道具師
虹の大曲線
思惟、ゆっくり血を吸う
息《ガス》、息《ガス》！
思惟、何処へゆくか
思惟、何処へゆくか
街角の

大病院の戸口から覗きこむと太陽が手術台に居る

（以下略）

幼年期を支えたもの

僕は土地っ子じゃなかったけれども三多摩《さんたま》の土地の川遊びをしているとね、特に背泳ぎをして、ふっと淵にかかると全身が冷たくなってくるのね。そのときに、お尻に下から手が伸びてくる気がするものです。水の精ですね、河童とは、……。土地の人の何とも言えない土俗的なもの、洟垂《はなた》れ小僧とも遊ぶし。いじめられっ子だったけどね。そういうこともあったから、必ずしも賛美歌を歌って、そっちのほうに惹かれてとばかりは言い切れない。あの辺は多摩壮士の風土ですからね。しかも今は自民党の金城湯池《きんじょうとうち》みたいなさ。そんな心性が政治だけじゃなくてうごめいている。それにすぐそばの羽村《はむら》には中里介山《なかざとかいざん》の『大《だい》菩薩峠《ぼさつとうげ》』の風土がありますし、北村透谷《きたむらとうこく》だとか土方歳三《ひじかたとしぞう》（日野）、近藤勇《こんどういさみ》（調布《ちょうふ》）の出身地ですからね。そういうものも一緒に入ってきた。隣り村の羽村に住んでいた中里介山のところで作男をしていたてるさんというひと……、『大菩薩峠』の與兵衛《よへえ》のモデルだったと聞いたことがあります。そのてるさんが必ず正月に、お祖母ちゃんを訪ねてくるのね。南《なん》天《てん》の小枝を持って……。このてるさんの心に子どもも心ながらとってても打たれていた……。

それが北村透谷*に惹かれていった原因かもしれないな。北村透谷がすぐそばを歩いてたような感じがするからね。北村透谷はね、町田に恋人の美那《ミナ》さんを訪ねて、八王子、五日市を回って、網代《あじろ》（あきる野市）や福生にも来ていた形跡があるのね。それに、こうして語りつつね、はっきり浮かんでくるのは透谷のたとえば「三日幻境」なんかにある「人は魚の如し、暗らきに棲み、……」という、太古からの山の人々の生活の芯のようなところに確実にさわっているところなのね。さっきいいました、冷たさや「水」はこの透谷の感じ方に通じているものでした、……。北村透谷も明治のときにキリスト教にぶつかってますから、あれがわかる気がする。今こうやって話しながらわかるけれども、あの大戦争のおっ始めのところの冷たい沼みたいなところから生まれてきた子だから、その傷口の血みたいなものに触れるのが七十七年、生涯続いちゃったんだな。だから伝統的な形式——俳句だとか、もちろん芭蕉《ばしょう》さんは大学の卒論でやったけれども、そういう表現形式には決して行かない。あるいは短歌にも決して行かない。小説にも決して行かない。さらにさらに果てしなくその傷の行方を追うような表現形式に行ったんでしょうね。

さっきもお話ししましたが、ヒロちゃんが真夏の光の庭で舞っている、あの敗戦の日の夏の和歌山の庭を、よだれを垂らして涙流して踊っている映像……。やっぱり狂気の人って身体運動が違うからさ。この本のために初めて考えていて、僕のなかに生きた道としてある「舞踏」の道が……しかも戸外なんだなあ……大野一雄さんにあんなに惹かれていったことの本当の道筋を初めてここで言うことが叶いましたね。

それから、アメリカへ行って、英語を拒絶して入ってこないようにしたときに、逆にエミリー・ディキンソン*にぶつかった。エミリー・ディキンソンも外界との交通を遮断して、自分の魂の中で踊るような詩をつくっていた。そのエミリー・ディキンソンとの接触。あの女に惚れてしまったという（笑）。

ヒロちゃんとマヤちゃんとエミリー・ディキンソンと、あるいは五十年添い遂げたマリアさん……。途方もない、お能の狂女みたいなことは言うけれども、むしろそうした別世界の戸口で舞っているような女の人たちね。だからさっき喉の話のところで不図《ふと》気がついていましたが、與謝野晶子の自作朗読の声を聞きながら、女の人が出すあの歌の声はそういうところに続いている、というようなことがちらっと出てきたの。

つい最近、ある女の人を好きになってとても困っちゃったから（笑）、それを手鏡にし

*北村透谷（一八六八～一八九四）——評論家・詩人。小田原生れ。自由民権運動に身を投じるが離脱。洗礼を受けキリスト教徒となり、伝道活動を行う。恋愛を重視してロマン主義的傾向の「内部生命論」などを発表するが、挫折感から二十五歳で縊死する。

*エミリー・ディキンソン（一八三〇～一八八六）——アメリカの詩人。マサチューセッツ州のアマーストの上流階級の家に生まれるが、その生涯を生家に引き籠って暮らした。生前に発表した作品は少数でほとんど世に知られることはなかったが、没後、ノートに千七百篇以上残された詩が刊行されて、国民的な人気を得た。

て考えてみたら、どうやらそういう筋が浮かんできた。それと喉で何かを鳴らそうというような。それがまず二つの基本的なもの。それからどこかでキリストの像を見たのかもしれない。ある先輩の男の人の胸に、どうやらキリストの像が浮かんでいるらしいことがわかったときの驚きね。その瞬間に、血の匂いがしたのを覚えています、……そんな記憶がうっすら残ってる。幼年期を支えるものは、恐らくその三つだなというのが、まずここ半月ぐらいで考えたことでした。

啓明学園での少年時代

昭和二十年の八月十五日ね、玉音《ぎょくおん》放送《ほうそう》がありました。その特別の夏。そして田舎道をとぼとぼ歩いて、若い母親――僕は母親が十八歳のときの子だからね――そのおふくろに手を引かれて、大阪から品川まで立ち通しで東京にというよりも関東に帰ってきました。

その若い母親っていうのもまだ生きてるから差しさわりがありますがね（笑）、母親をも夏の庭で舞っている女《ひと》のなかに入れていて、おそらくそこには、女性一般に対しての深い説明のできない驚愕があるのだと思う。「マザーコンプレックス」などという言い方は決してしたくないし、こんな「鉱脈」は、表に出さないようにして、もっと下底で静かに考えていて、それが詩作の根に結びついている筈です。

そして多摩の福生第一国民小学校へ戻ってくる。そこではもう憤懣《ふんまん》やる方なくてね。恐らくもうそのときには和歌山弁をしゃべる子どもだった。あんな多摩のガキどもの中に和歌山弁が入ったら、そりゃあもうはやし立てられていじめられますよ。いじめて当たり前だからね。後ろから大きな丸い石を投げられて、当たったもん、後頭部に（笑）。それは子どもの世界だから当たり前。だけどやっぱり少し勉強できたせいもあるかな、女の先生に贔屓《ひいき》されて。そうするとさらにいじめられるからね。いじめっていうのは男の子たちの力動感だからそんなものは当たり前だからいいけどね。でも恐らくそういうことがあったんで、決定的にひきこもりな、もともと離群性、孤獨症、……色々にいえるのだけれども、そうだ、独《ひと》り性ね、それは決定的になりましたね。

　隣町に私立学校がありました。そのころ、おやじは昭和飛行機という飛行機会社のエンジニアで、もともとは九大の造船科を出たエンジニアでね。流体力学だから飛行機と造船は同じなの。で、結構偉いさんになっていて零戦を造ってた。テスト飛行で落っこちて繃《ほう》帯《たい》だらけになって帰ってきたりなんかしてる。昭和飛行機というのは三井《みつい》系なの。三菱《みつびし》は中島《なかじま》飛行機でね。それも縁があったんだな。三井さんの別荘が拝島《はいじま》にあって、三井家の財閥の帰国子女のための学校が啓明学園だった。

　そんなわけでそこへ移った。僕が四年生か五年生のときだったな。五年のときだったかな、弟の武昭さんと一緒に入った。それが立ち行かなくなって。アメリカ軍の圧力もあったんだな。チャーチ・オブ・クライストのアメリカ軍の宣教師がそこを買い取るか乗っ取るかで、ミッションスクールになっちゃった。もともとはミッションじゃなかったのね。だからその境目も知ってるの。大体、三井財閥の子弟の、めちゃ大金持ちの子弟ばっかりいるんだ。そこが突然ミッションスクールになった。そうすると子どもだから見てるわけよね。この間まであんなことを言ってた先生方が急にクリスチャンになっていくからね。戦後の動きばっかりじゃなくて、やっぱり構造が変わるから先生方も変わらなきゃいけないわけ。それを子どもの目で見てるわけ。賛美歌を歌って、その辺の畑仕事をやってたお爺さんや小父さんが急に聖書を読み出したりしてさ(笑)。

聖書経験

で、僕は賛美歌というよりも聖書を読むあの姿と、聖書の文句に相当惹かれたな。やっぱり日本語で聞かされる教室とは違うわけだよ。聖書を持ってうやうやしく本を読むっていうことをあんなに大事にするのかと思って、子どもながら驚くわけよ。「今日は『コリント前書』の第十三章」、というふうにね。

それにぶつかった。ただ、こちらは異様な子だから依然としていじめは残ってましたがね。とにかく山一證券の会長の孫だとか、朝日新聞の論説副主幹の息子だとか、そんなやつばっかりなのよ。それで寮生なの。で、通い生が五、六人いて、それの中に入っちゃって、そこでまたいじめられた。先輩の中に中里迪弥《なかざとみちや》さんという人がいて、後年、調べてわかったんだけど中里介山の甥っ子で、早稲田の露文に行ったの。それで何かのときに島尾敏雄さんの文章を読んでたら島尾さんと友達になった人でね。

ここは高等学校まであるの。それで不思議なことに、農園部というのがあって。恐らく有島武郎《ありしまたけお》たちがやろうとしたことと似てるんだな、百姓学校があるの。草取りやらされたり田植えをやらされたり、そういう学習もあるのよ。牛がションベンしてるすぐ脇で田植えをしなきゃいけなかったりさ（笑）。だから、そういう昔の有島風の三井財閥風の大金持ちたちの教育みたいなものにも触れてたところに突然ビクスラーという宣教師がやってきた。チャーチ・オブ・クライスト、新教では割合激しいほうだけど、その宗派に変わった。変わり目も見てる。しかし今でも聖書の感化だけは残ってる。だから、生涯のうちには聖書をまたちゃんと読まなきゃいけないという思いがありますね。

洗礼経験

ここで洗礼も受けることになるんですね。本式の洗礼で、軽井沢にビクスラーが別荘を持ってたから、あれは三井さんの別荘じゃなかったかな、非常に少人数な学校だから生徒を連れてくわけ。それでサマースクールみたいにしていて、ビクスラーさんの別荘にいたときにふっと思い立ったんだな。中学校一年生だったか小学校六年生だったかな、思い立って洗礼を受けることにした。宣教師は喜ぶよね。そういう空気に染まったのもあるけれど、そういう決断をするというのは自分の中にある種の見神《けんしん》体験があったはずです。で、そのときに宣教師に抱かれて支えられて、池の中に全身をつけられた。洗礼の儀式としてはなかなか鮮烈なもんですよ。で、ぐっと水の中から体を起こしてきて。だからやっぱり洗礼を受けたという感じはあるな。僕は水の子だし河童だし、どこかで洗礼に対するとても深い興味と愛着はあったな。それは今しゃべりながら気がつくけど、洗礼そのものに対してあったな。だって日本の宗教ってそういうことはないわけですからね。ただし洗礼名はもらわなかった。

今しゃべりながら気がつくんだけれども、あの三・一一の大災厄から五年近くたって何をやってるかといったら、しきりに自分で洪水を起こしてるのね（笑）。水に対する「驚異」が一貫して身体にも浸透していて、あの大災厄のときにも、すぐに陸前高田《りくぜんたかだ》に飛んでいきました。以来五年近く、紙を濡らして、氾濫状態を起こす、……文字のある世界を自らの手で壊滅状態にまで運んで行くということが、「詩作」の中心になりました。勿論

「伝達言語」でもなく「絵画」や「彫刻」でもない。「怪物君」と名付けましたが、宇宙の脅威を眼下にとらえようとすることだったのでしょうね。

そう、水に対する畏怖の念かな。洗礼を受ける前から多摩川で犬かきをしながら浮いてた子どもだし、川の河童の子どもだし（笑）。川に米兵がやってきてシェパードと一緒に遊んでた。そんなふうなところで、恐らくちょっと年上の人が洗礼を受けるのを見たんだろうな。川でこういうふうにやられてる。いま想像と記憶をもう一回引き出してるんだけど、その姿を見て、「ああ、俺もああいうふうに洗礼を受けたいな」と思ったんだな、きっと。芥川龍之介への終生変わらない共感とともに、たとえば、アンドレイ・タルコフスキーの映像への共感も、この「水」あるいは「火」という始原につながっているものなのだということに気がつきます。「声」もそうだな。少しは見神体験とか、聖書の中のダビデみたいな歌を歌う——「詩篇《しへん》」って歌ですからね。あの歌声を聞いて。異国の歌声も聞いてる。それがメーンじゃなくて川につけてもらいたいなんて言ったら、牧師が怒っちゃうかもしれないけどさ（笑）。牧師に対する敬意なんて全然ないのよ、私には。俗人だなんてすぐわかるからさ。それは子どもだから一発で見抜いちゃうからね。そんなのは大したことないの。ただヨルダン川でつかったような気になってたんだな。

アメリカ軍がやってきてそういうふうになるという経験は、もし二、三年ずつ年齢が上か下にずれてたら持てませんでしたね。そういうものがいっぱいたまって記憶というか思考力というか想像力を形成してきた。高校に入学するあたり、受験勉強が始まるあたり、大人になってくるあたりで、大体そのステージは終わりますね。

初湯

濡れている。

濡れている。それをみたものはこの世にはいない。死水《しにみず》から初湯《うぶゆ》へ。初湯から死水へ。母よ。たっぷりと濡れているのを忘れて、瞼《まぶた》を濡らすのは、いつからはじまったのか。仮死の徴候のような、瞼《まぶた》ににじんでくる、母よ、睫毛《まつげ》よ、岸辺の筏《いかだ》よ。

濡れている。

酒精も、発汗する額《ひたい》も、濡れている。黒岸《くろぎし》と呼びならわした、幻の大陸がわたしの眼にみえてくる。急流の、洪水や氾濫ではない。どこかひび割れている河底《かわぞこ》に萌えたちはじめる眼、その気配である。母よ。死水から初湯へ。

あれは、泳いでいる死体だ！　とだれかが叫ぶ、おそらく対岸の村の、餓鬼《がき》たちだ。

母よ。ひじょうに濡れている。障子も五臓六腑も、あたまのなかも、手のほどこしようもないほど濡れている。母よ。

宇宙はかーるくゆがみ、どこからか水の漏れる音が聞こえてくる。雨期なのであろうか。

死水《しにみず》から初湯《うぶゆ》へ。初湯《うぶゆ》から死水《しにみず》へ。

おれにはなんにもすることたねえや！

医者は聴診器を身体にあてて、そこが雨期か乾期かをしらべるのだ。

ちたん、ぽおたり。ちたん、ぽおたり。

ちたん、ぽおたり。ちたん、ぽおたり。

川やくちびるが濡れている。

わたしの職業は、河川工事の人足だろうか。気がつくといつも、銀河のような中洲にとり残されて、夜の帳《とばり》のおりてゆく。ああ、母よ。

わたしはあのうみがなつかしい。

最初に書いた詩のこと

これもさっきの戦いの終わりの夏の庭で踊っていた女《ひと》のイメージに母親を引っ張り込むようでまことに恐縮なんだけれども、初めて書いた詩が「空からぶらさがる母親」という詩なんです。ただそれは大学生になってからのものですね。

最初に詩を書かされたのは、啓明学園の小学校の五、六年のころです。それも書いたからはっきり記憶の中にインプットされているようなことですけど、子どもたちに詩を書かせるということがあるよね。それで女の先生が書かせた。で、北原白秋《きたはらはくしゅう》風にきれいに書く子が多いわけ。カラマツの何とかの林でどうしたこうしたって。そんな詩が僕は書けなかった。かなり激しい詩と民衆派的な詩と三篇ぐらい出した。そのときに、言語に対する感覚が、当たりが完全にあったの。俺、書けるな、という感じがね、自分であった。言葉を動かすときの比喩《ひゆ》の使い方とか言葉を使うことが、「ああ、この子できるな」って。「この子」って自分のことね(笑)。この子できるなと思ったのが小学校六年生か中学一年生だね。それを国語の若い先生が感嘆して、「これはいいわー」って言った。小坂《こさか》（旧姓本間）平安子《やすこ》先生ね。それが非常に交通した。通じ合った。「ああ、教師としてはこういうふうに言うのはあれだけど、私、あなたの詩、好きだわー」って（笑）。

書いたものはもう残ってませんが、記憶には残っています。三種類の詩を書き分けました。かなり激しい芸術派風の詩を書いて、もう一つ書いて。あともう一つは、工員さんたちがコッペパンを持ってうちの前を通るなんていう労働者風の詩を書いた。僕は分裂しているからそんなふうに言葉を書き分ける力があった。それは幼少のころから気がついてた。

先生はきっと三つのバランスを見たんじゃないかな。こんな全然違うものを書けるなんて、おめえ、ちょっとすげえなって感じ（笑）。お手本もなにもありませんよ。先生も何も教えてくれてないし、周りもそんなふうでもない。僕はあんまりお手本のない人なんだな。

川遊びと水の記憶

男の子たちっていうのは、女の子とも遊ぶけれども、すぐ近所のお兄さんたちに懐《なつ》いてそれに連れられていくのが普通じゃない。僕の場合もそうで、すぐお隣に二人兄弟のなかなか優秀なスポーツ青年がいて、五つ違いぐらいだったけど、一人は日大の一中に行ってて水泳部に入ってた。もう一人はもうちょっと年上の人で、その下の人にいっつもくっついて、僕の弟もそうかな、川に行ってた。タカムラさんという人だったけど、僕らガキを連れて多摩川の上流までも行くし、両国《りょうごく》の日大一中のプールまで行ったの。

なぜ水泳がはやったかというと、さっきの川の話と結びつくけれども、日本の戦後の中で唯一初めて夢の火をともしたのが、古橋廣之進《ふるはしひろのしん》の自由形でのロスアンジェルスでの全米大会優勝なのね。「世界新記録」……。この言葉にはいまでも震えるような感じが残っています……。男の子たちの夢の一番の大事なところが古橋さんだった。古橋さんも日大だったけどね。そのお兄さんにくっついて歩いて、年がら年じゅう多摩川へ通ってた。まだ小河内《おごうち》ダムができる前だから、キャサリン（カスリーン）台風やアイオン台風が来ると、我々が泳いでる多摩川がものすごい大河になるんだよね。ぶっ飛んじゃって、いやあ、家は流れてくるわ、何かもう喜んじゃってさ（笑）。まあ、すごいんだ。それでやっぱり、何をするかというと見てるだけじゃなくて入っちゃうんだよね、そんな川の中に、子どもは。

泳いじゃう。泳ぐための秘訣というのは水の中で目をあけることなんだよね。水の中で目をあけさえすれば泳げるというのも、確かにそうだ。そう言われてるからあけてみたんだ。あけたら何も見えない。真っ黄色の砂ばっかり（笑）。もしかしたらそういう唯一残っている川と水遊びの記憶みたいなものが、さっきの洗礼の「俺だってヨルダン川につかるような……」と、そういうところへ持っていったということも言えなくはないな。

上のお兄ちゃんはめちゃ野球がうまくてね。都市対抗の選手になれたような人だった。そのときは野球が全盛だからね。古橋廣之進と川上哲治《かわかみてつはる》だもんね。川上、大下弘《おおしたひろし》。赤バット、青バットの時代。で、初めて鮮烈に覚えた野球用語が、藤本英雄《ふじもとひでお》が編み出したスライダー。ちょっと握りを変えて投げるやつね。それで我々も三角ベースから始まったけれども、そういう赤バット、青バット、スライダー、川上、大下の時代にそのお兄ちゃんたちと一緒に過ごしてた。そのときにさっき言った、アメリカ軍のシェパードもそばにいた。アメリカ人の子どもも同じ年ぐらいだからさ。

基地の子

と同時にもう一つ難しい問題は、お金もないし自分のうちを貸しちゃわなきゃいけないときに、「パンパン」っていったけどオンリーさんがいるわけよね。その人は死んじゃったけど、いまだに覚えてる。年をとってから保険の外交員をなさってたけど、ずっとつき合いがありました。そのオンリーさんに部屋を貸してたのね。オンリーさんっていうのは米兵の一人だけの専属の愛人。だからオンリーなんだ。

その姿を初めてベッドで見て、昼間っからセックスをやってるから（笑）、そんなの見えてるわけだ。だから俺はオンリーさんの子どもじゃないかなんていう詩を書いたりする、嘘だけれども（笑）。詩の中には変な形で、多摩川の血を飲んだとかって、それは恐らくヨルダン川だろうと思うけどさ。そういうものとかオンリーさん。基地の子としての実につらい、もしかしたら誰からも理解してもらえないかもしれないような、そういう感受性のあるゾーンを経てきてる。

とにかく一人一人のアメリカ兵とパンパンと、オンリーさんの人間の像が日常生活でくっきりとすぐそばに近くにあるじゃない。夫婦げんかをやれば警察が来るより憲兵（ＭＰ）が飛んでくるんだからね。アメリカ兵の若い子たちとパンパンとほとんど同じぐらいに接触するような感じだからさ。僕の家のすぐそばは赤線地帯だったし、溝口健二《みぞぐちけんじ》の『赤線地帯』は、福生駅東口で撮ってたのを見てたからさ。とにかく金はないし、親たちもどうしたらいいかわかんなくて。言ってたもんな、親たちが。戦争のころはこの子たちが邪魔だから捨てて山へ逃げようかしらなんて考えたのよ、なんて（笑）。捨てられるところだった。ひどいこと言うよな（笑）。

うちのおやじは、もともと飛行機のエンジニアだったけど、織物工場を始めるのね。子どもながらそういう記憶ははっきりわかるんだけども、昭和飛行機って今いう昭島《あきしま》ですよね。まだ三井の飛行機会社でね。結局戦争でだめになって。だけど戦争中にあの辺で下請けにいっぱい出してたわけ。だからそのとき織物工場だったようなところが軍需工場として下請けだった。その下請けの人たちとうちのおやじは接触があったから、終戦になってだめになって、あんな威張ってたやつだけど助けてやるべっていうんで、「じゃあ俺たちのように、青梅《おうめ》の夜具地《やぐじ》でもやったらどうですかい、吉増さん。やってくれるんだったら、機屋《はたや》を……」と。八王子は絹織物、青梅は夜具地っていって布団地を織る。

あの辺が織物の中心なの。飯能《はんのう》もそうだけどね。だからガッチャンガッチャン、ガッチャンガッチャン、音がしてる世界ですよ。それでおやじは、そういうふうに知り合いもいるし、じゃあ小さい工場仲間で織物工場をやろうかと。だから地縁ですよ。そんな人たちの姿をよく覚えてる。それが「いとへん景気」の時期。そして朝鮮戦争が始まるとロッキードF－80が朝鮮へぶっ飛んでいくわけだ、横田から。だけど横田っていまだに午前三時ごろ爆音もしてますから、依然として同じなんだよ。あそこは前線基地だからね。それがロッキードF－80からF－86スーパーセイバーに代っていった。そのときに基地の中へ入ってたら大江健三郎《おおえけんざぶろう》さんのような小説の世界になるんだろうけども、こっちもその戦場の血を嗅いでいる、大江さんの世界の子分みたいな世界だからさ。

それで「いとへん景気」から今度は「かねへん景気」になるわけね。そこは織物工場だったんだけど昔は軍需工場だった。そしたら、ついこの間使ってたニッケルなんかがほんのちょっと土を掘ると出てくるの。で、ニッケルを随分掘っては売ってた。だから「かねへん景気」のときに道路を掘ってニッケルを掘り出しては、東京から買いに来るおやじに売ってたな。それで子どもが、「母ちゃん、これでもも引き買って」なんて言ってた時代。僕はそういう点では物質的な記憶が非常に鮮明だから、概念的につかまえるんじゃなくて割と記憶はしっかりしています。

詩への記憶の混入

そんなときに小作《おざく》駅での列車暴走・衝突事故、青梅事件*なんていうのがありました。列車が暴走するわけよね。あれは青梅や御嶽《みたけ》のほうからの路線ね。あの線っていうのは石灰を掘り出すための軍用の電車ですからね。山からの傾斜があるの。だからブレーキを外しちゃえば、だーっと来るの。それが小作から流れてきて福生でがーんととまったりさ。

鉄道好きの子だから音も覚えてるよ。ガーンっていう音がして。そういうことを具体的に全部覚えてるね。だけど僕の場合、断片的な生々しい記憶は詩の中に全部入ってる。ただ、それが違う傷跡みたいにして、脈絡は変なふうにして入ってるのね。でも今こうやって話しながら出していくと、不思議な形で引き出せます。一九六九年に「文藝」が現代詩の特集をやったときに書いた「黄金詩篇」。僕は下北沢《しもきたざわ》に住んでて、下北沢も傾斜があるんですよね。で、雪だったために滑るから少し傾斜を感じて歩きながら帰ってた。そうするとさっきの詩篇の"The Lord is my Shepherd"なんて、またそういうのが浮かんできてさ。そういうところへ入ってきてる。

だから詩というのはクロニカルにできてるんじゃなくて、いろんなところへ。僕の場合は特に散弾銃でぶちまけたようにして、いろんなところへ入ってる。

織物

宇宙の一部分、銀河のあたりに、わたしは秘密の織物工場をもっている。

終戦後、弾丸工場はつぶれ、八王子空襲の夕焼け空を背に、一家は引越してきた。血のにおい上空にたなびき、朝鮮半島へロッキード*F80*は飛んだ。

いま武蔵野に風が吹いている。ああ、わたしの影法師は非常な熱病におかされて、もう宗教でも癒せぬ。恒星のかげ。

＊青梅事件──一九五二年二月十九日早朝、旧国鉄青梅線の小作駅で発生した列車暴走、衝突事故。小作事件とも呼ばれた。

銀河の機《はた》。

竹馬が壁にうつっている。

美しいかたちの
太腿のように。

かがやく
曲線《カーブ》を
縫う。

武蔵野に風吹き。経目《たてめ》と横目《よこめ》に狂いが生じている秘密の織物工場で、まだ、梭《シャトル》が人絹を打撃している。ああ、飯能の織女《おりこ》よ。繭《まゆ》と筬《おさ》。女陰と男根と。ジェット機が上空を通過する、機銃掃射のトタン屋根。

宇宙を紡《つむ》ぐ。

指。

織る。

うねる。

いま武蔵野に風が吹いている。オレンジ色の電車がユ――

と走ってきて、停車場《ていしゃば》の引込み線をゆるやかにふくらんでゆく。連結器の腰骨とフレア・スカート。
ああ
哀号の
タンク車よ。
いまも武蔵野に風が吹く。わたしは宇宙のもっとも薄暗いところを通って、少年時代をすごしたようだ。だから黒点が好きなのさ。
恒星の沸騰点。
春蘭の橋。
わたしは
美しい着物のような
川をわたる。
*MP*のまねをして。
武蔵野に風吹き、電灯がゆれている。もう、彼岸《あっち》だろうかと耳をすますよ。寧楽《なら》時代には古名麻《ふさ》。やがて福生《ふっさ》とよばれ

るようになったところにある、秘密の織物工場。

宇宙的な名の
加美《かみ》や志茂《しも》。

風が吹く。

織目の
筬《おさ》。

秘密の織物工場でわたしは筬《おさ》に糸をとおしていた。左の親指の爪をさしこんで、母から経《たて》糸を引いていた、軍需工場あとの織物工場。

破産するのかしら。

ももひき買って。

梅ケ香の
青梅《おおめ》の夜具地。

宇宙を紡《つむ》ぐ。

織る。

筬《おさ》

と
麻《あさ》。
風吹きつのる武蔵野の、多摩川の河岸段丘を一つ登ってゆくと横田基地。もはや草ぼうぼう、ただ赤線地帯が幽かに浮かびあがってくる、ロケットのギャソリン。

麻《あさ》
の
風。

宇宙の一部分、銀河のあたりに、わたしは秘密の織物工場をもっている。そこから夜空へ毎夜、小舟の形をした梭《シャットル》が発射されている、秘密の織物工場である。

謎の言語「モハ・サハ」

『熱風』のなかにですけど、モハ、サハというのが出てきます。桜木町《さくらぎちょう》事件*のときに六三電車という電車があったんですよね。六三電車というのは窓が三段なので、燃えてるのにあけられない、出られないという構造的な問題があったんですよ。それがサハ六三、モハ六三なんだけど、それを改造して七三にしたんだけど窓は改造してなかったな。それで亡くなったというのは子ども心ながら知ってるの。

モハって知ってます？　モーターがあって、ハは三等車、イロハのハね。電動機がある三等車のことね。ロネといったら、ロは二等車で、ネというのは寝台車。クというのは運転台があるやつ。子どもだからモハとかサハとかちゃんと覚えるじゃないですか、そういう記号、別言語ですよね。で、一九七七年に「海」という文芸誌に「熱風」という千行の詩を三つ書いたときに、その第二篇目の「絵馬、*a thousand steps and more*」に桜木町事件のモハ六三、サハ六三、モハ六三、サハ六三を随分出したのね。それが頭の中に戦後のとっても大事なものとしてあったんですね。

それが英語にも訳されてフランス語にも訳された。フランス語に訳されたときに、未知のどこの言語にも属さないような「モハ」とか「サハ」がある輝きを帯びてきた。関口《せきぐち》涼子《りょうこ》*が言ってる、このモハ、サハというのはすごいと。日本語でもない（笑）。

今こうやって話しているとわかってくるけれども、そういう言語。英語でタンク車に書いてあるような「When empty return to Hamaanzen」。この言語なんだろうな。ああ、何だろうな、どこへ帰っていくんだろうな、このタンク車って。子どもは子どもで考えてるわけよ。やっぱり子ども言語というか狂気の言語っていうかそういうものの大事さというのは、恐らく最初に言った別言語、あるいは舞い、身振り……島尾マヤさんのマヤちゃん言語、あるいはアガンベン*がアウシュビッツのときに不思議な言葉をしゃべる子どもがいると言うじゃない。あの言語なのよ。あの言語って言えないような言葉。そこに、やっぱりどうしてもどこかで通底してるところがある。

そういう子ども言語、それからマヤちゃん言語、アガンベンの、〝回教徒《ムーゼルマン》〟と呼ばれたユダヤ人が申したことだけ覚えて言っちゃうようなそういう言語。それを考えてて、アガンベンが言ってたのかな。カフカにオドラデクというのがあるじゃない。あれをベンヤミンはカフカの中の不思議な記憶の集合、結合だという言い方をしてて、それもおもしろい。それに反対したアドルノが、そうじゃなくてあれは商品社会における何かだと言った

＊桜木町事件——一九五一年四月二十四日、旧国鉄東海道本線支線の桜木町駅で発生した列車火災事故。自動扉が作動せず、焼死者百六名の大惨事となった。
＊関口涼子——一九七〇年生れ。詩人・翻訳家。パリを拠点として活動している。吉増の詩集『The Other Voice』や多和田葉子の小説などの他、日本の漫画も仏訳する。詩集に、『カシオペア・ペカ』など。吉増との共著に『機——ともに震える言葉』。
＊ジョルジョ・アガンベン——一九四二年生れ。哲学・美学を専攻。現代イタリアを代表する思想家。主な著書に『ホモ・サケル』、『イタリア的カテゴリー』など。この子どものことは、『アウシュヴィッツの残りのもの——アルシーヴと証人』の第一章で言及されている。

というのね。

僕はそれを読んでて、いや、二人とも違うんじゃねえかな。オ・ド・ラ・デ・クっていう音がいいじゃない。モハ、サハじゃないけど、カフカはきっとオドラデクと名づけたときに別の言語を発明したんだなって。オドラデクっていうそれが、どっちかというとモハみたいな感じがするな。アガンベンはアウシュビッツの言語を失った少年が発する言語、あれが証言だという。だからマヤちゃん言語やエミリーの言語のほうに本当の証言がある。詩というよりもね。それに気がついたのは、恐らく島尾さんと仲よかった埴谷雄高《はにやゆたか》さん。マヤちゃんをよく見てた形跡がある。なかなかそこはすごいとこ。僕は二十五年間ミホさんを追っかけたというのも、そこだな。

五歳か六歳のときのお庭で見てた狂女。恐らくそれは大野一雄への興味にもつながって、笠井叡《かさいあきら》への興味へつながっていく。あるいは土方巽《ひじかたたつみ》*への興味につながってく。そしてマヤちゃん。そしてエミリー。マリリアさんはまだ生きてるから危ないけど（笑）、マリリアさんの根底にもそれがある。母親もそうかもしれない。女に対する感じが……。とっても冷たいところを通ったときに、そういう女が僕の中で立ってきたというのは言える感じがするな。

小原流生け花の世界

それからこちらは、水じゃなくて火とか土の話になるんだけど、当時付き合いのあった陶芸家に、雲雀民雄《ひばりたみお》さんというひとがいたのね。

戦後の女の世界、女がどうしたかっていうのとぶつかってくるんだけども、まだ若いおふくろと疎開先から帰ってきて、福生へたまたま行った。基地の街だから行ったんじゃなくて、たまたまそこに行ったんだな。昭和飛行機か何かの社宅があって。

そのときに、女たちがどう生きるか。おやじは仕事を失って織物工場をやらなきゃいけない。女たちは手わざで何かやる。女たちっていうのはどこかでお花を習ったりお茶を習ったりしてる。それを今度は教えるということが出てくる。たまたまおばあちゃんが非常に気丈な博多の女で、魚を扱う何か複雑な家から来た女《ひと》でしたけども、これが表千家《おもてせんけ》のお茶と小原《おはら》流のお花を若いころに習ってたらしいの。そうすると、女たちは男たちが敗れたときに生活をしていかなきゃいけないというので弟子をとって家の中で教える。女たちの世界ができていくわけ。それは仕事を失ったけど男は怒るよね。非常に緊迫した雰囲気に

＊土方巽（一九二八〜一九八六）——舞踏家。「暗黒舞踏」と称して、前衛舞踏の様式を確立させた。多くの詩人や文学者らにも強い影響を与える。上演作品に『土方巽と日本人——肉体の叛乱』、『東北歌舞伎計画』など。著書に『病める舞姫』など。

なってきた。

これが草月流《そうげつりゅう》じゃなかったというのがおもしろいところだよね。小原流というのは大阪系統ですからね。小原流の偉いさんの上海《シャンハイ》の東亜同文書院《とうあどうぶんしょいん》から引き揚げてきた工藤昌伸《くどうまさのぶ》、東京支部長の工藤光園《こうえん》さんという小原流の大立者《おおだてもの》がいたんですよ。その光園さんの息子たちが小原流を支えるようになってくる。そのとき小原流の親玉は小原豊雲《ほううん》という人。前の世代のね。それが親友のクラスメートの雲雀民雄という陶芸家を、民ちゃんをどこかで何とかして売り出させてやりたいと。

で、窯をつくろうと。窯をつきたい。何か縄文とかそういうものに興味がありそうだ。そうすると今の日《ひ》の出《で》あたりが縄文の風土なんですよ。「あそこあたりはどうかな」、そうすると「じゃあ、吉増さんのおばあちゃん知ってるから聞いてみようや」っていうんで、小原流のつてで雲雀さんが福生にやってきた。吉増さんのおばあちゃん、麻生《あそう》っていうんだけど麻生あきさんのところへ来て、女たちのそういうルートができる。それで雲雀民雄の工房が、あきる野の草花《くさばな》にできた。で、ものすごく親密なつき合いができて、その土地の縄文の研究家、俺はいまだに塩野半十郎《しおのはんじゅうろう》さんの本を持ってるな、そのおじいちゃんと一緒に庭で縄文土器を雲雀さんは焼いてたりしてたよ。そうしたときに尖石《とがりいし》だとかあの辺が発見されて。大湯《おおゆ》の環状列石も発見された。戦後のその時代の縄文への興味みたいなものと、小原流が一緒になったわけだ。

つまりどういうことかというと、小原流の縄文ふうの花器をつくってそれを売れば生活が成り立つわけですよ。それでそういうルートを使ったわけ。それで小原流の関係者がどんどんどんどんわが家に来てつき合いが始まって、子どもだからくっついていってやるわけね。連れていかれる。おやじは頭へきてるけど、どうしようもないわけ（笑）。家にはオンリーさんはいるしさ（笑）。昔の男は、女がそんなふうにして働いたりしたら、それは嫌がるんじゃない。

そういうときにやっぱり芸術のほうを向くような人がいて、その人の本棚を見たら「乾《けん》山《ざん》」なんて書いてあるの。尾形《おがた》乾山なのね。それでこの人が何を夢見てるかっていうのは一発でわかった。いま小原流の花器なんて作ってるけど、雲雀さん、結局は尾形乾山の夢を見てたんだよね。雲雀さん、脳溢血《のういっけつ》かなにかで早死にしたけど、生涯つき合いました。

雲雀民雄さんのことは、「花火の家の入口で」という長い詩のなかに出したのですね。あれはいろんな地縁があって。細谷花火工場っていうのがあきる野市に今でもあるかな。危ないからああいうところへ工場を持っていくの。そこに細谷花火工場っていうのがあって、そこの近くに窯を築いた。何とその細谷花火工場の技術者だったのが、清水哲男《しみずてつお》＊と清水昶《あきら》＊のお父さんなの。それで接触してるよ。清水哲男は立川高校。それで弟の昶は多摩高校。で、知ってるわけよ。だから『花火の家の入口で』というのは、もちろんブラジルでのNa entrada da casa dos fogosという全然違うコンセプトもあるけれども、と同時にあきる野の細谷花火工場のそば、というのもある。それがまじってる。

スライダー

精霊信仰の少年ゴーチャン。旋毛《つむじ》の渦《うず》はまだややひだり巻きに風に靡《なび》いてる、ウラル・アルタイ語族の*tömji*の渦《うず》は

織物

の

ワ。

紡車《いとよりぐるま》

の

環。

そうなのだよ、精霊信仰の少年ゴーチャン。二月、雪の松本へ飛行機工場《こうば》は移転した。零戦《ゼロセン》墜落して父《とう》チャンは繃帯だらけ、

昭和十九年の幻を
織る。
靡《なび》く。
これからは
うちゅう
の
渦《うず》だ。
多摩川
や
球磨川
の
川上
で
洗った

＊清水哲男――一九三八年生れ。詩人。近年は俳句の創作や鑑賞にコミットしている。詩集に『スピーチ・バルーン』、『夕陽に赤い帆』など。清水昶（一九四〇～二〇一一）は哲男の実弟で詩人。詩集に『少年』、『泰子先生の海』など。

赤バット。
これからは
うちゅう
の
渦《うず》だ！
あれは織物の町、八王子だった、あわぁ——と人力車が走っていった。市電もとれた蕎麦店《そばや》の角《かど》っこで、繭玉《まゆだま》ボールを投げていた、もう野球帽はかぶっていたのか、交尾もせずに。
太平洋
を
はすっかいに
織っていった
恐るべき
日輪
の
スライダー。

ひろしま
の
外木場
も。
精霊信仰の少年ゴーチャン。多摩川には蛇籠《じゃかご》と鯰《なまず》、田螺《たにし》をとってた水田、沼地があって。進駐軍のマー坊や、たー坊トラックが走っちゃって、トンボーの眼も渦《うず》を巻く。
一寸法師
や
お雑煮。
靡《なび》く
織物《ウール》
の
風。
プロペラ飛行機の翼のところに祖母《おばあちゃん》が乗って、古びた畳も一枚打ち靡いてゆく。沖の、角《かど》っこで、海に突き刺さったプロペラ飛行機をながめていた。
精霊信仰の少年ゴーチャン。
太腿
や
スカート
が
低目に
覗く
まんなかの
巨大な
フラフープ。
GI
や
犬じるし
の
バス。

そして
ああ
ぼんやりした
武蔵野
の
古代むらさき。
精霊信仰の少年ゴーチャン。旋毛《つむじ》の渦はまだややひだり巻き
　に風に靡《なび》いてる、ウラル・アルタイ語族の*tömji*の渦《うず》は、
　あれがきっと処女膜の渦《うず》だったのだ。
織物《ウール》
の
橋。
渦《うず》。
台風の穴よ、縁《ふち》の曲線《カーブ》を縫っている織姫《おりこ》たち。
たっぷり
色彩を織りこんで

いつまで
も
蓮華草だ。
国鉄のチョコレート色の電車が死人をのせて走ってくる。
織物工場《こうば》
の
ある
その
駅付近で
ぼくは
いまも
魔神をみつめている。
多麻河《たまがわ》に晒《さら》す手作《てづく》りさらさらに……。
晒《さら》された
土手
や

川。
精霊信仰の少年ゴーチャン、宇宙線、*Off Limit* の網目が輝
　く、ヴィエトナムやタイランドに似た、三途の川の多摩川
　で、織物の川を巻きとる
プーリ。
これからは
梭《シャットル》
スライダー。
凄絶な大星雲をひっちゃぶく
鉄条網。
精霊信仰の少年ゴーチャン。旋毛《つむじ》の渦《うず》はひだり巻きに風に靡《なび》
　いている。ウラル・アルタイ語族の*tömji*の渦《うず》は、ゆっく
　りと旋回していく。

立川高校時代のこと

それで高校受験ね。中学生時代、浜田山《はまだやま》にあった大原先生という方の塾に通った。あの

ころは高校受験の共通試験のことをアチーブメントテストといってたのね。啓明学園にはとにかくいろんな種類の子どもたちがいて、大金持ちの息子や朝日の論説副主幹の息子——島田《しまだ》巽《たつみ》の息子だ。論説主幹、笠信太郎《りゅうしんたろう》の下にいた人。ロンドン特派員だった。そんなのと土地の子どもがつき合えっこないじゃない。だからもうガチャガチャなの。

そのときにみんな反乱を起こして、高校受験のときにどうするかって。割と金持ち学校だからいい教師を雇うんだよ。東大の社会学科を出たばっかりで、海軍、海兵から帰ってきたばっかりの大原先生というのがやってきて、その先生が火をつけて、勉強して外へ行っちゃえなんていうんで。それで私のうちへ来いって言って勉強が始まったの。それに乗っちゃってみんなで勉強して。結局、都立高校に受かったのは俺だけだった。

立川高校、結構大変なんだ、三多摩の秀才が集まるもの。なにしろ、昔の府立二中だからね。一年上に哲ちゃんが、清水哲男がいたよ。

当時の親友ということでは、ひとりいました。啓明学園というところへ行ったんだけど、後年、ミッションスクールまで。そのミッションスクールになる前の三井さんの学校のときから校長さんだった、すばらしい東大出のインテリの人がいたの。菅野《すがの》尚明《なおあき》先生っていう。その菅野尚明先生の長男が菅野啓明《けいめい》ちゃんといった。この啓明ちゃんね。先生はすばらしい教育者でね。おうちも学校の中にあった。その一家が僕は好きでね。その校長先生はすぐクリスチャンになっちゃったよ。そんな姿も見てるの、子どもだから。でもいい先生だったな。で、奥さんと別れちゃって。奥さんはハワイへ行っちゃって、下の息子も一緒にハワイへ行っちゃって、長男の啓明ちゃんだけは残っておやじと一緒にいた。その啓明ちゃんがとっても好きで親友になった。まだ今でも交信はあるよ。彼は文学の世界とは関係ないですがね。

たたく力

立川高校では、化石探しの地学部に入ったの。古いものに対する何か関心があるのかな。どっちが先に来てるか。もしかしたら石をたたく、下のほうをたたくなんていう行為が最も大事なものとしてあるのかな。秋川《あきかわ》で、あの辺は大昔は全部海だったところですけど、丸一日化石ハンマーでたたいてたら、ある日突然カンっとやった途端にばっと開いて、一億年前くらいのだろうな、ウニが何百分の一秒ぐらい姿をあらわした。

ウニが。僕が見たわけ、それを。その瞬間にもうあっという間に酸化が始まりますから、跡形もなくなる。その一瞬を見たものすごい驚き。僕の目にしかそのウニの姿は残ってない。僕の目の中でもう酸化が始まってたな。

化石ハンマーでたたいてそうなった。それが高校の二年生ぐらいだったかな。で、もちろんある理由があってそういうところへ入ったんだけども、どうやら古いもの、あるいはいまだに続いてますけど何かたたくということ、それから地面をこする、あるいは書いてるのかもしれない。そういうことをやる。ベーゴマも好きだし、蠟石で地面に何かを書くのも好きだったし、水にさわるときに温度を見るようなね。冷たいのかぬるいのか、地面にさわるような感覚。透谷にもそれがあるのね。それがいまだに続いてますけどね。それが恐らく化石ハンマーみたいな打つっていう行為、あるいはさらに行くと非常に深い、何もできないけれども何かたたいて怒りなのか狂気なのか、何かがある。それにつながってるのがたたくという行為ね。石川九楊さんは、吉増の詩は打ち込む力と割り込む力だって指摘していたけれど、そうそう、僕は字を書くとき筆圧がめちゃ強いの。あれは何かなんだよね。いまだにそれが続いてるな。で、高校で若林《わかばやし》 奮《いさむ》＊という町田出身の天才としか言いようのないような彫刻家に出会うんですけどね。それと三十年、四十年、いまだに僕はコラボレーションが続いてるけど、若林の作ったハンマーを持って何かをたたくというのをずっと続けている。書くということがたたくということだったんだな。それを続けることになった。それが三・一一の大災厄以来、いまだに続いている。

「怪物君」へ

大災厄以来五年弱で六百四十六葉でいったん止まりましたが「原稿」というよりも、あたらしく「地面」をつくる試みの「怪物君」ね、この辺になってくると、これはまず罫線《けいせん》を鉛筆で引いといて、裏にも表にも線を引いているのね。そのときが大変で、無言語のときね。たとえば吉本隆明さんの「マチウ書試論」をね、フランス語聖書のカタ仮名をひらがなに変換して、ひらがな、漢字をすべてカタカナに変えて写していくという、翻字作業をして行くのね。これがじつに面白いのね。「透視力」を創りだしていくプロセスともいえますね。はじめは、アルファベットにしようかと思ったけど、アルファベットはちょっと長くなり過ぎるから。片仮名化でも翻訳作業ですから全然違ってくるの。これが麻薬中毒みたいになってきて、やらないと気が済まなくなってきて、やっていくとこちらの感覚とか物の考え方とか時間とか全部変わってくるんだよ。

そういうふうにして、書き写すというよりも書くというのは、次々に透視力を紡ぎだしていくことなのだと思いはじめています。これは手数がかかりますよ。半日かかるけどそれをやっていって。終わったと思ったら今度は折り目が問題だなって……傍の誰かがいう

＊若林奮（一九三六～二〇〇三）――彫刻家。鉄や銅など金属素材を用いて、深い自然観に拠った思索的な作品を制作した。それまでの彫刻の概念を大きく変えた美術家でもある。一九八〇年と八六年、ヴェネツィア・ビエンナーレに出品。没後もしばしば若林展は開かれ続けて、二〇一五～一六年には、「飛葉と振動」展が国内の五会場を巡回した。

のね（笑）。いろんな絵の具で塗りたくって、いろんなふうにしていくんだけどね。この「怪物君」は三年半ぐらい続けてます。こんなことをやるのは、一休宗純《いっきゅうそうじゅん》や八大山人《はちだいさんじん》や、もしかしたら円空《えんくう》さんにも類似した精神なのかも知れませんね。

石川九楊は、「書く」というのは「掻く」、「引っ掻く」と同じだというけど、書くときに触れるじゃないですか。書くと痕跡ができてくる。

で、こうなってくると音楽にもなってて。終始一貫それだからある意味では「狂気」かもしれない。そういう「狂気」から何とかして命を延ばそうとする、……いまね、「狂気」といったでしょう、僕もね、もっと先まで繊細に、先の先まで考えたり思考しなければいけないことを、つい「狂気」って逃げちゃうのね。だって、その方が通りが良いしさ、それですんでしまうのね。でも、でも、詩作や映像作品、音声化、協働制作等々を通して、もう、「狂気」というだけではすまされなくなったのね。殊に二〇一一年以降、……そんな言い方では、もうだめだと思うようになりました。とくに、たとえばゴッホね。小林秀雄さんの「ゴッホ」でさえも、最後は「狂気」にしてしまうのね。でもそれはちがうんだ、……。時折は、あの〝渦巻き〟や〝稲妻〟や〝ひまわり〟もあるのだけれども、一心の真剣な愛はゴッホの中心に坐っているものなのね。それで火のようになっている。大災厄以来、僕は小林さんの『ゴッホの手紙』ばかり読んでいました、……。アントナン・アルトーへの共感もあるけど、ここまで来て、もう「狂気」です、……ですませようとする心はほぼ完全に放棄したのでしょうね。「怪物君」はそのあらわれでした。それが書くというしぐさの原点ですね。それは全く変わらない。これはエスカレートしてきちゃう。最近じゃあ書いた字のうえに水彩絵の具を塗るのね。そうすると、ぐちゃぐちゃになる。別にぶっ壊しても構わない。だって大災厄のときにそれが起こったんだからね。

育った時代の「冷たさ」の感覚

どうしても生まれさせられたその時代の冷たい——透谷のところで少し説明ができましたが……冷たいって言いましたけども、言語にならない深い望みなき感触みたいなものね。それが依然として続いてるのね。宗教とのぎりぎりの境でしょうね。逆に言うと、幼い皮膚感覚がそういう状況下で保存されてしまった。それを表現しようとするときに、初めて触れる冷たさみたいな。

そこで思い出すのは、さっきもいったシェパードね。若きアメリカ兵たちが自分たちの日常の業務から離れて基地から出てきて水遊びをするときに一緒に連れてきてくれて、僕もそのシェパードと仲よくなって。それと聖書の世界との不思議な交通をしてるということを言ったけども、もう一つ例のあるのは、アメリカの人たちが持ってきたものの中に、シャム猫がいたの。で、どうしてかな、シャム猫を連れて帰りゃあいいのに、何か理由があって連れて帰れないっていうことがあったらしくて、シャム猫の「チーサイ」っていうのが残された。チーサイって名前をつけたのは、日本語を覚えたてのアメリカ人の家族が、小さいときにこの猫にチーサイって名前をつけたわけね。

母親は、米軍のご婦人にもお花を教えてて、おやじなんかは怒ってたけど。それで仲よくなって。で、帰るんだけど、チーサイっていうシャム猫をもらってくれないかって。それがすばらしい気質の猫でね。飼ってた秋田犬なんかもうばかにしているくらいの、どこでしつけられたか、そのシャム猫のすさまじい底力みたいなものもその時代と関係があるのかもしれないけどね。

シャム猫、すばらしい気品があるの。動物の気品に触れたな。だから僕のいう「狂気」には、そういう動物の気品と、愛情を失うときに示すとても深い絶望みたいなものがあって、……僕は見抜くからさ。人間ばっかりじゃない。動物が持っている情動にも、ものすごい敏感なの。言葉にならないけどね。だからもしかすると最初のヒロちゃんという夏のお庭で舞っていた女《ひと》、あるいはマヤちゃん、あるいはエミリー・ディキンソン、あるいはマリリアさん、あるいは恋人、そういうひとたちに興味を示すのは、そうした動物的な気品に通ずるものなのかもしれない。

第二章　詩人誕生

『黄金詩篇』というタイトル

子どものときに聖書に接したことがとても大きかったっていうことを申し上げて、旧約聖書を覚え込むほどに頭に残ってると言いました。それがいろんなところでぱっと記憶の遺伝子が動くようにして働くことがありました。

一つの珍しいケースがあったんですけどね。『黄金詩篇』という第二詩集を出したときに、『黄金詩篇』の「詩篇」というのを指摘する人はあんまりいないけど、実は聖書のあの「詩篇」なんですよ。満を持して出した詩集で、一九六九年の「文藝」に書いたのが「黄金詩篇」だったの。この『黄金詩篇』のときに、自分自身でもそう思ってたし周りの人もそう思ってたんだけども、ジェラール・ド・ネルヴァルというフランスの幻視詩人、途方もない詩人ですけど、この人に「黄金詩篇」っていうのがありました。平凡社の『世界名詩集大成』に訳があって、僕はとても好きでした。それで有名だからとってもいいかなと思って、詩集を出すときにネルヴァルの専門家である入沢康夫《いりさわやすお》さんに電話しました。入沢さんは大学生時代からの尊敬する先輩だったんだけど、しばらくお話ししてたら、「いやあ、お読みになった平凡社の『黄金詩篇』には誤植がありましてね、訳者も直してくださらないんでしょうかね」と入沢さんが言われたのね。それはどこですかって聞いたら、「愛の神秘は金属の中に息《いこ》う」っていう一種の錬金術的な、ネルヴァルらしい詩句のところ。あれはほんとは「金属」なんですけど誤植になってまして、「愛の神秘は全層の中に息う」。全体のゾーンに息う。「金属」が誤植されて「全層」になっている。「まあ、あれはどうしてでしょうね。訳者は気がつかれてるでしょうに修正していただけないで」と仰ってね。「ああ、そうですか」と言いながらそれはそれで終わって『黄金詩篇』というのを出したの。

「詩篇」っていうのは、この間もお話しして聖書から来てるのははっきりわかっていたけど、ネルヴァルの「愛の神秘は金属の中に息う」というのもいいけども、僕は誤植の「愛の神秘は全層の中に息う」というそれにも反応して感応してるの。それは「愛なくば鳴る鐘や響く鐃鈸《ねうはち》のごとし」なんていう聖書のフレーズもあるけれども、僕の中で、誤植を起こしたときに印刷所の職人が感じたであろうような何かっていうのにかなり過剰に反応するの。だから両方よしとする。そういう誤りが起きると誤りにも何かちょっと生気があるんだよね。僕の場合は「愛の神秘は全層の中に息う」というのを、文字どおりそれをよしとしちゃう。もちろん「愛の神秘は金属の中に息う」もいいですよ。ネルヴァルですからね。壁の中に窺《うかが》っている眼、……というピタゴラスあたりに通じるらしい神秘的な考えがあるのです。それがとても好きでした。そういうことをふっと思い出してました。

水の底の冷たい感じ

それから、水の底の冷たーい感じっていうのもずーっと考えていて、北村透谷のことを申し上げましたのですが、もうひとつその前に女の人に惹かれる系列みたいなのを出しましたよね。その中にあんな天才歌人を引き込むのは本当に申しわけないけれども、與謝野晶子さんの歌を詠む声、あの女の声っていうのも、異種異界からの声だとも、マヤちゃんともつながっているそういう女の、その系列に入れちゃってもいいなと思った。

與謝野晶子の自作朗読の録音があってね、この間も改めて中国からの留学生たちに聞かせてみてびっくりしたんだけど、ほとんど僕の頭は覚えちゃってるんですよ。「我が船の港のくちにかかるとき北海道の霧晴れにけり」とかさ。「片側の長き渓《たに》川夕月が流す涙のここちこそすれ」。

その音調を、まるで音を捉える非常に高性能のカメラがぱっとつかまえちゃうようにして覚えちゃう。女の人の声とか声の質とか。そうなるとマヤちゃんばっかりじゃなくてミホさんもそうなの。ミホさんの声を聞いたときに、「あんまー」なんていって全然別の声が聞こえてた。だから女の人の声にとても惹かれる何かがあるのね。折口信夫《おりくちしのぶ》に「水の女」という非常な名篇があるのですが、あそこに響いている機音《はたおと》と女の存在を僕は判然としないながらも透視しているみたいです。それと「水の底の冷たい感じ」がつながっている。もう一つは深沢七郎《ふかざわしちろう》の『楢山節考《ならやまぶしこう》』のおりんさん。僕は、あのおりんさんがとっても好きでね。常にああいう、女の人の一番底の底に眠っているような、信じられないようなスピリットにほれ込んじゃう。死の山に急いで登って行こうとする、……それこそソクラテスに近いような女を創造した深沢七郎もすごいけど、……そうなんだな、『楢山節考』は歌ですからね。日本の歌の底にある心なんだな。それも声を聞いたっていう感じに近いかもしれない。

あと啓明学園というところで洗礼を受けたときに、水の中にほんとにつけられるという、その風土の中につけられることがとっても鮮烈な経験であったと申し上げましたけれども、あのときに聖書に接してたこと。聖書を、あるトーンを、あとで写真のことも言いますけど、非常に高性能なインビジブルな何かを捉える高性能カメラのようにして捉えちゃって。これが聖書としてあるのと同時に、これはどうしても言っておかなきゃいけないんだけど、あの当時、クリスチャン・アカデミーでそういうことをやったんだけども、標語を唱えさせられてね。

あのとき道徳再武装なんていう運動があったの。それは英語でまで覚えちゃったけど、Moral Re-Armament。道徳再武装。もう一回道徳で武装しようという。キリスト教の中にそういう運動があったんでしょうね。それで毎朝、「正直、純潔、無私、敬愛」、「正直、純潔、無私、敬愛」って唱えさせられた。もちろん嫌々やってたんだけども、それはやっぱり高性能の記憶として入るわけじゃないですか。入ってきたらそれとの戦いになるわけね。だからこの標語っていうのも、あんまり強調する必要はないけれども、記憶の非常に透明な高性能な傷みたいなものとしてあるなっていうのに気づきました。

写真的原体験

もう一つ、写真に関連して一つおもしろいことにふっと気がついて、そのことを先に申し上げておこうと思います。六歳のとき、疎開して行ってた和歌山の永穂で、恐らく何か電波を妨害するためなのでしょう、アメリカ軍が空中に銀のテープを大量に投下したんですよ。空から銀の紙が降ってくるの。和歌山平野、全体にね。銀のテープが空から降ってくるなんていうのは、五歳、六歳の子どもにとっては驚異的なことだったのね。あれが記憶に残ってるというのを「ああ、そうか」と思ったのは、写真のことを考えようと思ってロラン・バルトの『明るい部屋』をもう一回読み直し始めた時にね。ロラン・バルトは、ある別の人の目で見てるような、非常にレアな驚きの瞬間を写真が伝えてくるっていうのよね。

それと似てて、六歳のときに銀紙が空から降ってきたっていうのを、僕の脳はさっきの声と同じようにして写真のようにしてぱっとつかまえた。記憶というよりも裸形《らぎよう》の写真のようにしてつかまえたんだな。そうするとそれが、写真のセルロイドのフィルムみたいなものにもなってくる。写真を撮るときに本当の写真はあらわれないから、写真のロールを重ねたりなんかして。そう、二重露光ね。ロラン・バルトは最初にナポレオンの末弟の写真を見たときに、自分がいま見ているのはナポレオンを眺めたその眼だと言って、それに驚いてる。で、ロラン・バルトはその驚きとともに自分の中に起こった非常に珍しい孤独な目を感じたらしいんだよね。それを読んでて、ああ、そうだ。空から銀紙が降ってきたときに驚いた。あれに驚いたのは、僕の中の写真——写真というまさしく真を見る、真を写すようなものがこっちに残った。

それからこの間、最初の作品は「空からぶらさがる母親」だと言いましたよね。あれは、母親に対するマザーコンプレックスの激しい深いものもあるけど、空からぶら下がるっていうのは銀紙ですね。きっとね……。間違いなく戦争最後のときに、恐らく原爆投下の寸前ぐらいのときだよね。とにかく、空中に銀紙を大量に投下してきた。だからその空っていうのが、空からぶら下がるって言って、そこは母親をつなげてるけど、あれは銀紙だ。銀紙、結構長かったたな。あんまり短い短冊状じゃなかったような気がする。ただ、それを見た人はかなり多いはずですから。あるいは証言資料としてあるはず。ところが子どものの見た驚きっていうのはさ。五歳、六歳の子は、ウワーって思っちゃう。なんだか、薬《くす》玉《だま》の大量に広がったような。でも子どもだからオーバーだけどね。そういいつつ別のことにも気が付いていました。その「空中の銀紙」……が夢のなかで、あるいは詩のなかで別の姿に変化していることに、……。おそらく〝短冊状〟といったところで、詩のなかでの変幻の精妙さに気が付いています。〝短冊〟〝絵馬〟＝〝薬玉〟というように、……ここからもう一度詩を読むことが可能になりますね。

紀《き》の川《かわ》土手でアメリカ軍機から機銃掃射を受けて、乗ってるパイロットの顔が見えたという話はエッセーに書いてますが、こういうふうにして考えさせてくださる機会があるから、ようやっとその「銀紙」のこと、「絵馬」のこと、心に残っている写真、短冊状の写真みたいにしてさ、思い出すのね。ここにやっぱり懸命の生があるんだよな。なぜこんなにも写真を撮ってるかがわかってきたね（笑）。それでこんな機会だから詩を読み直し始めたんだけど、五十年前に書いた詩を読み直すっていうのはとてもおもしろいものですね（笑）。イメージの変幻がよくみえるなあ。……というよりも〝イメージの変幻〟を鏡にして覗き込んでいる自分の眼が見える……。裸形の写真の傷……というよりも皺《しわ》のようなものが言語のいろんなところにあるな、と思いました。

アレン・ギンズバーグと諏訪優のこと

僕はある珍しい機会があって、ジョナス・メカスという個人映画の創始者みたいな人に師事するというか、生涯の友になった。その生涯の友は、いま九十三か四歳だな。僕は年がら年中ニューヨークへ行く人をつかまえては、メカスに会いに行け、メカスに会いに行けと言ってます。どんどんどんどん行くわけよね。最後に行った映像作家が、メカスさんがこれを剛造に渡してくれと言って託されたといって。この前、鈴木余位《すずきよい》さんがアレン・ギンズバーグ*が最後の日を迎えた三日間、「Scenes from Allen's Last Three Days on Earth as a Spirit」というDVDを託してくれたのね。で、はっと思って。もちろんメカスはニューヨークに住んでて、アンディ・ウォーホル、ロバート・フランク、スーザン・ソンタグ、それからアレン、これがとても近い人でした。僕もパーティーでアレンと一緒になったことはあるんだけど、アレン・ギンズバーグという人とは、実際に対話したときに僕は非常に険悪な状態になってしまった。僕がアレンのためにしてみせた、詩の読み方、……発声が、どうやら余程彼の神経を逆撫でしたらしい、……。

だからでしょうか、アレンの態度がちょっとおかしくなってしまって、けんかみたいに

*アレン・ギンズバーグ（一九二六〜一九九七）――アメリカの詩人。一九五〇年代半ばから六〇年代半ばまで続いたビート・ジェネレーションを代表するひとり。ヒッピー世代の価値観や思想を表現した詩集『Howl（吠える）』や『カディッシュ』で知られる。

なった。それが僕の傷に残ってるんだけど、もう一回考え直してみたときに、このときに恐らくメカスさんというのは何にも言わないけどとっても思慮深い人で、アレンとメカスと剛造というのでやわらかい三角関係みたいになってる状態を知っていたのね。我々もアレンじゃなくてメカスを呼んで、紀伊國屋ホールをいっぱいにしてリトアニア語で自作詩を読んでもらったりした。メカスもびっくりしちゃってね。詩の朗読っていうのは、全くわからない言語でもこうやって伝わっていくもんだというのをアレンにも言わなきゃなと言ってた。それで僕はアレンじゃなくてメカスを選んで、ニューヨークのそういう芸術運動と同伴してきたわけです。

でも、待てよと考えて、今日お話しするけども、やはり「三田詩人」が始まるときにもう一人、ビートの紹介者で英文学者の諏訪優《すわゆう》*さんっていう大事な人がいたのですね。この人が僕の書く詩に、最初の二篇目で着目してくれた。

諏訪さんは「Subterraneans」という雑誌を出し始めて、第二号からもう僕も引っ張り込まれた。アレンの『Howl（吠える）』の朗読を聞く会なんかを組織したりね。したがって実は僕は隠してるけれども、ビートっていうよりもアレンの『Howl（吠える）』が一時代を画するものであったことを剛造は認めていながらね、この声に、この存在に、敬意を払わなかったね。それを言っておかなければいけない。この人の存在に非常に深くかかわってた青春があったんだ。それをメカスを盾に隠しちゃってた。それを九十三歳になったメカスが、これを剛造に贈ってやろうといって贈ってきたな。そういう経緯があったのね。

でもリージョンコードっていうのですか、アメリカで制作されたＤＶＤだから、こっちの機材には対応してくれない。それでマリリアさんに頼んで、コンピューターで試したらちらっと見えた。葬儀の様子を撮ったらしいんだけどね、メカスらしい映像でした。そのメッセージが伝わってきて、「三田詩人」を始めたころの最初のあたり、あるいは六〇年代の初頭の我々が受けたビートの大波、大津波が、ここへ来てメカスのやわらかい手でこういうふうなことだったんじゃないかとやって来た。だから今日は、吉増はビートと関係ない、という通説を深い反省とともに、修正します(笑)。

「吉増剛造インタビュー」というのがMoMA（ニューヨーク近代美術館）のホームページに出てるのね。あれで結構しゃべってます。インターネットで見られます。なぜあそこでしゃべったかというと、やっぱりニューヨークでしゃべったっていうこともあるんだけども、地べ尊敬する詩人だし神話的な存在だった瀧口修造《たきぐちしゅうぞう》氏＊が、僕にとっても大切でしたが、

＊諏訪優（一九二九〜一九九二）——詩人。一九五〇年代後半にアレン・ギンズバーグを知り、ビート・ジェネレーションの活動を日本に紹介した。ジャズ・ミュージシャンと組んで詩の朗読会も行う。晩年は田畑界隈に住み、暮しのなかの抒情を主題とした。詩集に『谷中草紙』、『太郎湯』など。

たというのかな、身近かにいて、苦しくて地道な「詩の朗読」の運動を始めた諏訪優さんを忘れてはいけない、……といいたかったのね。大事だったんだということを力説したかったの。だから皆さん、「瀧口さんなんでしょ」と言うんだけど、「いや、人に練馬ビートなんて悪口言われて、英文学者からも白い目で見られたけど、やっぱり諏訪優の大事さというのはあったね」っていうことを随分言ってるの。それと白石《しらいし》かずこ*さんの際立った、詩人としての存在のこともね。それを力説していました。面白いね、ニューヨークだったので本音が出てしまったというのは、……。

そういう目で五十年ぶりに若書きのを見たら、もちろんショーペンハウエルやニーチェやを読んでるけれども、やっぱりビートの影響があるし、エルヴィスも、あるいはボブ・ディランも聞こえてくるからね。つまり「声」の重要性ね。そうしたものが、やっぱり僕の目で見ても真なる目の写しみたいな、ほんとの写真みたいなものとしてちらっちらっと見えてるね。

飯吉光夫の『出発』評

最初の詩集は『出発』というのでした。一九六四年ね。これについて、飯吉光夫《いいよしみつお》*っていうツェランの専門家がいるじゃない、彼が七一年に「吉増剛造をめぐるセンチメンタル・

ジャーニー」という凄い文章を書いたの。「ユリイカ」にね。それは現代詩文庫の『続・吉増剛造詩集』に入ってますけどね。彼はドイツ文学をやってるし、ツェランよりもゲオルク・ビューヒナーの『ヴォイツェック』って僕はとても好きなんだけど、そういうのをよく読んでるから、その目でもって特に『出発』を読むと、この狂気の坊やは何を言ってるんだというのを見つけ出してきちゃった。

飯吉も気がついてるけれど、僕はむしろ、僕が読んでもこれは狂気だなと思ったのね。「宇宙は女ギツネの肛門にある」なんていうことを書くわけよ。これはマザーコンプレックスと同時に、一種の自分の中の狂騒の一瞬の写真なんだよね。飯吉さんは、こういうところをつかまえてくるの。で、ドイツのツェランよりもビューヒナーなんかがとても参考になるね。それに気がつきました。「吉増剛造をめぐるセンチメンタル・ジャーニー」っ

＊瀧口修造（一九〇三〜一九七九）——詩人。美術評論家。造形作家。シュルレアリスム運動の初期のころから純正なかたちで日本に紹介した。ブルトンやデュシャンとも直接に交友があった。詩集に『瀧口修造の詩的実験 1927〜1937』、主な著書に『シュルレアリスムのために』、『余白に書く』など。

＊白石かずこ——一九三一年生れ。詩人。十代から詩を書き始める。六〇年代はジャズ・ミュージシャンとの共演で自作詩の朗読をさかんに行った。国際的な詩のフェスティバルにもしばしば参加している。詩集に『聖なる淫者の季節』、『砂族』など。

＊飯吉光夫——一九三五年生れ。ドイツ文学者。東京都立大学教授を務めた。一九七三〜七四年にベルリンとパリに滞在する。パウル・ツェランの専門家で、ツェラン自ら憑依したかのような迫真的な訳詩のスタイルは高く評価されている。著書に『パウル・ツェラン　ことばの光跡』など。

処女詩集『出発』

てタイトルで、知らなかった人が書いている。とんでもないやつがいるなと思って、それで出会ってパリに滞在したときに一緒でした。まあえらい目に遭ったけどね（笑）。この人はツェラン*が好きだけどツェランは自殺しちゃったでしょ。それから飯吉は三《み》島《しま》由《ゆ》紀《き》夫《お》がめちゃ好きだったの。それもまたほぼ同じ頃に死んじゃったじゃない。だからもう飯吉さんは泣いているような吠えているような飯吉さんでしたね。あんな人はもういない、……。

少年期の読書

どなたも自分の特性に気がつくことはあるんでしょうけど、高校時代、僕は世界史と漢文が得意でさ、特に漢文っていうのは返り点なんかで動くじゃない。あれが僕はめちゃ追ってけるというか、肌に合うっていうかね。だからとっても漢文が好きだったのと、もう二つぐらいそれに補足すると、僕はマザーコンプレックスだったけど、父親と終生とっても険悪だった。父親はインテリさんで、敗戦のときに心のよりどころを求めて芭蕉さんを随分読んでた。だから本棚に『芭蕉七部集』がぐわーっとあったの。で、一番尊敬する文人は幸田露伴《こうだろはん》だったから、書棚から来るバイブレーションみたいなもの。『漱石全集』もあったけど、こっちは装幀のあのきんきらきんが嫌であの世界には行かなかったけど、おやじが読んでた『七部集』からは間違いなく影響を受けてます。芭蕉さんというのは、類を絶しているというか、あれは「太古の詩」だね。それを『七部集』に直観したんですね。

それから子どものときに何を思ったか、親がどこかで掘り出し物を見つけたんだな。あれは文藝春秋が出したんだと思うんだけど、菊池寛《きくちかん》と芥川龍之介《あくたがわりゅうのすけ》が編集した全八十八巻の『小学生全集』っていうのを与えられたの。だから漫画はすぐ卒業しちゃってそっちへ行くわけね。そこで芥川にほれちゃった。「アグニの神」なんていうのに。〝アグニ〟というのは、インドの言葉で「火」なんだね。ここが、誰もいわない芥川龍之介の感受力なのね。作品もいいし、それが子どもの僕に伝わっているというのが凄いよね。僕の芥川びいきは、きっと終生なおらないでしょうね。芥川こそが「東京の詩人」だと思います。

＊パウル・ツェラン（一九二〇〜一九七〇）――ドイツ系ユダヤ人の詩人。ナチスの強制収容所で多くの同胞と両親を失った経験をモチーフに、象徴主義以降のヨーロッパの文学遺産を引き継ぎながら、痛切きわまりない抒情詩を数多く残したが、最後はパリのセーヌ川に飛び込み生涯を終えた。二十世紀を代表する詩人のひとり。詩集に『罌粟と記憶』、『迫る光』など。

慶應入学とひとり暮らし

それから立川高校っていうのはすぐそばが国立《くにたち》だったりして、大体風土的に三多摩の多摩壮士だから早稲田へ行くのが主流なんですよ。東大、早稲田、一橋。弱虫だけど反骨精神があって、先生に「東大受けたら」って言われても、「いや、嫌だ」って言って、誰も行かない慶應へ行くって（笑）。その当時、中国文学をやる人っていうのは吉川幸次郎《よしかわこうじろう》*と奥野信太郎《おくのしんたろう》*というのがいるじゃない。奥野信太郎が慶應だったのね。だから慶應を受けてみて、科目が少ないから大丈夫だと思ったんだけど、おっこったら一年浪人して京都大学に行こうかなって。そしたら慶應に通っちゃって。立川高校からその年慶應は二人しか行ってないな。

慶應って、そういうブルジョワお坊ちゃん学校だっていうんで、立高みたいな蛮カラなところからは差別されてる。そこへ行ったわけね（笑）。でも大学に入って、実際に会ってみて、こんなのはだめだと、中国文学はすぐやめちゃったけどさ。

大体が戦後の貧しい時代だから自分の部屋なんか持てないのに、僕はひきこもりの傾向があって（笑）、それを克服する人生なんだけど、大学に入ってひとり暮らしを始めて、初めて個室に入れたっていうのはもう天国みたいな感じでね。四畳半の部屋でした。最初は魚籃坂下《ぎょらんざかした》。随分いろんなところを動いてますよ。魚籃坂下、それから代々木の山手線のそばだとかね。そこで一日三冊ぐらい本を読んでたな。本当に、理想的な若い子のひきこもりと孤獨でした。本を一生懸命読むのと映画を見るのと、それが都会生活だから。

そういうところにぶつかりましたね。それで太宰治《だざいおさむ》にとても惹かれたというのは声の問題があって、太宰治の作品の中からは完全に声が聞こえてきますからね。だから僕はどっちかというと詩のほうからじゃなくて小説のほうから文学に入ってるね。小説や哲学書や何かをいっぱい乱読してるほうから入ってきてる。だから短詩形とか詩のオタク系統じゃないんだ。そのうちに、鮎川信夫《あゆかわのぶお》*の『現代詩作法』に出会うんだけど、そうね、でも現代詩のほうにというよりも、そのときに西脇順三郎《にしわきじゅんざぶろう》さんを読んでたな。何で西脇さんに惹かれたかな。詩というよりも、何かあれもちょっと異質なもんだからね。

当時西脇さんはもう慶應の文学部長だったんだけど、そっちのことは何も知らない。学校行かないんだもん、ほとんど（笑）。本を通してだけでしたね。

＊吉川幸次郎（一九〇四〜一九八〇）——中国文学者。京都大学教授を務めた。文化功労者。主な著書に『杜甫詩注』、『仁斎・徂徠・宣長』など。

＊奥野信太郎（一八九九〜一九六八）——中国文学者。随筆家。慶應義塾大学教授を務めた。主な著書に『奥野信太郎随想全集』など。

＊鮎川信夫（一九二〇〜一九八六）——詩人。「荒地」同人であり、詩の論客として戦後の現代詩の世界を牽引した。詩集に『鮎川信夫詩集』、『橋上の人』、『宿恋行』など。

天気

（覆《くつがえ》された宝石）のような朝
何人か戸口にて誰かとささやく
それは神の生誕の日

（西脇順三郎『あむばるわりあ』より）

入学したのは一九五七年でした。で、日吉《ひよし》で二年生に上がるときに落第して、他の落第坊主と一緒になって、落第坊主と一緒につるんで歩くのがおもしろくてね（笑）。結構大財閥の息子たちで、勉強できないけど幼稚舎《ようちしゃ》から来てるやつらなの。それが落ちるわけ。その連中を引き連れてたのね。そいつらにカンニングさせて引っ張り上げなきゃいけない（笑）、そういう生活。渋谷の宇田川町《うだがわちょう》あたりで遊んでた。

バーテンになりたいと思ってた。バーテンダーの専門学校にも通ったのですよ。宇田川町の安藤組《あんどうぐみ》＊の大幹部の花形敬《はながたけい》さんが肩で風切ってた、安藤組の一番盛んなときだからね。泥沼の宇田川町（笑）。うん、水商売は大好きなのね。だから慶應もやめようと思った。そのくらい都会生活に興奮したんだね。

それでクラス雑誌が出たんだ。そこへ「飛沫」という詩を書いた。結構手応えのある詩が僕は書けるなあ。まあ、この間も言ったけど詩を結構書ける。ぱっと書けちゃう。それをクラス雑誌に発表したのね、ガリ刷りの。

それが日吉だった。その辺から詩に接近し出した。恐らく落第坊主のときに宇田川町でゴロまいてて、そんなところが素地としてあった。そしてクラス雑誌に詩を書いて、「よし、詩のほうへ行こうかな」と思ったんだな。それで鮎川信夫の『現代詩作法』とぶつかって、「あ、こんな世界があるんだ」となった。『現代詩作法』という名著、……いまでも鮮明に覚えているけど引用が素晴らしかったのね。高村光太郎《たかむらこうたろう》の「根付の国」と萩原朔太郎《はぎわらさくたろう》の「艶《なま》めかしい墓場」、それと西脇順三郎さんの「夜」、ここが僕の現代詩入門の戸口でした。そして「文章倶楽部」という雑誌を見たら、岡田隆彦《おかだたかひこ》*とかいうやつが投稿少年だからさ、詩を発表してる。住所が書いてあったの。それに手紙を出してさ。「三田詩人」というのを出すとかなんか書いてあったんだ。で、俺も入れてくれと言って（笑）。

＊安藤組――一九五二年から六四年まで、渋谷を中心に活動した暴力団。後に映画俳優・作家となった安藤昇に率いられて勢力を拡げ、一時は構成員が五百人を超えた。大学生もいる近代的ヤクザ集団としてマスコミの脚光を浴びた。

＊岡田隆彦（一九三九〜一九九七）――詩人。美術評論家。写真批評誌「provoke」同人。慶應義塾大学教授、「三田文学」編集長を務めた。詩集に『史乃命』、『時に岸なし』など。

岡田は大体が絵描きになろうとして駒場高校の美術科だかへ入ったんだ。あいつは絵心のあるやつで。だから美術評論家になるんだけどね。でも何か肌が合わなくて獨協高校へ入り直してきた。あいつは最初はそんなに才気煥発なやつじゃなかったけど、大変な大政治家のうちの息子だからさ。まあ、東京の雰囲気はすごいやな。井上輝夫《いのうえてるお》＊だって財閥の息子ですよ。当時の慶應はみんなそうだから（笑）。

立川から通うっていう選択肢もあり得たんですけどね。何度か通うってことはやった。最初は日吉だから南武線経由で通ってた。そして三田になって初めて魚籃坂に下宿したのかな。やっぱり絶対にひとり暮らしがしたかったんだな。

で、ドイツ語の単位を落として留年した。語学は必修だからね。僕は最初中国文学をやりたいと思ったから、村松暎《むらまつえい》さんという人が中国語を教えてて中国語をやった覚えはある。だけど奥野信太郎のクラスをのぞいたら、何だ、江戸の通人みたいなやつだ、って感じなの。いわゆる学問的な高貴さ、というか薫りがないのよ。それでがっかりしちゃって。何か応対が悪かったのかな。むろん私のほうが悪いに決まってるんだけどさ（笑）。

車の運転

慶應は、日吉のときに体操を教えに来てくれたのが、アムステルダム・オリンピックで日本人で初めて金メダルを取った織田幹雄《おだみきお》だよ。三段跳びの。あの人が体操の時間に新入生を相手にやるんだよ。その中に自動車教習というのが何遍かあったの。

慶應の自動車部って、やっぱり慶應らしいんだよな。T4、31のフォードを持ってて、その時代の誰でもがよだれを流すような車だよ。それで覚えてるけど。もちろんクラッチのある世界ですよ。それを教えてもらうわけ。アクセルなんて、一本針金の棒があって、その針金の棒を右の足裏でそーっと倒していくようにして踏ませるのよ。十八ぐらいのガキにはそんな楽しいことってないですよ。慶應だからこそ、そういうのができたのね。だからあっという間に運転うまくなって。めちゃうまいからね（笑）。あっという間に免許を取っちゃった。それで僕は町工場の息子だからトラックですぐ手伝いを始めてさ（笑）。

ただ、スポーツカーが出てくる、あれは詩の中だけの話よ（笑）。詩篇「燃える」のことです。

必死で書いた初期詩篇

「帰ろうよ」という、昔、日記の中に十五、六のときに書いたんだろうな。あれが最初だ

＊井上輝夫（一九四〇～二〇一五）――詩人。フランス文学者。専門はボードレール。ニース大学で博士号取得。慶應義塾大学教授を務めた。詩集に『秋に捧げる十五の盃』、『冬ふみわけて』など。

けど、あの詩は消しといて、「空からぶらさがる母親」をぶら下げてって「三田詩人」に入れてもらったのね、二号に。だけど実際はそれより前に『出発』の二篇めの「いやな絵」というのを書いてるの。あれの手応えみたいなものが最初でした。

帰ろうよ

歓びは日に日に遠ざかる
おまえが一生のあいだに見た歓びをかぞえあげてみるがよい
歓びはとうてい誤解と見あやまりのかげに咲く花であった
どす黒くなった畳のうえで
一個のドンブリの縁をそっとさすりながら
見も知らぬ神の横顔を予想したりして
数年が過ぎさり
無数の言葉の集積に過ぎない私の形影は出来あがったようだ
人々は野菊のように私を見てくれることはない
もはや　言葉にたのむのはやめよう

真に荒野と呼べる単純なひろがりを見わたすことなど出来ようはずもない
人間という文明物に火を貸してくれといっても
とうてい無駄なことだ
もしも帰ることが出来るならば
もうとうにくたびれはてた魂の中から丸太棒をさがしだして
荒海を横断し　夜空に吊られた星々をかきわけて進む一本の櫂にけずりあげて
帰ろうよ
獅子やメダカが生身をよせあってささやきあう
遠い天空へ
帰ろうよ

初期はその辺だけど、『出発』をもう一回読み直してみたけど、さっきも言った「宇宙は女ギツネの肛門にある」とか、「肛門の中に／ポッンと地球がある」って、これはもう一種の狂気ですよね。それから「G・Iブルース」でしょ、これはプレスリー。ボブ・ディランの声は、その当時夢中になっていた文楽の義太夫の語りに似ていて、これは、……と吃驚《びっくり》したんだけど、プレスリーは「声」そのものね。みたことも聞いたこともない

「声」でした。それにショーペンハウエルでしょ。もうひとりは一休宗純《いっきゅうそうじゅん》、あのときに五《ご》島《とう》美術館か何かで一休宗純の書を見てぶっ飛んじゃってさ。これもやっぱり銀紙を見て一瞬にして心の写真のシャッターがおりるのと同じで、そういう強烈な体験があった。ディラン・トマス*だとかG・Iブルースだとか、もう声が聞こえてくるじゃない。ディラン・トマス、ボブ・ディラン、プレスリー、それからビート。このときに隠してるけど、やっぱりここにギンズバーグの『Howl（吠える）』がある。

『Howl（吠える）』の朗読を聞いてるわけ。声から聞いてる。ボブ・ディランも声から聞いてて、こんなふうにして語られる声の浮遊状態っていうのかな、こんなのあるかと思ってさ。そのころ岡田たちと勉強してて『万葉集』なんかを読んでたときにも、柿本人麻《かきのもとのひとま》呂《ろ》からとんでもない声が聞こえてきて、ああ、これが人麻呂かと思った。そういう感動に近いようなものを、ボブ・ディランの声、あるいはアレン・ギンズバーグの『Howl（吠える）』に聞いてる。

後から考えてみると、アレンがやっぱりボブ・ディランを非常に大事にしてて。ボブ・ディランはもともとディラン・トマスから来てるけどね。……とすると淵源にディラン・トマスがいるね……。

何か直感でもって最も大事にする心のシャッターが切れてるところが、初期の詩には散在してる。それで「出発」というのを書いて「三田詩人」の三号に送ったのかな。送ったその日に、何ということだろうな、普通、家出っていうんだけども、僕もそれを水の冷たさあたりから考えてて、実存の井戸の底なんていうことを書いてるじゃない。実存の一番底部、底みたいなもの、井戸の冷たさのさらに底みたいなもの。実存主義も読んでたけど、それよりもっと必死になってキリスト教と接触したっていうのは、宗教的なものの深みとぶつかってるし。それから本当にもうすぐそばに死のにおいのフィルムがあるのに気づいてて、その底にさわらなければどうしても生きられないという思いがあったからこういう詩を書いた。

家出をして釜ヶ崎へ

そして船乗りになろうと思って、「家出」というよりも「蒸発」なんだよな。どこかへふーっと消えてしまうような。そういうことをしたのが「出発」という詩でした。

あのとき退学届を出そうと思って三田の校舎の事務室に行ったの。で、いいかげんなんだよな、学生証持っていかなかった。学生証を持ってないんだったら退学させないって、

＊ディラン・トマス（一九一四〜一九五三）――ウェールズの詩人・作家。二十世紀の英語圏を代表する詩人のひとり。作品の大半を故郷のスウォンジーで執筆した。著書に『ディラン・トマス全詩集』、『子犬時代の芸術家の肖像』など。

当たり前だよな（笑）。そのときに偶然、『萩原朔太郎研究』の編集担当者だった伊藤信吉さんが派遣した若い人が来てて、その人が調べてるところをみてると、朔太郎が慶應に来てたっていう学籍簿が出てきちゃってさ（笑）。見た、見た、見た。で、口止めされたもん、内緒にしといてくださいって（笑）。

慶應じゃあ二年から三田だから、二年か三年のときだな。周りでは文学仲間たちとの軋《あつ》轢《れき》であんなことをしやがったとか言われたけど、完全に内的な一種の生命の蒸発。それで船乗りになりたいと思って鹿児島まで行った。もちろんなれやしないよね（笑）。

つてなんか何にもない。何にもなくてぼーっと。でもそれは戦争のときに疎開で動いたっていう幼児体験が、放浪まではいかないけど蒸発させるような気質を生んでるのね。旅っていうよりも、どこかへぼーっと出て行っちゃうような。

それでいろんなところでつっけんどんに突き返されて、行くところがなくなって、帰ってきたのが大阪の天王寺《てんのうじ》。和歌山の近くだから何度も行ってるんだけど、どうしてか天王寺が好きだった。これが後の「折口ノート」につながってるのね。そして釜《かま》ヶ崎《さき》へ出やすいっていうこともあるけど、そこへこもった。釜ヶ崎の二畳の部屋に。二畳で家賃二千円ぐらいだったね。一畳千円。

水商売が好きだからキャバレーのボーイをやって生活しようと思った。だけど身元保証が必要だから、バイトでもなかなか難しいの。梅田《うめだ》の大キャバレーへ行ってやろうとしたけれども、うまくいかなかったな。それでお金が尽きて帰ってきちゃった（笑）。

文学的な苦悩みたいなものは全くなくて、やっぱり生命というか、どう命を取り押さえるかだよね。瀧口修造が、関東大震災をきっかけに慶應を一旦やめるんですね。で、お姉さんのいる小樽《おたる》に行って、小樽で文房具店を手伝ってしばらくいた。で、そこから慶應に復学してきたので西脇順三郎と出会うということがあったんですけどもね。瀧口さんの場合にはちょうど関東大震災とぶつかった。あれが瀧口さんの場合は大きかったんだろうね。僕の場合は、もっと潜在してた自分の生命そのものが戦争の傷だらけのネガの状態と一緒にあるから、それをどうやって乗り越えるか、という問題でしたね。

「非常時」のなかでの自己形成

昭和でいうと十四年生まれですよね。年子で弟が十五年に生まれてて、二歳のとき、十六年の十二月八日が開戦のとき。だから親たちもそうだけども、幼年期の過ごし方として異常な状態でした。もう普通に育てられないわけですよ。絵本を見せるとかそういうときじゃないから。しかも終戦の年が小学校一年生でしょ。一番の形成期が、魂が形成されないまんま傷だらけになってるっていうか、そういう状態なんですよね。だから前に言った天から銀紙がおりてくる。それから防空壕に上から機銃掃射してくる音が、信じられないような、カタカタカタカタカタカタカタ。どうして命を脅かしてこんな音が空からしてくるのか。五歳、六歳だからわからないわけ。そういうところに育った年代というのは実に少ないと思いますよ。一、二年ずれてたらそんなことないからね。だから常にどっかで必ず、「非常時性」っていうのを求める。それを克服しようとするんだけれども、その非常時っていうのがないと表現が成り立たないという。

詩の中を探すとそれがわかるけれども、……一九六七年に書きました「疾走詩篇」が雑誌「文藝」に載った初めての作品。

僕は非常時の底へおりていく。だから必死になるっていうことをやるのよ。必死という言葉を何度も使うけれども、普通にいう必死の「死」じゃなくて、必死になって、非常時のところへおりていこうとする。一種異様な意思の力の源泉は、まさに「非常時性」というものだと思う。

外面的にいうと、シャーマン的だとか、ものにつかれてるとかいうけれども、間違いなくそれは傷だらけの魂がどうしても胞子《ほうし》だとか光を出したくて、それで必死になってる状態。それは、もちろん最初から暗喩《あんゆ》なんていうことへ行くような精神じゃないですよね。似てるのは、ボードレールの『赤裸の心』*だとか、あっちだね。いろんなことを反省的に考えてみると、中心にあるのは、非常時に一番大事な生命の形成期を与えられてしまった魂の混乱の、ほんともう一心になって、それを砕きながら別の光を出そうとしているところだね。

それが小学校へ行ったときにキリスト教とぶつかった。外面的には見神体験はあったけれど、それは先程いいましたように、二、三年生の人がどうやら〝神の姿〟をみたらしいということを通じて想像力がはぐくまれて、こちらのものにもぼーっと、キリストの姿が浮かんでくるということでした。キリストを通じてもちろん宗教そのもの、もっと深い土地のものとかとぶつかった。これに触れないとどうしても生きていけないような、一番下のものに向かっていくような性質が、キリスト教によっても生じたなと思う。

天沢退二郎《あまざわたいじろう》*さんは二つ三つ上で、中国大陸で育って、童話を読んでて宮澤賢治とぶつかってる。僕は童話なんか全く関係ないからね。童話なんか知らない（笑）。だからそういう物語的なもの、童話的なものに対する本能的な嫌悪がある。だってそんなものとは触れ

*『赤裸の心』――フランスの詩人シャルル・ボードレールが書いたアフォリズム集。政治、道徳、宗教、芸術、風俗などの分野における虚偽やタブーを打破しようとして、激しい批判精神に貫かれた警句が並ぶ。
*天沢退二郎――一九三六年生れ。詩人。フランス文学者。宮澤賢治研究家。明治学院大学教授を務めた。東大在学中に、詩誌「暴走」、「×〔バッテン〕」を経て、鈴木志郎康、渡辺武信らと「凶区」を創刊。詩集に『眠りなき者たち』、『《地獄》にて』など。

てないんだもん。

文学ではないものから

だから、いわゆる文学少年、文学青年というんじゃ全くないんだよね。だけど芥川とぶつかったっていうのはあった。川端康成《かわばたやすなり》さんもそうだけど。この間、若松英輔《わかまつえいすけ》さんの『叡知の詩学　小林秀雄と井筒俊彦』を読んでたのね。川端さんと小林秀雄を論じながらとてもおもしろいものを書いててね。川端さんが震災直後に芥川と街を一緒に歩いてるようなシーンがあるらしいんだよね。川端さんと芥川っていうのもあんまり言われないけど、案外、近いところがあるかな。それから川端さんは、今東光《こんとうこう》のお父さんの影響で神智学《しんちがく》*に惹かれてる。意外でしょ？　初期の作品にちょっとそういう影が差してる。それが恐らく最後の『たんぽぽ』まで来てると思う。

学生時代はものすごい乱読をしてますから、小説もめちゃ読んでます。さっき太宰治のことを言ったけど、作品っていうんじゃなくてその底から聞こえてくる声なんだよね。あとドストエフスキーをめちゃ読んでる。ドストエフスキーの中からも声が聞こえてくるじゃないですか。あれは間違いなくポリフォニーの声が聞こえてくる。ロシア文学は随分読んだな。それから哲学も読んだし。大江健三郎さんはもちろん読んでるよ。全然違うところから出てくる言語をつかまえる天性のものが僕にはある。

でも、いまだに毛筋ほども小説を書こうなんていう気がない。それでわかるじゃない、いわゆる文学少年じゃないというのが。岡田隆彦や井上輝夫だって、「慶應文芸」というのがあって、中心に小説を書く子たちが集まってるわけ。それが、岡田が中心だけど分派活動を起こして「三田詩人」ができた。だからもともと母体は小説を書くやつらだよ。岡田のアイドルは石川淳《いしかわじゅん》だし、井上は小説を書く人だし。そんな時に、クラス雑誌を出すからみんな書けっていうんで、落第仲間と一緒に書いたのが「飛沫」っていう詩。「飛沫」っていう雑誌だったかな、そこに手応えのある感じで書きました。

ビート派と諏訪優

当時はジャズの時代だった。ジャズの仲間たち、あるいは諏訪さんも属してたけど

＊神智学——神秘的直観や幻視、冥想などを通じて、神と結びついた神聖な知識の獲得や高度な認識に達しようとする学問。十九世紀にマダム・ブラヴァツキーが唱導した心霊主義に端を発するとされる。

＊沢渡朔——一九四〇年生れ。写真家。女性のポートレートの分野を中心に活動している。六〇年代は、在日アメリカ軍基地に通って撮影を続けた。写真集に『少女アリス』など。

＊奥成達（一九四二〜二〇一五）——ジャズ評論家。編集者。詩人。日本のサブカルチャー界に広い人脈を築く。白石かずこや八木忠栄と詩の朗読会を結成したこともある。

「VOU《バウ》」っていうグループがあって、モダニズムの先端みたいなね。白石かずこさんもいた。あの人たちが「doin'」という雑誌をつくって、「三田詩人」の出発とほぼ重なってる。そのときも中心にいたのが諏訪優さん。で、沢渡朔《さわたりはじめ》*だとか奥成達《おくなりたつ》*だとか白石かずこさん、清水俊彦《しみずとしひこ》*。僕が高橋悠治《たかはしゆうじ》*さんと出会ってるのはそんなときだな。そういう広がりがあったの。で、そのときにギンズバーグの『Howl（吠える）』をまず諏訪さんが訳した。諏訪さんが訳してくれて、「ユリイカ」に載ったのかな。そういうことがあったから、その当時、ゲーリー・スナイダー*は京都にいたんだ。それで時々はケネス・レックスロス*なんかも来てたし、ジャズメンたちも来てたし。で、諏訪さんは音楽評論もやった。諏訪さんが中心で我々がついていったのね。僕と井上はギンズバーグのビートのほうに非常に惹きつけられた。

　諏訪さんはわれわれよりも十ほど上ですから、ちょっと兄貴分ぐらい。

　朗読が始まるのは一九七〇年ころかな。新宿・ピットインの二階で始まったのね。あれの仕掛け人も諏訪優と副島輝人《そえじまてると》*さん。日本の詩の朗読のページを開いたのは諏訪優さん。諏訪優さん自身はあんまりやらなかったけども、そういう運動を引っ張ったのは諏訪優。諏訪優が声をかけて、白石かずこ、富岡多恵子《とみおかたえこ》*、しばらくして吉原幸子《よしはらさちこ》*、それから剛造とあと誰だ。八木忠栄《やぎちゅうえい》*も入ってた。

だからどっちかというとビート、路上派と言われるグループね。あれの中心にいたのが諏訪優さん。僕はそれに非常に懐《なつ》いたというか、瀧口さんよりも諏訪さんの地べたについた運動に共感したし、そっちのほうが時代の地鳴りみたいなものに近かった。

＊清水俊彦（一九二九～二〇〇七）――評論家。詩人。ジャズや現代美術の分野で評論活動を行った。著書に『清水俊彦　ジャズ・ノート』など。

＊高橋悠治――一九三八年生れ。ピアニスト。作曲家。ベルリンで現代音楽のクセナキスに師事。コンピュータによる作曲を研究しながら、ピアニストとしての演奏活動を続ける。水牛楽団では、アジアの歌を演奏した。独自の音楽観による音楽批評も行っている。著書に『ことばをもって音をたちきれ』、『たたかう音楽』など。

＊ゲーリー・スナイダー――一九三〇年生れ。アメリカの詩人。五〇年代前半は、ビート・ジェネレーションを代表する詩人として活躍した。一九五六～一九六八年の大部分を京都で暮らして禅を学ぶ。アメリカに帰国後は、環境保護活動に携わる。詩集に『亀の島』、『終わりなき山河』など。

＊ケネス・レックスロス（一九〇五～一九八二）――アメリカの詩人。評論家。ビート・ジェネレーションの育ての親とされる。数回の来日経験があり、白石かずこなど女性詩人の詩を英訳している。詩集に『不死鳥と亀』など。

＊副島輝人（一九三一～二〇一四）――ジャズ評論家。六〇年代より前衛ジャズを中心に評論活動を行いながら、コンサートのプロデュースやジャズ・フェスティバルの記録映画を制作した。著書に『日本フリージャズ史』など。

＊富岡多恵子――一九三五年生れ。詩人。小説家。文芸評論家。当初は詩人として活動したが、七〇年代初めから小説と評論の世界に移った。芸術院会員。著書に詩集『返礼』、『釋迢空ノート』など。

＊吉原幸子（一九三二～二〇〇二）――詩人。大学卒業後、女優として劇団四季に入団して活動した。一九八三年から一九九三年まで、新川和江とともに季刊詩誌「現代詩ラ・メール」を編集、多くの女性詩人を育てた。詩集に『幼年連祷』、『オンディーヌ』など。

＊八木忠栄――一九四一年生れ。詩人。「現代詩手帖」編集長を長く務めた。七〇年代には諏訪優らと詩の朗読活動を行う。詩集に『雲の縁側』、『雪、おんおん』など。

実際に聞いて持ってかれたのはコルトレーン、ソニー・ロリンズ、あの辺だよね。本格的ジャズ。アルバート・アイラーまではまあ、射程には入ってたよ。それをいい文章で書いたのは、岡田隆彦にとどめを刺すな。岡田はジャズについて書かせるとすばらしい文章を残してる。

非常時性からの「出発」

僕なんかダメだったな、非常時ばっかり（笑）。非常時の爆発で。そもそも締め切りっていうのが非常時の証拠で、締め切りなんていうのを設けられて、かーっとなって別人のようになってやるっていう、そういう習癖がずーっと続いてさ。それで例えば「文藝」なんていう雑誌が一九六七年かな、編集者だった清水哲男が長篇詩を依頼してくれてね。そんなときは決死だもんな。「詩の雑誌」とは全く違う「表舞台」に立つときの身震い。もし駄目だったら死んでしまおう、……と。死ぬか生きるかで書いてたもん。あの時代はもうほんとに、詩っていうのはすなわち、非常時そのものだった（笑）。非常時とパラレルじゃないと詩じゃなかった。僕にとってはね。だから上手・下手を超えちゃうんだよね（笑）。

疾走詩篇

ぼくの眼は千の黒点に裂けてしまえ
古代の彫刻家よ
魂の完全浮游の熱望する、この声の根源を保証せよ
ぼくの宇宙は命令形で武装した
この内面から湧きあがる声よ
枕言葉の無限に岩バシル連禱のように
梓弓、オシテ狂気を蒸発せしめる
無類の推力を神ナシに保証せよ
容器は花の群衆の
そのもっとも濡れた中点を愛しもしよう
ああ
眼はもともと数百億の眼に分裂して構成されていたのに
そしてそれぞれの見方があって
半数には闇が繁茂し、半数には女陰が繁茂し、半数には海が繁茂し、半数には死が繁

茂し、すべての門に廃墟の光景が暗示され、すべての眼が一挙に叫びはじめる一瞬
　を我々は忘却した
なぜ！
そのゆえに詩篇の行間に血が点線をひいてしたたる
この夜
ああ
鏡にうつる素顔に黄金の剣がせまる
性器も裂けよ、頭脳も裂けよ
夜も裂けよ
素顔も裂けよ
黄金の剣も裂けよ
この歌も破裂航海船、海という容器もない
文明も裂けよ
文明は地獄の印刷所のように次々に闇の切札を印刷するが、それは太陽の断片であっ
　て、毒蛇の棲む井戸であって、虎の疾走であって、自然のなまぐさい香気によって
　権勢をふるっていることをぼくは知っている

男大蛇が月を巻く、まさに虚空！
光も裂けよ
光、影像人間の幻想に関する魔術的予言にも、その中心に光に対する深い狂測が発見
　される
ああ
ぼくの眼は千の黒点に裂けてしまえ
ぼくの眼は千の性器に裂けて浮游せよ
円球内で肉を食うタマシイ
このとき
出口を失って世界が腐りはじめている
眼の回転
夢の墜落
ふたたび
眼の回転

朝だ！

走れ
窓際に走りよると
この二階の下に潮が満ちてきている
岩バシル
影ハシル、このトーキョー
精神走る
走る！　悲鳴の系統図
この地獄
新宿から神田へ
ぼくは正確に告白するが
この原稿用紙も外気にふれるとたちまち燃えあがってしまう

（以下略）

当時は学生運動の時代だから、先鋭なやつが多かった。「三田詩人」の中にも何人かいた。岡庭昇《おかにわのぼる》＊もそのうちの一人だね。あいつだって三光汽船《さんこうきせん》の重役の息子でさ。それから早死にしたけど朝日の特派員になったかな、有吉正一郎《ありよししょういちろう》って筑紫哲也《ちくしてつや》さんの友達。あれも

「三田詩人」にいたな。

吉増の一番の親友だった「慶應文芸」のメンバーだった吉田武紀《よしだたけのり》は早死にしたね。あいつは小説と紀行を書いた。山登りの達人だった。あいつは国会へ突っ込んで捕まったんだ。岡田もデモに行った。でも僕は全く政治には無関心だった。むしろ、火がついちゃってるような自分の魂の非常時のほうが問題だった。もう、どうしようもない問題ね。

といって女に狂うわけではない。どっかで大酒飲んで狂ってたりさ。何か違う狂い方をしてた。といって、めちゃ詩にオタクになる風でもないんだ。それだから獨りで虫みたいにこもっちゃって火みたいになってるような。だけどそれが持続しちゃうんだよな。もちろん自殺願望もあるし危ないことはいろいろありましたよ。割とあったけれども、幼いときからの非常時性が魂に居座っちゃってるんだな。

今こうやって話しながら考えてみると、キリストの像が立ちあらわれて聖書と出会ったっていうのは、やっぱり結構大きかったかもしれない。だから、道元《どうげん》に行ったり親鸞《しんらん》に行ったり、一休宗純に行ったりするけれども、その根には聖書とぶつかってキリストとぶつかったっていうことがあったかもしれないな。これも非常時だな（笑）。それに一番ふさ

＊岡庭昇――一九四二年生れ。評論家。左翼の立場から文芸評論活動を行うが、近年はメディア論を中心に活動。著書に『冒険と象徴　60年代詩の運命』、『メディアと差別』など。

わしい表現形式として、詩が向こうから来ちゃった。
「出発」という詩を書いたときに、これで蒸発しちゃおうと思ったっていうのは、恐らく自分なりの魂の非常時っていうのはこれで書けたと思ったんでしょうね、まあ、出発宣言みたいなもんでさ。

出発

ジーナ・ロロブリジダと結婚する夢は消えた
彼女はインポをきらうだろう
乾いた空
緑の海に
丸太を浮べて
G・Iブルースをうたうおとこ
ショーペンハウエルの黄色いたんぼ
に一休宗純の孤独の影をみるおとこ
ジッタカジッタカ鳴っている東京のゴミ箱よ

赤と白の玉の中に財布を見る緑の服の男たちよ
ピアノピアノピアノピアノ
雑草のように巨大な人間の音響よ
雑草のように微小な人間の姿よ
おまえは頭蓋の巨大な人間
おまえはカタワ
ヌルヌルした地球
そんな球体の上で
おまえは腐ったタマゴ
銀河系宇宙の便所の中で
おまえは腐敗している
都会のカタスミで
おまえは腐敗している
母親は桃色のシーツをたたむ
おまえは腐敗している
頭脳のカタスミで宇宙がチカチカしている

おまえは腐敗している
無生物の悲嘆の回復
宇宙は女ギツネの肛門にある
肛門の中に
ポツンと地球がある
腐敗したおとこよ
さあスコップをもって
ヒップの恋人を
山田寺の仏頭を
日本銀行を
熱海の海を
ディラン・トーマスを
コンクリートでかためるのだ
おまえは腐敗している
おまえはころがる
実存の井戸の底へ

G・Iブルースの里へ
便所の底の赤いじゅうたんへ
ナポリの地下水道におまえの愛が落ちていても
その愛が
タマゴタマゴタマゴ
といっても
おまえはころがる
ガラガラおりる
荒れはてた楽園を
人間のいない
生命の世界を
おまえはころがる
おまえは腐敗している
ここでおまえは結核菌をコップに一杯飲む
おまえはたんぼのくそをたらふく食う
小便をたらふくのむ

走りながら寝るのだ
おまえは
オバケナス
や巨大なオッパイ
からどんどん離れる
離れるのだ
おまえは腐敗している
おまえは離れる

おまえは離れる
おまえの頭蓋に付着する思想
セロテープ状の思想
それから離れる
セロテープには
父が収税吏に涙を見せる姿
火事に半狂乱に走る母の姿

おまえは腐敗している
耐えられなくなったおまえは
ついには
シリのポケットに頭蓋骨を入れてしまう
そして
背中を向けて
ころがる
走る
地球のはて
時間という美女
が立ち止っているところ
そこのぶあつい鉄の壁に
おまえはシリをぶつける
おまえのポケットはつぶれる
頭蓋骨がつぶれる
そして座るはずだ

その時から
おまえはメシを食わないだろう
その時
どんな光が
おまえの胃壁を照らすだろう
どんな光が
どんな永遠が近づくだろう
元素も細胞も無になったとき
おまえの存在する空間
そこには
どんな影が
怖れるな
おまえの場所を
おまえの魂のすみかを
おまえは空間に香気をみる
そして

愛の形をも見るだろう

人々はガードの下で乞食が笑っているのを見たことがあるだろう

ヘラヘラ笑うのを

詩誌「ドラムカン」の創刊

でも、その後に釜ヶ崎の二ヵ月を挟んでまた戻ってきちゃった（笑）。それから「ドラムカン」だったね。これは、岡庭昇たちの左翼グループの突き上げと、岡田もデモへ行ったりしててやめるとか言って、子どもたちはそんなふうにしていろんなほうにぶれるわけよね。そのときに分派活動で、僕と井上は一種の同性愛みたいな仲間で（笑）、同じ下宿にいたりしたわけだけど、それで相談して別の雑誌をつくろうやということになった。今でも覚えてるけど渋谷のビアホール、ニユートーキヨーで相談してると、そこにドラム缶が置いてあったんで、俺が「あ、これでいこう」。それで「ドラムカン」ね（笑）。

そのころの時代を代表してますね。当時の小津安二郎《おづやすじろう》の『秋刀魚の味《さんまのあじ》』にドラム缶ががんがん出てくるのよ。あれが六二年だった。ドラム缶っていうのはその時代のもんだな。石油が入ってたんだけど、水槽として利用したり防火用に利用したりしてたの。あれは時代の風景としてある。「ドラムカン」は分派活動で、みんなで宣言を出して書いて。やっぱり同人雑誌にはそういうスタイルがあるからね。それで井上と僕と岡田と、鈴木伸治《すずきしんじ》っていうのは心理学者だ。それから会田千衣子《あいだちえこ》さん。そういう分派活動でした。

当時は東大に「凶区」が出来てた。今よりももっと、いわゆるサブカルチャーに対する真剣なつき合い方があったから、「凶区」の人たちの日録を見てもわかるけど、めちゃくちゃいろんなことをやる。それは共有していた。時代を丸ごとつかもうとするのは共有してた。土方巽の暗黒舞踏だとか唐十郎《からじゅうろう》さんの紅《あか》テントの活動もそうだよね。

あらゆるものが、ちまたで接触がありました。それと、やっぱり無意識にも早稲田と慶應と東大っていうのは何かある。それで大岡信《おおおかまこと》＊さんなんかが僕らを見つけてきて書いてくれたりなんかするから、何となくそういう空気が形成されましたね。まず見つけてくれたのは大岡信と飯島耕一《いいじまこういち》＊さん、それから同伴して最も近くにいて信頼されたのが入沢康夫《いりさわやすお》＊さん。そのころに小さい出版社で新芸術社というのをつくった山崎悟《やまざきさとる》っていう人がいて、その人が東大の本郷の赤門から少し入ったところに事務所を設けて、「エスプリ」という雑誌を出し始めた。その編集委員を諏訪優さんと、天沢さん、菅谷規矩雄《すがやきくお》＊さんと僕もやっていた。

それで「凶区」のひとたちや僕たちの詩集——僕の詩集『出発』もそこからね。岡田の詩集はテレビコマーシャルまでうったって。そういう運動があって、新芸術社がすごく大事ですね。その当時のスターが、天沢退二郎と岡田と長田弘《おさだひろし》*だな。それから渡辺武信《わたなべたけのぶ》*かな。

僕はいわゆる非常時派だから（笑）、そんな派手っぽいことはできないのよ。それでしこしこ、しこしこ。でもどこかでドスをのんでるようなところがあって、怖い子だったんだろうな。怖がられたな（笑）。で、大岡さん、飯島さんたちの先輩たちとも、このあた

*大岡信——一九三一年生まれ。詩人。詩歌と美術に関しても精力的に評論活動を行う。一九七九年から二〇〇七年まで朝日新聞紙上に「折々のうた」を連載した。芸術院会員。詩集に『春 少女に』、『詩とはなにか』など。

*飯島耕一（一九三〇～二〇一三）——詩人。フランス文学者。評論や小説も執筆し、明治大学教授を務めた。若いころは大岡信たちとシュルレアリスム研究会を結成したが、八〇年代以降は江戸の近世俳諧に関心を移した。詩集に『他人の空』、『ゴヤのファースト・ネームは』など。

*入沢康夫——一九三一年生まれ。詩人。フランス文学者。明治大学教授を務めた。宮澤賢治やネルヴァルの研究も行っている。芸術院会員。詩集に『わが出雲・わが鎮魂』、『死者たちの群がる風景』など。

*菅谷規矩雄（一九三六～一九八九）——詩人。ドイツ文学者。天沢退二郎らと詩誌「凶区」を創刊した。日本語のリズムや音韻についての考察に大きな業績を残す。著書に『詩的リズム　音数律に関するノート』、『詩とメタファ』など。

*長田弘（一九三九～二〇一五）——詩人。児童文学者。文芸評論家。詩集に『深呼吸の必要』など。著書に『ねこに未来はない』、『本の話をしよう』など。

*渡辺武信——一九三八年生まれ。詩人。建築家。映画評論家。天沢退二郎らと詩誌「凶区」を創刊した。詩集に『熱い眠り』、『過ぎゆく日々』など。

りで接点ができた。「週刊読書人」だとか「日本読書新聞」だとかああいうところ、あるいは「読売新聞」なんかに先輩たちが記事を書くじゃない。で、僕らも書かれるとやっぱりうれしいから、それで空気ができるよね。

「発生状態」＝映画の力

あのころは何といっても映画の時代でした。乱読とひきこもりの下宿生活で、行くところは喫茶店と映画館。あの当時、イタリア・ネオリアリズム、それからフランスの『死刑台のエレベーター』から始まって、ジャズと交差してるよね。映画の黄金時代。だから岡田とよく競い合ったけど、毎日映画館はしごで、三ヵ所ぐらいはしごしていろんなものを見てる。僕が初めて「三田詩人」に書いたエッセーが『地下鉄のザジ』だからね。

それで天沢と渡辺と岡田と僕と、後で菅谷さんが入ってくるけど、「シネ」っていう雑誌を出し始めた。二号で潰れちゃったけど。そのくらいみんな映画に夢中になってた。だから僕も映画監督になりたくて東映のつてをたどって行ったけども、「風呂敷いっぱい脚本持っといで」なんて言われて、冗談じゃねえって。それでもうやめちゃった(笑)。

シナリオとかお話づくりにはなんの興味もないのね。もう最初から、「映画」そのものがもっている驚異というか、暗闇や字幕やの、……ね。フランスのヌーベルバーグが出て来たときの共感、……あれが証明していますね。それが後年、「gozoCiné」になって、日記性とモノローグ性へと成長して行くのね。まだまだ発生状態ですけどね。そうだね、「発生状態」がキーワードですね。

国際情報社時代

卒業した後は、国際情報社というところに入ったのね。おふくろの友達のつてで、最初はそこに「映画情報」っていうのがあるから入れてもらおうと思ってたんだ。映画関係のことがしたいと思って。これは「大法輪」というのなんかを出している出版社で、床屋なんかに置いててめちゃ部数が出てる雑誌。そこへ入ったけども、編集室でキルケゴールなんか読んでる子だからさ（笑）。嫌なやつだよな。仕事はするけど。昔の人と違って、僕もサラリーマンになっている。その後も三彩社でずっとサラリーマン生活をしてるからね。だから、中原中也《なかはらちゅうや》なんかの時代の不良詩人たちとは違いますよね（笑）。ほとんどみんな仕事を持ってやりますからね。まあ、軋轢はあったけど。

僕はそこでは、「国際写真情報」っていう雑誌を編集しました。今で言えばIS（イスラム国）の問題がでてきたらその特集を組んだり、という雑誌ね。で、特集を組んで時々は画家の東郷青児《とうごうせいじ》をやったり林 武《はやしたけし》をあつかってみたり、僕が提案して猫の特集をやってみたり（笑）。

これは写真が主なんですよ。「ライフ」みたいな。それもおもしろかった。写真部があって、いつもカメラマンと一緒にタッグを組んで行くの。なかなかおもしろかったよ。当時の自民党の党人派の大立者だった大野伴睦《おおのばんぼく》にインタビューしたことがあったな。おもしろかった。占い師を連れて行って、カメラマンを連れて行って、この人の人生を占うっていうのだけど、平気で答えてくれるのよ。で、俺がインタビューするの。大野伴睦、俺は好きになっちゃってさ（笑）。なぜ好きになったかというと、今の新幹線ができるときに技術者が真っすぐの線を引いたんだよね。夢の超特急。そしたら大野伴睦が岐阜《ぎふ》に駅をつくれと言って曲げちゃった（笑）。それで岐阜羽島《はしま》駅ができた。技術者がもう大泣きに泣いたっていうんだ。そのくらい悪玉扱いされた。だけど母親のために鉄道を曲げるなんていいじゃない（笑）。そのときに随分写真家の卵とつき合ったな。写真の現場がとてもおもしろかった。暗室もあったしな。

でも、そこも辞めちゃった。あのときが女かな（笑）。結婚しようとしてたり。でも自分でこれだけ覚えてないっていうのは、あんまり鮮烈なことじゃなかったのかもしれないな。やっぱり紹介されておふくろの友達の義理で入って、そういうことが嫌だったんじゃないかな。どうもいま話しながら思い出してくるけど、その後入った三彩社っていうのは新聞で僕が求人広告を見つけたのね。だから自分で見つけて行かないと自分の中に納得が生じないんだな。多分それだったという気がする。そのぐらい簡単なことだったんだと思う。

辞めて、半年間まあ蟄居《ちっきょ》だね。部屋でトランプ占いをやったり(笑)。自分では「引きこもり的統合失調症」っていうけれども、とにかくこもって何かをして、ノイローゼになるわけですよ。ノイローゼになってそこで何かをつかもうとする。もう一つの本能がそうさせようとするの。

だからよく言うんだけど、アイオワへ行って英語が逆にどんどんできなくなって、英語を拒絶して、言語を枯らすようにした。あるいはミシガンに行ったときももうほとんどぎりぎりまで持っていくのよ。もうこれ以上先に行ったらぽきっと折れるなっていうとこ。そこまで行かないと非常時の底に着かないの。それは一貫してると思う。このこと、……「言語を枯らす、……」ということを、さらに考えてみると、……「歌」ということと関連していることが判る。プレスリーやディランのように歌わないといけないのに、物真似のとても劣った言葉しか発語できない、この絶望感は言語を絶してる。ここで「歌」、「声」を「詩」といいかえることが出来る筈。「伝達言語」や「普通言語」を枯らそうとしたんだね。だからもしかすると、この変なやつの一生というのは、そういう生まれ方をしたために常に非常時の実存の底、冷たかったり水だったり、「歌」や「声」、それに、夏の庭で舞っている女《ひと》……それに触れてないとだめだということなんじゃないかな。

でもそこまで行くと、確かに生まれが特殊だとも言えるけれども、ある普遍性にもとどいているな。作品っていうのは火のようなものだからね。どこかでもう一つの知恵が働いてて、どこかでそういうところに触れてないと、作品が出てこないっていう。それはどこかで会得したんだろうね。だから単純な引きこもり、孤独だけじゃないのは確かだ。単純に言葉を涸らす、だとかじゃなくて、しかも作品だけじゃなくて、別の生に触れないとこの生は生きていることにならないって、……そして「歌」だね、そこに希《のぞ》みがあるんでしょう。

三彩社時代

東銀座の裏の大栄会館というビルの八階にあった、日本画と美術専門誌の「三彩」ね。「三彩学校」なんて言ったりしました（笑）。営業をふくめて十人位なのね。僕はどうしてか、この性質は自分でもまだつかめないんだけど、勉強もしてないような男《コ》だとかが好きでグループをつくるの。製本屋さんの息子がいたり、骨董屋の息子がいたりさ。慶應にいたときのようなやつらとか、こっちが原稿をとりに行く偉い先生とは違う世界があって。

あれはおもしろかったな。ああいうのは好きだな。だから学問的なインテリの世界よりも、そっちのほうで出てくる直感みたいなものを信用するところがずーっとあるね。言いたいこと言ってすみません（笑）。

東松照明《とうまつしょうめい》*とか花田清輝《はなだきよてる》*とか、そんなひとたちに原稿をもらったけど、やっぱり東松さんのほうが好きだった。だから亡くなられるまでつき合った。宮川淳《みやかわあつし》*さんが、美術選書の『鏡・空間・イマージュ』を出したとき、三彩に僕が書評を書いたんだ。そしたらすぐに電話がかかってきて、「僕、生まれて初めて書評を書いていただきまして」。弱ったね（笑）。

すでに有名な絵描きさんとも出会いました。結構電撃的な直感的な触発を受けた。藤本《ふじもと》韶三《しょうぞう》さんという社長さんはもともと美術出版社で「みづゑ」を大下正男《おおしたまさお》さんと一緒にやってた人。彼がそこから分かれて三彩社をつくったの。だからすばらしい絵描きさんのおじ

---

*東松照明（一九三〇〜二〇一二）――写真家。戦後に奈良原一高や細江英公らと写真家集団「ＶＩＶＯ」を結成。その後、沖縄や長崎に移り住み、「戦後」を撮り続けた。写真集に『戦争と平和』、『東松照明：Ｔｏｋｙｏ曼陀羅』など。

*花田清輝（一九〇九〜一九七四）――文芸評論家。映画や演劇の評論も手がけて、日本のアヴァンギャルド芸術を牽引した。多方面で論争も活発に行った。著書に『復興期の精神』、『日本のルネッサンス人』など。

*宮川淳（一九三三〜一九七七）――美術評論家。「美術手帖」誌の芸術評論賞を受賞した論稿「アンフォルメル以後」で批評家デビュー。モーリス・ブランショやジャック・デリダなどフランスの現代思想に深く学んだ思考により、アクチュアルな批評活動を行い、当時の論壇に大きな影響を与えた。著書に『引用の織物』、『美術史とその言説』など。

いちゃんのところに連れていかれてね。平櫛田中《ひらくしでんちゅう》さんもすばらしかったけど、やっぱり鏑木清方《かぶらききよかた》さんだな。鎌倉のお宅へ連れていってもらって、まあ、すばらしい人だったね。それで『こしかたの記』の原稿が来て、当時コピー機がないから筆写するのよ。それが楽しくてね。鏑木さんの字を私が筆写するのよ。鏑木さんの原稿は売れるからさ（笑）。それが楽しくて。そういう接触のほうが、インテリさんたちとの接触よりもはるかにおもしろかった。

『黄金詩篇』の誕生

この当時の五、六年で書いたのが『黄金詩篇』です。麻雀やって大酒飲んで次の日の朝は二日酔いで喫茶店で詩を書いてた。朝、二日酔いでちょっと変なときに書く。原稿用紙で、太いBICのボールペンだったかな。まあ、激しい時代で、あのときは勤めてたから書けたようなものでしたね。もちろん女関係もあったけども、それよりもやっぱり東銀座へ勤めてたっていうのが大きかった。

その喫茶店は今でも渋谷にあるかな……。あのときは僕は井《い》の頭《かしら》線も好きなんで井の頭線の池《いけ》ノ上《うえ》に下宿したりしてて、渋谷まで来て、今でもあるな、「エリヤ」というコーヒー屋があって、「燃える」や「朝狂って」はそこで書いた。日付が入ってるからすぐわかるんです（笑）。

「中央大学新聞」なんていう新聞が、ちょっと詩を書いてください、二十行です、二千円あげますなんて言ってさ。そうするとあの時代だからちょっとアジるようなものすごい気持が出てくるの。「燃える」なんていうのはそうだった。

それから後に一生の仲間になる人がすでに編集者になってて、「現代詩手帖」の編集者が八木忠栄だから、めちゃ過激な「波のり神統記」だとかさ。長田弘に頼まれて「詩と批評」に「渋谷で夜明けまで」とか、仲間が編集者になっていってそれで書いていくのね。もちろんだから非常に書きやすいというかインティメートというか、相手の顔が見えてるの。もちろんほかの人は小説へ行ったのだろうけど、僕は全く詩ばっかりだな。あとは映画評論を少しやってたかな。勤めてて時間があまりない、というのをわざと活かすのね。時間がたっぷりあったらできないもん。だからやっぱり非常時性（笑）。

このころ住んでいたのは、下北沢とか、あのあたり。僕は中央線の子なのに中央線が一直線に敷かれてるのが嫌いだから、あのひん曲がっ

『黄金詩篇』

てる、もともと井の頭から渋谷へ来てる水の道ですよね、その井の頭線の沿線ね。大岡《おおおか》昇平《しょうへい》さんにそういう小説があるけど、あれがとっても好きで、あそこに東京の夢を見てるのね。年がら年中あの辺だね。特に下北沢のアンジュレーションね、それを酔っ払って歩いて帰ってきて、また次の朝歩いて雪が降って締め切りがあってぎりぎりでっていう、あいうときに書いたもんだよね、「黄金詩篇」も「疾走詩篇」も。

まあよく引っ越ししてますが、やむを得ぬ事情もあるんですね。そこまで行くとちょっと女っ気が出てくるな（笑）。それほど深刻じゃないんだけども、あんまり僕の意識にはないけどもそういうことはあったんじゃないかな。そうね。四畳半に住んでいて、夢は台所つきの六畳に行きたいとかさ（笑）。原点は釜ヶ崎の二畳だからさ（笑）。

三彩社は、でも五年目で辞めたのね。とてもいい仲間たちと一緒に月刊雑誌の編集をやってたけど、人間関係がある臨界点まで来たんだな。それでそろそろ引きどきだなという。と同時に、三彩社のときに書いてた詩で『黄金詩篇』という詩集を出せるということになって、それが一つの決め手になって、「よし、このサラリーマン、編集者生活をこれでやめよう。どうも人間関係もややこしくなってきてるし、これはそろそろ俺が引いたほうがいいな」と。

何であいつは詩集を出さないんだと随分言われた。相当力作を連発してるからね。それなのに詩集を出さないのはおかしいって言われて。あんまり本が好きじゃなかったから詩集をという夢もなかったんだけど、三彩社をやめるときに詩集を出すというのもいいかなと。それで担当編集者は八木忠栄で、装幀は赤瀬川原平《あかせがわげんぺい》に決めた。

最初は渡辺隆次《わたなべりゅうじ》の友達の、がんで死んだ田畑《たばた》あきら子《こ》を指名したの。だけど案が出てきたら、これじゃあだめだって僕が判断して、「ちょっとごめん、かわってちょうだい」って言って赤瀬川原平。その当時、赤瀬川原平はものすごい力があったから替えました。うんこ色のなんて言われて、赤瀬川さん、くさってたけど（笑）。

文筆での暮らしへ

三彩社ですが、十数人の小さい会社ですから、人間関係がややこしいというか、小さいやくざの集団みたいなもんだからものすごく難しい。それは好きだったけども、毎日毎日白刃の上を渡ってるような感じがありました。だから、「これだけやったんだからもういいや」っていう気持になった。それで後を吉田と鍵岡と中嶋という人に渡してやめました。

で、『黄金詩篇』が七〇年に出て、高見順《たかみじゅん》賞の第一回目をもらったのね。当時はバブル前期みたいな感じで、PR雑誌なんかがいっぱいあった。そういうところから原稿の注文が来る。それは随分やりました。だから、これで勤めなくても暮らせるな、という感触はあった。だからこの本の聞き手になってくださった林《はやし》浩平《こうへい》さんが以前に書いてくださった年譜に、「六八年、年末に三彩社を退社。以後は俸給生活から離れて原稿執筆と講演によって生計を維持する」とありますが、それで正解だと思います。

まあ『黄金詩篇』で勢いがついちゃったかな。『出発』のときも大岡信さんから電話がかかってきて、全然そんな欲はなかったけど、「吉増君、H氏賞（若手詩人を対象にした詩壇への登竜門とされる賞）決まりそうだよ」、「ええー。何？　全然知らないけど」、「決まると思うけどな」なんて言ってね。結局沢村光博《さわむらみつひろ》さん＊に行っちゃったんで僕はもらえなかったんだけど、受賞寸前だったらしい。だから何となく、そんなに欲もないけれど、これで生活していくふりはできそうだなとは思ったな。もちろん時々は町工場をやってるおやじからお金をくすねてきたり（笑）、そういういかさまはいろいろやってたけど、格好がそろそろつきそうかなっていう感じはありましたね。

『黄金詩篇』って相当な量ですが、とにかく当時はたくさん書いてました。多分そのころ注文も多かったからほとんど締め切りありで書いていた。締め切りのなかったものは同人雑誌「三田詩人」と「ドラムカン」だけ。「ドラムカン」に書いたのは『黄金詩篇』には入ってない。ということは、ほとんどが注文原稿です。

注文原稿はがりがりの締め切りあり。その一つの手応えになったのは、「文藝」の一番力のあったときの編集者だった寺田博《てらだひろし》、金田太郎《かねだたろう》が現代詩の特集を連発してたとき。それにぶっ続けで書いてた。「黄金詩篇」や「疾走詩篇」、「頭脳の塔」というのをもうめちゃくちゃ書いて、詩の運動が非常時のほとんど臨界に達したようなところまで来た。

今では少しはそうだと言えるかもしれないけど、当時は、俺が詩人だなんて毛筋も思わなかったな。詩人ってもっと感覚がけば立ってて嫌なやつ（笑）、そんな感じじゃない。それとは全然違うんだからさ。むしろ、どっちかというと山口組系統のドスのんでるようなタイプだから。自分で詩人という自覚みたいなものがようやく出てきたのは、六十過ぎたあたりからかな。

そのときでさえ、もちろん詩人とか文学者っていう自覚もなかったね。

海外体験とアイオワ留学

ただ、一つはっとしたことがあったのは、倉橋由美子《くらはしゆみこ》さんがアイオワ大学に行ったためにアイオワ大学に国際創作科ができて、倉橋さんが推薦して田村隆一《たむらりゅういち》*さんが行って、田村

*沢村光博（一九二一〜一九八九）——詩人。カトリック信仰による形而上学的詩風で知られた。一九六四年に詩集『火の分析』によりH氏賞受賞。

さんが電話してきて「次は誰も行ってくれねえ。吉増、行ってくれ」って言うので「燃える」だとか「朝狂って」だとかそういう詩を英訳してもらって持っていったのね。ポール・エングルさんはアイオワの大変な偉人ですけど、その人に会ったら、「Gozo, Do you know what brought you here?（おまえをここへ連れてきたのは何だと思うか）」と。これだ、「I write first rhyme. The carving...」と言って。「彫刻刀が朝狂って立ち上がる」、その行をポール・エングルが「これだ！　これが詩なんだ。これがおまえをここに連れてきた」。ジョン・ウェインみたい（笑）。そういう瞬間に、ああ、こんな人に出会ったことは日本ではなかったな、そう思った。だから後年この人を恩師呼ばわりしますけど、こういうふうにして詩っていうのは一種飛び越えて――まあ、これも非常時ですけど――伝わるもんかなと思った。

朝狂って

ぼくは詩を書く
第一行目を書く
彫刻刀が、朝狂って、立ちあがる

それがぼくの正義だ！

朝焼けや乳房が美しいとはかぎらない
美が第一とはかぎらない
全音楽はウソッぱちだ！
ああ　なによりも、花という、花を閉鎖して、転落することだ！

一九六六年九月二十四日朝
ぼくは親しい友人に手紙を書いた
原罪について
完全犯罪と知識の絶滅法について

アア　コレワ

＊田村隆一（一九二三～一九九八）――詩人。エッセイスト。一九四七年に鮎川信夫らと詩誌「荒地」を創刊し、戦後の現代詩を牽引した。推理小説の翻訳も手がけて、戦後のミステリーブームの立役者のひとりともなる。晩年は軽妙なキャラクターが人気を呼び、テレビや新聞広告にも起用された。詩集に『四千の日と夜』、『奴隷の歓び』など。

なんという、薄紅色の掌にころがる水滴
珈琲皿に映ル乳房ヨ！
転落デキナイヨー！
剣の上をツツッと走ったが、消えないぞ世界！

海外ってことでは、アイオワに行く前に、東南アジアとロシアへ行ってるんだね。これは友達と行くはずでツアーを組んだ。初めて行ったところが東南アジア。いま考えてみるととってもおもしろい旅だったのね。シンガポールなんてまだ古いラッフルズ・ホテルがあってさ。今とは全然違ういいところで。クアラルンプールだって、コーランが聞こえてお猿が鳴いてたりさ。思い切ってアジアへ行ったっていうのが、僕の一つの決断でね。とてもよかった。

まずアジアだったね。安いからってのもあるけど。そのときでさえ、僕は沖縄に行きたくて返還前の沖縄行きを申請したら拒否された。僕なんかでも。物書きみたいなやつは全部はねたんでしょうね。

その後、グループ旅行でロシアへ行ってね。それもとてもおもしろい旅で、横浜から船でナホトカへ行って、汽車でウラジオストクからずーっと行ってね。団体旅行だけどこれも楽しかったな。僕はロシア文学のドストエフスキー、ゴーリキー、……ああいうものが好きだから。ところがいろんなやつがいて、東京都の職員のやつが興奮して、アルセニエフの『デルス・ウザーラ』のことをおうおう言うわけよ。沿海州を通ってるときにね。それで感化されちゃって、僕も『デルス・ウザーラ』が大好きになっちゃった（笑）。「三彩」から解放されて、その旅行のときに随分その中で日記も書いたし詩も書いた。「魔の一千行」だとかも全部その辺のとき。

「古代天文台」もその旅行から出てきたんですね。その「日記」が、後年「航海日誌」とか「裸のメモ」という記述の運動になってくるのね。それが形式やジャンルにおさまらない種類のものに発展して行きます。ゴッホの、炎を描いたり手紙を書いたりに近いようなところに行きはじめた、……。それがこの「海外旅行」によってもたらされたものでしょうね。

古代天文台

銀《しろがね》の
殺人から世界は開扉する！

今朝も
雪のなか
〈星はキーだ！　星はキーだ！〉
と絶叫しつつ
殺人を夢み、殺人にむかう
〈きのうは黒髪、シャンデリア〉
〈きのうは黒髪、シャンデリア〉
と歌ったが
今朝は
あと一ミリ、恐るべき寒さのなかにある
銀《しろがね》の
古代天文台が一瞬大きな死体にみえる！
ああ
雪がふる、雪がふる
雪がふって
純白の恋人が歩いてくる

ああ　なんという超自然の
銀《しろがね》の
巨石に雪ふりつもり、狂気は避けがたく中枢を襲う、銀《しろがね》の雪ふりつもり、延髄に殺気ちかづき、感覚器官に雪ふりつもり、それぞれ凍りつき、自己神秘化を開始する白色の大列柱よ！　すべての死体は一瞬真紅に輝くのを知っているか！
古代天文台に雪ふりつもり
欧州の崖のした、雪ふりつもり、白髪の
銀《しろがね》の
白《しろ》馬がゆく
馬竝《な》めて、白《しろ》馬のゆく
ゆるやかに、ゆっくりと超写真機めざし
ゆっくりと音楽が流れはじめる
旋律はゆるやかに

殺人にむかって流れはじめる
銀《しろがね》の、白馬《はく》は塔下を通行し、虚無の象徴《しるし》となる、銀《しろがね》の人形をのせ、ひとたび感覚器官を一周し、合図を送って、静かに、静かに、疾風の如く走りだす！
シャンデリア
シャンデリア
どの天でその白い焔を燃しているのだ！
白馬《はく》、全円を破壊せよ、突破せよ
白馬、白馬
無人騎馬すると伝えられる
宇宙にのってゆく
銀《しろがね》の
白馬だ
一九七〇年一月四日
移動する

下北沢の魔の一室にも
雪ふりつもり
ぼくは銀《しろがね》の糸とともに天井から轟音もろとも吊り落された！
ああ　シャンデリア
幻になろうが、魔王になろうが、流星になろうが、唯一、魔の一室から飛翔するために、魔術も行使しよう、雪にも変身しよう、大口径のレンズの縁《ふち》から出現する！
白馬は白馬、だから疾駆する
白は白、ここに言語の全権力が存在する！
銀《しろがね》の、銀《しろがね》の
白馬だ、白馬
燃えよ、河童！
ああ　古代天文台も海中に没し
アルプスの引力を断念する

北方では暗室が凄まじい火勢で燃えていて
地獄篇一篇を太陽は無関係に通行する
中央アジアは恐ろしい眼で凝視している
燃えよ、緑の、黒髪の、アフリカ
金属の中央で夢みる彗星を想う
ああ　頭部のランプ、純白を祓う大辞典！
野の花、偽のキリストの、魔術的な大十字！
燃える都市こそ純粋に宗教的であって
赤坂東急ホテル、軍艦・パジャマの前面を白
　馬、雪ふりしきるなかを疾駆する
愛しうるか、愛しうるか、愛しうるか、愛し
　うるか、殺しうるか、殺しうるか、殺しう
　るか、銀《しろがね》の、黙示録の白馬！
女体は転落する！
ああ　また逆転だ
銀《しろがね》の

殺人こそ象徴的飛躍、南無方位無し
玉藻なす、スカートは宇宙を越えた！
ガー、ガー、音がするのが聞えぬか
竜骨は必ず幽霊につづき、海は恐るべき寝台、そしてふたたび海中から斜塔のように突きだしてくる巨船、都市も同じ！　バベルも、全て家の形影に集中する、ああ　家も古代天文台だ！
歴史と性器、恐るべき関係だ
なんたる風俗が時間模様となって飾る
不死鳥の世紀、不吉なり！
古代天文台を想い
美しい人の死骸を想い
歌うたう
——みつみつし久米の若子《わくご》がい触れけむ磯《いそ》の草根《くさね》の枯れまく惜しも——

ああ　い触れけむ
古代天文台を夢みつつ
古代天文台を夢みつつ
現代の、孤独の
歌うたう
銀《しろがね》の、白馬よ、ぼくの死霊よ
言語雪ふる、雪崩ついて疾駆せよ、疾駆して
実名にむかえ
ああ
空に魔子と書く
空に魔子一千行を書く
詩行一千行は手の大淫乱ににている！
空に魔子と書く
空に魔子一千行を書く
魔子の、緑の、魔子の、緑の、魔子の、緑の
魔子の、緑の、魔子の、緑の、い触れけむ

純白の恋人、魔子に変身する！
死体のように正座する、一行の人名に触れ
　る！
いま
呪文が、一女優の名をかりて出現した！
周囲、世界が、虚妄の世界がとりかこむ
魔子の、緑の、魔子の、緑の、魔子の、緑の
魔子の、緑の、魔子の、緑の、魔子の、緑の
一行書いては絶叫し、一行書いては絶叫する
　魔子、巫女《シャーマン》！
魔子、巫女《シャーマン》、銀《しろがね》の、白馬にまたガリ
魔子、巫女《シャーマン》、恐るべき暗黒の山陵をゆけ
雪ふる、雪ふる
雪のなか
古代天文台へ疾駆せよ、直登せよ
一行の人名はすべて魔力に通じ、絶大な破壊

力を有する超言語だ！　人名は物質とも等価、歴史と直交し、竜骨血しぶきあげて前進する、墓碑銘をみよ、墓銘をみよ、水平線上に一千行の卒塔婆《ストウーパ》湧きあがり、合唱する！

雪ふる、雪ふる
雪のなか
古代天文台夢み
死骸を夢み
一行の人体となって歩いてゆく、あの幻！
さらに
ゆうぜんと
空に魔子一千行を書く
空に魔子一千行を書く
ふたたび
アルプスの引力を断念し

ぼくは生命をささげよう
天の、棺のなか、死骸が呼吸する超言語だ！

さらに死骸も夢みつつ、吹きだす白色の焔！

たわむれに
〈オー、魔子、マヤコフスキー、豊樹スキー〉

〈ベリンスキー、ベリンスキー〉

〈ホー、ホー、星よ、結婚はまだか！〉

〈きのうは黒髪、シャンデリア〉

〈きのうは黒髪、シャンデリア〉

あらゆる歌のシュプール、シベリヤ鶏頭は恐るべき山岳、浮浪者が着る白と緑の、革命的な二本のズボンを囲繞しつくす、また恐るべき白雲、また白雲、白雲、歌のシュプールは無限、いつも地獄は光速を刺す壮大なエロースだ！

古代天文台は卒塔婆群上に聳えたつ幻の女！

突然人名の大群が襲いかかる、白馬、白馬、サーカスのオートバイは白馬の化身だ、あの超写真機で撮影すれば、恐るべき人影、死の変更線だ！　アー、彼方に人体は真紅に輝く、真紅の白馬！

幻の、焔の恋人を求め、死骸を求めつつ、巨大な構造力となる！　一本の樹木よ、馬上に凍りついてゆく、そして疾駆してゆくこの影帽子を目撃せよ！　樹木よ、汝の倒壊それが世界の瓦解、一行の人名を死守するために、殺人を犯さねばならぬのだ！　剣の恐るべき乱立！　白色の眼の大森林！

さらに
雪ふりつもり
雪ふりつもる
古代天文台

第三章　激しい時代

キャバレーのボーイ経験

僕は日記をものすごくつけていたんで、また前に戻りますけれど、一九六一年の家出のあたりの日記を掘り出してきました(笑)。そのご報告をしておきましょう。

まず、現実生活として、慶應義塾大学の一年目は日吉キャンパスじゃないですか。一年目、これも前に言いましたけれども、僕は落第して、ドイツ語をおっことして、日吉に二年間いることになった。そうすると、落第生に慶應の幼稚舎あたりから上がってきた、できん坊主の金持ちの息子たちがいっぱいいて、そいつらと仲間になった。そいつらは不良だから、宇田川町なんかで遊んでた。そうしてるうちに、下宿生活で、自由さ、都会生活を味わったせいか、水商売が好きだったということもあるけれども、バーのボーイさんをやるということを心に決めたのね(笑)。今でも場所を確定できますけど、渋谷の宇田川町の、まだ街路は泥沼だったけどね、NHKが移ってくる前の渋谷にあったBCというでっかいキャバレー、相当暴力キャバレーだったけどね(笑)、そこのボーイをやりました。

そのころは宇田川町って安藤組の縄張りでね。地回りが来て、安藤組の大幹部の花形敬さんが来てたよ。ホステスさんも東北からやってくるようなホステスさん。それと、バンドも入ってたからバンドボーイと、それからボーイたちの世界。まあ、やくざの世界とぎりぎりなんだよね。そういう人たちとつき合うことは実におもしろくて。僕も、学校なんかやめちゃって、もう水商売、バーテンでもやろうかなんていう（笑）、そういう時期があったの。それと、「三田詩人」で「出発」というのを書いた。日記を見てたら、恐らくそのときめちゃ読んでたのが実存主義系統のもので、特にニーチェ。詩だとアンリ・ミショーを読んでたな。日本の詩人だと田村隆一。そういう、大体年がら年中煮詰まったような精神の人だから、それが一つの臨界状態に達してたね。

水商売の世界に暮らす

それで、当時の一番最下層というかな、そういう、同じ年ごろだけれども、どういう人生を送ったかわかんない、ちょっと間違えばドスが飛び出してくるような世界だった。そういうのに触れたということが、家出、というか蒸発の、とっても大きな大きな原因でした。いまだに夢に出てくるけど、ボーイをやってると銀盆を三つの指でこうやってささげ持つわけ、僕も結構うまかった（笑）。ホステスが客あしらいをするんだけど、ビールをつぐじゃない。ビールが大体半分ぐらいになったら、もう引っ込めちゃうの。新しいのを飲ませるために。下手すると三分の二残ってるやつでも。それを、ホステスがソファーの脇に置くのよ。ボーイはその通路を通りながら、すーっと下げていくの。

そういう、ホステスと、あうんの呼吸でやっていくキャバレーの通路みたいなね、ビール瓶をすっと抜いていくようなな、そういうことが実に記憶の一番大事なところに残った。そういう生活をしていて、水商売、やくざの世界に触れた。しかもそれは宇田川町の一番厳しいときだったのね。それで、やくざ一歩手前のやつだけども、ものすごく純粋なやつが多くて。ホステスだって同じ年ぐらいだからね。だから、男女関係なんかもできるわけ。僕もホステスに好きな子ができて、それで僕がどこかへ行っちゃったら僕の両親がその店へ来て、その子に尋ねたりしたようなことがあったというのを後で聞いた。渚《なぎさ》ちゃんっていった、……。そういう現実がありました。

ちょうど売春防止法ができたころだな、あれは一九五七年か、……僕は十八歳で慶應に入ったばかりだった……。売春防止法は一つの時代の境目ですね。それまでは渋谷の街角にも女の人が立ってたから。ＮＨＫが来る前で、闇市と恋文横丁、……戦後の混乱が残ってた。

非常時性を生きた青春

もう一つは、十八歳で慶應の日吉に行ったときに、初めて大学の講義にぶつかったのね。それでものすごく印象に残っているのは、内容はわからないのに、ドイツから帰ってきたばっかりの若いハイデッガー学者が、ハイデッガーについて言っているのね。それがわからないながら、僕はハイデッガーに非常にひかれた。

大教室での講義。若い、ベルリンから帰ってきたばっかりのような。ベルリンじゃなかったな、ボンか何かから帰ってきたばっかりの。僕はどうしてか哲学が好きだから、終生、六十年、七十年とハイデッガーを読み続ける最初が、日吉の十八歳だった。そういうことも思い出しました。かたわらにあるハイデッガーの『言葉への途上』（全集第十二巻）の、こんなトーンに惹かれたはずです。〝思惟の活動は、詩作活動のすぐ隣でその歩みを続けているのです。すぐ隣にいるもの、同じ近さの中に住み着いているもの、に思いをいたすことは、――〟こんなハイデッガーの思考の細かさ、稠密《ちゅうみつ》にこれまでにないものを感じたのね。それが完全に「詩作」とつながっていった、……。

それで、そういう「詩作」の「非常時」みたいなものがずっと続いてきてて、まだ戦後の異常な状態と、常に煮詰まって生きていけないような実存、もちろんサルトルなんかも読んでいたから実存の火の玉みたいな、そういう人だった。その非常時というのがずーっと今にまで続いています。例えば、僕は、原稿といったってろくな原稿は書けないんだけども、締め切りぎりぎりのときに、届けに行くときの電車の中でやっと原稿が成立するとかね。

それからさらに激しいのは、校正で、例えば大日本印刷か何かで、特に安原顯《やすはらけん》＊が担当した、中央公論社の「海」に発表した、一千行三部作なんかがそうだったし、「文藝」に書いたときもそうだったけど、大日本印刷の校正室でぎりぎりのときに成立してたりする。そういう一種の非常時性と火事場性。火事場のばか力みたいな。それは一貫してますよ。ついこの間も資生堂《しせいどう》のＰＲ誌「花椿《はなつばき》」に久しぶりに詩を書いたけど、どうしてもできなくてさ。とうとう、「花椿」の編集長に泣くようにして訴えて、五校か六校まで行った。詩が生動してくるまでにぎりぎりの火事場の力がないとできないというのは、ずっと一貫しています。

それともう一つは、外国で、どうしても見せ物みたいにして何かをやらなきゃいけないというので、「朗読」をし始めたわけね。朗読で発声するときに、やっぱり火事場というか非常時性というのか、言語に非常時状態が出てくるの。僕は決して朗読なんかうまくないんだけれども、心が過熱しちゃって非常時状態になってきて、自分でもわからないような発声をするの。それが非常時性の一つの現われでした。無意識が「歌」をもとめて発動しているらしいのね。

それと同時に、日常生活もそうだけれども、何にも捨てない。捨てないでとっておく。戦争のときなんかでもそうだけども、物が大切だから捨てないし。それから、疎開先から帰ってきているときにもやっぱり、いっぱい持って帰ってくる。

本をいっぱい持って歩くというのは、ジョナス・メカスに聞いたことがあるけど、メカスも物を捨てない人でね。だからフィルムアーカイブズにフィルムのくずみたいなのがいっぱいあるわけ。あれは子どものときにナチスに追われていたときに本を持って歩いて、本って重いから捨てなきゃいけない。それが悔しくて悔しくてしようがなかった。それは僕もよくわかる。捨てない。そういう非常時の子どもの精神ね。

この非常時性というの、大事ね（笑）。

「怪物君」と吉本隆明

それから、今、「怪物君」というのをやっていて、六百四十六葉でやっととまったのですが、吉本隆明さんの「日時計篇」という連作詩を二年何ヵ月かけて全部写してました。今は二回目の筆写が半分ぐらいまで来ています。二回目は片仮名表記に変えてやってたんですけど、これがまたおもしろいんだ。講談社文芸文庫の『西行論』も一冊全部書き写しちゃったけど、その後ではっと気がついて、「マチウ書試論」という出世作ですよね、三

＊安原顯（一九三九～二〇〇三）——編集者。評論家。「ヤスケン」の愛称があり、「スーパーエディター」を自称した。中央公論社の文芸誌「海」の編集者として村上春樹や吉本ばななを担当する。著書に『まだ死ねずにいる文学のために』など。

十歳ぐらいのね、それを、ついこないだから書き写し始めたの。とてもわかりにくい文でね。でも、「マチウ書試論」はやっぱりとっても大事なのね。これがもうおもしろくておもしろくてね。これを、今日あたり、もうあと十ページで書き写し終えちゃうところです。

これでとてもおもしろいことに気がついたんだけど、吉本さんは、平仮名・漢字まじりで普通に書いているの。ところが、ものすごい大きなポイントは、普通の文語訳の聖書の雅文調が嫌だといって、吉本さんはフランス語がちょっとできるから、フランス語の聖書を引用しながらやってるの。フランス語読みだと、ジーザス・クライスト、イエス・キリストと言わないの。ジェジュと言うんだよ。ジェジュとか、全部フランス読みしている。それで異様な感じがするんだよ。それを今度は僕が片仮名表記にして、そのジェジュという言葉を平仮名の「じぇじゅ」という表記にして波線を添えるのね。ある意味これも火事場の翻訳作業（笑）。普通に読むのとは違って、一種の音声化して翻訳しているような状態に近いんだね。

エミリー・ディキンソンの非常時性

それで、ここからが一つのテーマだけども、悪魔がイエス・キリストに、おまえが神の子だったらこの荒野の石ころをパンに変えてみろとか、神の子だったらそこから飛びおりろなんていうことを言う。ドストエフスキーが『カラマーゾフの兄弟』の中で「大審問《だいしんもん》官《かん》」の問題にするのはここなんだよね。それで、荒野で石をパンに変えろというくだりを読んでたときに、吉本さんはさっと普通の訳で言うけど、僕はそれを旧約聖書の文語訳を急いで買ってきて読んだんだ。

荒野の石ころをパンに変えるって人間にとっては不条理でしょう。それで旧約聖書を読んでいたときに瞬間的にふっと思いついたのは、僕はエミリー・ディキンソン読みなんだけど、一番好きなエミリーの詩でこういう詩があるのよ、「小石は何ていいんだ、道にひとり転がっていて経歴も気にかけず、危機も恐れない。あの着のみ着のままの茶色の上着は、通り過ぎていった宇宙が着せたもの」「茶色っぽい小石に向かって、少し茶色に色づいたのは、時の女神がすっと通りかかってその茶色っぽい上着を着せた」。英語で"Whose coat of elemental brown / A passing universe put on"なんて言うんだよね。これがとっても好きだったんだけども、荒野の石をパンに変えろというイエス・キリストと悪魔の問いの場面に差しかかったときに、焦げたパンのようなにおいが瞬間してきてね、エミリーのこの詩のことをふっと思い出したのね。

なぜかというと、エミリーはシェイクスピアと聖書を読んでいた人なの。それで、聖書を読んでいるエミリーにここで僕はぶつかった。僕も子どものときに聖書を少し教えられて、聖書が本の基本にあるから、エミリーにもぶつかってたんだね。単純にかわいらしい詩を書く最高の詩人だというだけじゃなくて、エミリーの持っている最もピュアなプロテスタンティズム。そのアメリカに対して僕には両刃性があるんだ。

初めて告白しますが(笑)、「石狩シーツ」という作品があるじゃない。あれは実は最初の構想では、エミリーの詩に刃を突きつけるようなつもりの詩だったの。「シーツ」というのは、「シーツを真っすぐに敷きなさい」というエミリーの有名な詩から来てる。エミリーが無意識に持っているらしい、神的なもののひろがりと地平……それが、アメリカ大陸とぼくのなかでかさなったのね。この神と闘うぞと、……五十年位奮闘したな。表面的にはエミリーをとても尊敬しているのですが、その裏の裏の暗闇までは、僕にも判らなかった。聖書の荒野から出てきたような……。T・S・エリオットの「荒地」のWaste Landなんて生易しいもんじゃないんですよ、聖書の荒野というのは。今のISみたいな状態でさ。そういう荒れた魂を、僕も土台にしているのね。そういう詩の立ってくる瞬間の火事場みたいなものを何とか死なないで保ってきたのが僕の非常時性だなと、そういうところまで考えました。

ではエミリーの詩を二つ引きますね。

死の床を広くつくるがよい
畏れと敬いでつくるがよい
優れて公正な審判の日の始まるまで
そこで待つがよい

褥《しとね》を真っ直ぐに
枕をふくらませよ
日の出の黄色い騒音から
この場所を守れ

＊

小石はなんていいんだ
道にひとりころがっていて
経歴も気にかけず
危機も恐れない

あの着のみ着のままの茶色の上衣は
通りすぎていった宇宙が着せたもの

（中島完訳『エミリ・ディキンスン詩集』国文社より）

詩魂の火の玉性

当時は六〇年安保で学生運動の高揚期でしたよね。でも学生運動はエリート集団のものだから。あれはトップのほうの人たちがやること。僕は、落第生相手に、どこかの会社の会長の孫みたいなのを引き連れて、宇田川町のホステスと一緒に戯れているような、もっとやくざに近いような、そういうふう（笑）。しかもキャバレーのホステスと仲よくなって、同棲まではしなかったけども、実存の井戸の底なんていう言い方をするけれど、そういうふうなさわり方をしているから、まるっきり最初から学生運動のああいうインテリ青年たちをばかにしていた、内心ではね。こっちはバーテンの専門学校に通ってたんだから（笑）。当時の日記を見ると、ニーチェなんかを引いて、とにかく命の一番底へ行こうとするような、そういうものが苛烈にありましたね。

相当いまとは字が違う（笑）。ミショーを引いたり、ニーチェを引いたり、詩になってる。「三十年前に死ぬ」とかなんとか、やっぱり苛烈な生ですよ。自分の魂をどうやって生かすかというので、もう火の玉みたいになってるから、政治で何とかとかというふうには行かない。だから日記で、大阪へ行った後で金がなくて何とかで云々なんていってるときに、こんなのが出てきやがるんだよ、「便所の中での宇宙の孤独を忘れるな」、叫び声みたいだな（笑）。全く変わってないな。

反政治というよりも、もっと火の玉みたいだった。そっちのほうが正解だな。そのとき読んでた太宰治から声を聞いたというのも、太宰治の中から東北のイタコさんの声と同時にキリストのような声も聞いてるんだよ。そういう両義性みたいなものと、それから、ニーチェはもう一生変わらないけど、ああいうぎりぎりまで突破した、キリスト教も突破していた、ああいうものへの火の玉性と非常時性は、もう一貫してる。

「provoke」と写真の非常時性

それで、写真の特に先鋭的な世界では衝撃を与えた「provoke」が創刊されるのが六八年ですね。この間、ロラン・バルトの『明るい部屋』を読み返したけど、ロラン・バルトが正直に最初に言ってるように、あり得ない光景が立ち上がってくるのが本当の写真だというので、その「本当の写真を目指す」という運動が周囲で起こったわけね。

僕もその本当の写真性を詩に求めてるようなところがある。それがぎりぎり、非常時に出てくることがあるの。校正をやっているときとか、本当にぎりぎりのときに。写真が持っている、途方もない、ある刹那《せつな》が立ちあらわれてくる、それとめぐり合うときと、詩がそういう表情を見せるときとは同じです。

だから、一葉の写真では本当の写真性が出てこないときには、もう一葉の写真をその上に被せるようにして二重撮影をするのね。重ねているということは、この写真はうそだと言っているということなんです。うそだというのはちょっと言い過ぎだけども、古文書の筆遣いに〝見セ消チ〟というのがあって、消してあるところを、少しみえるようにしておくという筆遣い。それに少し近いのね。それと、パランプセスト（羊皮紙の重ね書き）に近いところもあるでしょうね。

それで、詩をやっていく一方で、当時の一番の僕の親友は岡田隆彦というやつだけども、あいつと中平卓馬《なかひらたくま》は編集者だったから、中平は東京外語大を出て、「現代の眼」の編集者、岡田は美術評論で賞をとって、「美術手帖」の編集者でもあったし、時代の寵児だった、それで波長が合って、中平と岡田を中心にして「provoke」をやろうとなった。中心人物の多木浩二《たきこうじ》さんと森山大道《もりやまだいどう》と高梨豊《たかなしゆたか》を入れてやろうと。それで、岡田のおじいさんは終戦のときの厚生大臣で衆議院議長なんかもしていた、岡山出身で岡田部屋と言われるぐらいの自民党の領袖《りょうしゅう》だった人だから、赤坂の岡田の広壮な邸宅に僕らもしょっちゅう入り浸ってた。そこで我々が「三田詩人」や「ドラムカン」の会合をやっている隣で、岡田はあっちへ行ったりこっちへ行ったりしている。そこで「provoke」を始めていた。僕は写真を撮ってたけど、岡田は写真なんかは何にもできないやつで、おまえは写真も撮れないのに何だと言ってね。それでも知り合いだったから、「provoke」二号には詩を書いていました。それが一九六八年。

写真のための挑発断章

★

写真家よ
君は黄金の槍で君の犬の頭蓋骨を刺しているが
君のアルプスは乳房に似ているが
それは問題ではない
……………

と一九六九年三月一〇日数行の詩行を書いたが、さらに不可解だ。

ときおり、生物《いきもの》の二、三匹、人間の二、三人を殺すつもりでなくて、どうして表現は成ろうか！　と思考が一閃光のようにかすめるので、さらに書こう。この閃光、頭脳中のどのあたりを擦過したのか、擦過傷を生ぜしめたか判らぬ。ただ傷跡によって刃物の実在は立証できぬ。

★

〽シャッターおすだけで――、それだけでいいのお――

⋯⋯⋯⋯

かつてこのようにおそるべき歌もあって、航海者に呼びかける魔女《サイレン》の如くたなびいた。いま扇千景のフジカシングル8の恐怖感は心中にひろがりつつある。地下鉄の入ってゆくあの穴をだれが説明したか。いま我々の脳髄は水藻うかべて鳴動しつづける一個の戦慄として生首の上にある。脳髄、頭部が漂流する。それが時に理由もなくニヤリと笑うからさらに絶望が深まる。恋しているのかしらん。サントリー、東芝ユニカラーテレビ、あと数秒で焼ききれるであろう強烈な光であった。個人的にはなによりも優雅をあこがれるのだ。ニヤリと笑うからな。ビンも虎のふんどしめてえ——、扇千景のフジカシングル8の恐怖感はさらに絶大だ。ポン、とはまりこむか！

…………

〽シャッターおすだけで——、それだけでいいのお——

民主主義によれば、太陽は水である。民主主義によれば水は太陽である。民主主義によれば人間以外は困らない。反対だ！　エロティシズムに反対だ！

★

私だけのサンヨープロト、私だけの偉大なリンホフ。私は視姦者だからときどき飛行機にのって素晴しい青空を眺めにゆく。飛行機のなかでかつての美空ひばりみたいに越後獅子、飛行機のなかでさかだちできたら、うれしいだろうな。私だけのオリンパス・ペン、左手で撮影だ！

★

ペン、ペン、ペン、てやんでえ、韻は踏まねえぞ！　オリンパス・ペン、アービング・ペン、アーベドン・ペン、剣菱ッ、なんぞまとめてドシャッと宇宙へ捨てる。………また航海だ。ああ　また後悔だ。なんでもかんでも残りやがって涙ぐんでやがる。馬鹿、馬鹿、馬鹿、馬鹿………

★

偉大なるアラビヤ数字の7のように、私だけの孤独を抱きしめて、処刑台に登ってゆけば、昇ってくる太陽を糸で吊るようにして登ってゆけば、なにがなんでも登ってゆけば、やがて全部が登ってくる。全部が強烈に登ってくる。………あれは私の糸だった。天国で糸をひいてたお釈迦様が気が狂ったんだ。ドシャッ！　と地獄へ落されたが、太陽の溺死、と書く。世界が食べたと書く。かすかな音が聞えてくる。

★

ひとめぐりした
さあ帰ろう
黄金のシャッター、白いシャツきて
私だけの
ワルツが待っている
さて
酒を買って………

アラーキー（荒木経惟《あらきのぶよし》）もそのころデビューしていて、僕はしょっちゅう言っていたんだけど、「おまえさんと俺とが『provoke』からのけられたよな」と（笑）。それには政治的なものが絡んでいたんですね。「provoke」の持っている政治性というのか、……革命を志向するのが中平と岡田と多木さんの志向だから。それはもうはっきりしてて。だからアラーキーや僕みたいなのは入れないよ（笑）。僕はその前から東松照明さんがものすごく好きだった。東松さんとアラーキーは好きだったし、写真については発言も随分しているし自分でも撮ってたから。アラーキーには犬のような目、もっと下の目があるのよ。中平や岡田なんかは上っ面のほうだけど、アラーキーは江戸のげた屋の息子だから、下のほうをさわるような、本当のところがあるわけ。それで四十年つき合った。それは「provoke」とは違う。それをいうと「provoke」の人たちは怒るだろうけどね。

政治性、というか革命志向は、特に中平卓馬です。中平卓馬氏とは一緒に「アサヒカメラ」で座談なんかに出たりしてお互いに知ってはいるよ。中平氏のBLDギャラリーの展覧会のときにも会場で会った。だけど、そんなに肝胆《かんたん》相照らすというふうじゃない。本能的にちょっと人種が違うなというのがあるからさ（笑）。東京の一番過激なところにいる編集者で、ラジカルで、という、そういうタイプですからね、僕は全然違う、そういうんじゃないもの。もっと下のほうのくずみたいなところを行く性質があるから（笑）。

アラーキーが一番気が合ったのかな。陽子《ようこ》夫人を悼む詩をたのまれたときには死力を尽くしましたよ。シリアの砂漠で二十日位かけたのね。「死の舟」。

死の舟

――荒木陽子さん

麺麭《パン》の黄金の洞の蔭《ほこら》に寝て、貴女は灰色の空を見上げた
——蜘蛛が下りて来て、〃これも麗しい星だ〃とつぶやいた

どんな夕日の小径を貴女は歩いたのだろう
——そんなことは誰にもわからない、貴女にも

少し雨足《あまあし》に滑る薄縁《うすべり》に寝て、〃雨足〃を襟首にのせる夢をみて
——不思議な化粧の匂いがしたと〃海〃がいう

それとは知らずに死の舟が行く
——腕を上げて、手をひらいたり、ただにぎってみたり

優しい、黒い波も、瞳を傷つけられて、舟型の白い瞳、
——瞬きも舟型をしていたよね、夏の白い道が

この宇宙に別れを告げたとき、〝海〟も、悲しむ
——もっと文字をかいて〝不思議な波〟を立ててあげたかった

もう、遊ぶことのないフェニキアの舟のかわりに
——茴香《ういきょう》の黄色い花が咲いていた

淋しい海岸のテル（丘）の下の（白い港）
——かがやく窪が、そっと空に浮んでいた、そして目を瞑《ツム》った、弱い獣だ

わたしたちは蝶のように宇宙を揺らすということがあった
——気がつくと窓裏に、優しい落葉が、蹲《しゃが》んで居るのが見えていた

それとは知らずに死の舟が行く
——腕を上げて、手をひらいたり、ただにぎってみたり

でも何処かに入って行けそうな気持がしていた
――そこから何処にもないような、夕暮の坂道がはじまっているような気がしてね

そっとそうこれまで何処にもなかったなにかがはじまることに

――〝雨足〟は〝薄縁〟は〝シーツ〟は、そうして働く。〝戯れ〟ることも知らない
弱い蔭さ。破風の隅にいて夕日がときおりかがやいていた

恒星が花茣蓙《ござ》をそっとさしあげる、そのときに入って来た風にさそわれてわたしも、
1/3坂道を下ってさ、夕日がさしていて、ふと
――砂利道の匂いがした

そこに身をよこたえる姿なき河にわたしたちはなることだろう
――荒々しい声が聞こえたのも思い出だ

一瞬の夢のなかでの返礼のために

——黒髪を梳るいつまでも

もう、遊ぶことのないフェニキアの舟のかわりに
——茴香の黄色い花が咲いていた

茱萸や西瓜、橄欖樹の白い細い心が一心に搔いている
——この宇宙の〝かぜ〟の、空の道

わたしたちの魂は、その石段を静かに下る
——下るほどに（空の道の）甘い香りがしていた。

それとは知らずに死の舟が行く
——腕を上げて、手をひらいたり、ただにぎってみたり

麵麭の黄金の洞の蔭に寝て、貴女は〝灰色の空〟を見上げた
——蜘蛛が下りて来て、〝これも麗しい星だ〟とつぶやいた

それとは知らず舟が行く
——〃おもくもない、かるくもない〃〃不思議な色〃を静かに見上げる

「文藝」周辺での作家たちとの接触

中上健次《なかがみけんじ》とは親しかったのね。中上と柄谷行人《からたにこうじん》さんとはいろんなところで一緒だった。一番そういう出会いの場をつくったのは「文藝」という雑誌なのね。筑摩は「展望」を出していたけど、あれはやっぱり学者たちが多いから。河出書房の「文藝」は一九六〇年代中盤から後半の文芸雑誌で一番輝きがあった。その「文藝」が詩を載せ始めた。詩を載せ始めたときの編集長は杉山正樹《すぎやませいじゅ》さんだったか、その次の寺田博さんになってからだったか。最初、一九六七年に入沢康夫さんの「わが出雲・わが鎮魂」という長篇詩を載せた、その辺が引き金。学生運動の一番激しいとき、あのころ河出書房は駿河台《するがだい》にあった。一九六七年に現代詩特集をやって、ほとんど毎年のように現代詩特集をやってたの。そのときに長い詩を書けと声をかけられた。編集長は寺田博、編集部の中心人物は清水哲男。清水哲男は、その前は芸術生活社の編集者だったの、「ＰＬ」のね。そこから河出書房に来て、「文藝」の編集者になった。僕の「疾走詩篇」の担当は清水哲男だった。「ここを二、三行

削ってくれませんか」、なんて言われたもんで、よく覚えてる（笑）。

それで、その次の年の「黄金詩篇」を書いたときの担当者は金田太郎。金田太郎と寺田博、この人たちに非常に大事にされたのね。そのときの現代詩特集はものすごく熱のあるもので。高橋源一郎《たかはしげんいちろう》さんはそのころたしか学生さんで、飛びついて読んでいたということを読んだことがありました。激しかった。僕も、「疾走詩篇」、「黄金詩篇」、「頭脳の塔」、「恋の山」と連発していた。そのときに、一緒に飲みに連れていってもらって、文壇バーの「風紋」へ行ったのかな、そこで、ちょうどそのとき中上なんかがいて、一緒になった。清水昶もいたかな。詩人と作家の接点もあったのね、まあ、中上も昔は詩を書いてたから。それで、そのバーで中上と相撲をとったりなんかもしてた（笑）。その二回目か三回目あたりで、六甲から来た秀才だというんで、柄谷氏と出会ってる。

そしてちょっと遅れて、早稲田で金田太郎さんと同級生だった安原顯が、竹内書店の「パイデイア」から中央公論で創刊された「海」にやってきた。最初の「海」の創刊のときの編集者は村松友視《むらまつともみ》＊。創刊号は村松友視さんに原稿を渡した覚えがある。それがしばらくすると安原顯がばーっと「海」を押さえちゃった。そんな文芸雑誌の戦後の最も激しくて勢いのいいときに、現代詩ものすごい苛烈な部分が関わってた。そこで中上健次や柄谷さんと出会ったわけです。

中上健次との交友

そんななかで、中上とは特に仲良くなった。しゃべってるうちに「俺は和歌山だ」と言うわけだよね。「僕も和歌山だ」、「えっ、どこだ」と言って。「いやあ、いとこは南方熊楠《みなかたくまぐす》の親戚へ嫁に行ったんだぜ」と言うと、「ええーっ、何」なんて言って、実際にそうだしね（笑）。それで、和歌山性みたいなものが非常に親近感を呼んだ。どこかでお互いのバイブレーションが合ったんだね。全然タイプは違うけど（笑）。

そんな中上が後年、マリリアをひいきにしてね。六ヵ国語を話すマリリアさんを「人間コンピューター」と呼んで。とくに「老詩人」の朗読が彼の心をひいたのね。それで奥さんの中上かすみ（紀和鏡《きわきょう》）さんが中心になって、柄谷さんの当時の奥さんの冥王《めいおう》まさ子さんと、勝目梓《かつめあずさ》さんの奥さんの高瀬千図《たかせちず》さんと、森敦《もりあつし》と小島信夫《こじまのぶお》、そういうグループができた。ちょうど浅田彰《あさだあきら》なんかが出てくるころ。

ただ中上は、どこかで、文壇の中心みたいなところへ行きたがった人でした。で、結局行った（笑）。そういうのがあったときに、「ああ、これはやべえな」と思って、それで少

＊村松友視――一九四〇年生れ。作家。元編集者。文芸誌「海」の編集者時代には、武田泰淳、吉行淳之介、野坂昭如らを担当。小説『時代屋の女房』で第八十七回の直木賞を受賞した。

し遠ざかった。
あとその当時、反核運動が文学者の間で盛り上がったのね。でも僕は「すばる」から署名の要請が来たときに、「そんなものはやらねえ」と言ったんだ。そしたら、「じゃあ詩を書け」って言われて、「予感と灰の木」という気合いを入れた詩を書いたけどね（笑）。

予感と灰の木

《明るい部屋はありますか》
《明るい部屋はありますか》

夕暮
解体車は去った
残された前の家、撒かれた水に聲が映っていた
小聲と小聲、細かい根のように聲は抱き合って
骨の環と骨の環と、樹上生活の景色が入って来た

遙か、水上の環を追って、泳いで行った、フカは小骨だ
三菱の標、聳える教会に似て、土木機械は会館を、破壊した
崖《がけ》、苺《いちご》と
細い聲が残って居て、気がつくと、村の小学校（ミッション・スクール
の）、拝島の　庭の蛇、其の蛇の聲
優しい日の射すある日の午後、私は古くなったアパートの
解体工事を、木製のモンに両肱をついて眺めていた

シャベルと呼ぶのだろうか、その土木機器が（低騒音形、三菱、と記されていて成程しづかだ）トリが巣作りの枝か葉をくわえてムネをはるように、（それ程、古畳という程ではない）タタミを五枚六枚、はさんで空にあげて行った。二階建て、二十室以上はあるだろう、解体されているのは、大きな木造アパート。

こまかな塵の立つのを防ぐ撒水（のホース）が、春の日、水芸を見るようだ。

シャベルが尖塔のように聳え、それにつれて、視界は上空に昇り、奥に、二階の白いカベが現われた、その時、私は、立ち昇って来る、幽かな聲を聞いていた。

崖《がけ》、苺《いちご》
細い聲が残って居て、気がつくと、村の小学校（ミッション・スクールの）、拝島の　庭の蛇、其の蛇の聲

大きな木造アパートは、二日間で壊された。シャ（ヨ）ベルは囲いのなかで若樹のように立ち。ひと振りで二階の一室はおちる。古い家の解体工事をみて《蛇の聲》を聞くのは、幻聴ではない。

村の小学校（ミッション・スクールの学校）が、拝島とよぶ処にあって、小学生の《私》は、その庭で《蛇》を追っている。洗礼の儀式を受けた。

包帯、新聞紙、囲いは幾時とりはらわれたのか、少し冷たく成って、カ

ゼが吹いていった。

三菱の標、聳える教会に似て、土木機械は会館を破壊した
崖《がけ》、苺《いちご》と
細い聲が残って居て、気がつくと、拝島の庭の蛇、其の蛇の聲
優しい

拝島のヘビよ、胚柴、蠅湿婆、廃莱草よ
拝島のヘビよ、胚柴、蠅湿婆、廃莱草よ

崖《がけ》、苺《いちご》、崖《がけ》、苺《いちご》
血は多摩川に流れ、《私》はその血をのんだ者だ
河口は罅割れた、幾筋か、その血と中指を、地下に入れる

夕闇、しづかに成って、工事は終り
出て見ると、シャベルは濡れたクビをたれ

傍に、母親のような大型が居て、一夜を眠る

時の根をしづかに濡らせ
緑の家の、木製の椅子を、しづかに濡らせ
誘拐者の首を見る者
よし、その家に行く

時の根をしづかに濡らせ
《蛇の聲》、白い肉を喰む
骨の環と骨の環と、洞窟生活のひかりが射して来て
よし、その家に行く

その家に行く

言葉に誘い出されて、夜更けに私は外に出ていた。もはや夢遊病者とも、あくがれて出る魂ということもない。

柔らかい貝、白い帆の記憶
《この遊星も悪くはない》
ヒルは姿がみえなかった、灰の木が、あれ、木蔭で泣いている

　次の日
　曇り日

よし
その家に行く

中上さんは韓国との縁があるのね。それで、韓国からサムルノリという、四物遊撃というのを呼んできて、あのときは四方田犬彦《よもたいぬひこ》さんもかかわっていたけど、その四物遊撃を中上が増上寺《ぞうじょうじ》でやった。あの辺のときは面白かった。誘われて新宮《しんぐう》の熊野大学の前身の部落での会にも行ったし。それから、中上の『火まつり』が柳町光男《やなぎまちみつお》監督で映画化されたと

きには、そんな中で「吉増さん、映画撮れよ」なんていう話にもなってた。あのころはとてもいい状態だった。

僕がどこかで中上に惹かれたというのは、宇田川町の泥沼もそうだけどさ、やっぱり新宮の被差別部落みたいなところへ行くんだ。あの路地ね。それを中上は感じるんだよ。結構、本当に好きなんだよ、そこはやっぱり非常時性だな（笑）、頭じゃないんだよ。中上から離れたのも、中上が頭のほうに行っちゃったからだろうね（笑）。

政治への留保と詩的テロリズムの精神

政治性というのがまったくダメ、というわけでもないんですけどもね。でもそれよりも、本当に大きなビジョンが得られたなら、非常時性と実存と火の玉性みたいなぎりぎりのところまで行かないと、自分の魂に対して申しわけがないという思いの方が強いんですよね。それが「詩作」だとか表現、……「歌」を目指しているということだったのだということが、今回のこの語りで判って来たのね。深いところでね、それは全部つながっていく。だから、もしそういった深みがあれば政治の方にも行ってたのかもしれないけど、周りを見ていると「あ、違うな」と思って引っ込んじゃって、宇田川町で遊んだりとか（笑）、そういうふうになっちゃうのね。

六〇年安保でもやっぱり実存には届かなかった。スチューデントパワーの「六八年」のときは、後から知識としては伝わってきたけれど、空気として東京の六八、九年はものすごく苛烈なときだったから、むしろ詩として一番激しいものを書いてました。「黄金のザイルは朝霧に……」とか、六八年は『黄金詩篇』の前夜、一番激しく、一番煮詰まってぎりぎりのとき。そういうときって非常時で火の玉だから、めちゃ孤獨へ行くんですよ。連帯には行かないね。三島由紀夫さんの自死は一九七〇年だったけど、その前年あたりの新宿は、ほとんど戦場のようでした。……そう思うと、三島さんの魂にもほんの少しふれていたのかも知れない。でも、それでも僕の場合には「歌」まではまだ自分もとどいてはいなかったのね。「歌」にまでやっとときどきはじめたのは『ごろごろ』のあと、七十歳を過ぎてからなのですね、僕の場合は。もうめっちゃ引きこもりで、あいつが三億円事件の犯人だとうわさが出るぐらいでさ（笑）。あのとき、岡田でさえデモへ行ってるから。いいところの坊ちゃんであんな神秘的なやつが。その付和雷同性とうそっぽさみたいなのが一発で見えるわけじゃない。そういうのが嫌だったんだね。

ちょうど六八年には、土方巽の「肉体の叛乱」も観てますし、七〇年には若林《わかばやし》奮《いさむ》さんとのリーブル・オブジェの共同作業があったのね。若林さんとの仕事には、底流としては恐らく政治絡みがあるんです。それを仕掛けたのは、北海道から出てきて、早稲田で哲学をやった白倉敬彦《しらくらよしひこ》さんね。あとでは春画のほうで有名になって、去年（二〇一四年）に亡くなったけどね。

彼が一番特徴的なのは、病で片足が不自由な人だった。もうとんでもない変った性格な人で、負けず嫌いで大変だったんだけど(笑)、イザラ書房へ行って安東次男《あんどうつぐお》*さんの『詩その沈黙と雄弁』という本を出した。それで安次《あんつぐ》さんに近寄っていった。フランス哲学をやってたから、フランス系の政治的なやつが好きだったのね。その後、テックへ行って、テックの上司が谷川雁《たにがわがん》*だった。一番の友達が平岡正明《ひらおかまさあき》*。周りには、めちゃ過激な、過激を通り過ぎたようなやつばっかりいるんだよ(笑)。

そういう白倉が、その当時ようやく日本に入ってき始めたジャック・デリダ、ミシェル・フーコー、ジル・ドゥルーズ、特にデリダ、フーコーを訳させて、薄っぺらい本で出した。エディション・エパーヴね。

その訳者が豊崎光一《とよさきこういち》*さんと宮川淳さんと蓮實重彦《はすみしげひこ》*氏。そのフランスの最先端みたいなところと安東次男と現代詩が結びついて、それで詩のオブジェみたいなものをやろうというので、白倉が大岡信さんと加納光於《かのうみつお》*さんを結びつけた。異種を結合させようとするラディカリズムだよね。それで、その次に吉増と若林を結びつけた。これは誰のアイデアだったのかな、後から白倉と若林が仲悪くなるからその辺が難しいんだけども。ある意味では白倉さんも非常に苛烈な人生を送った人だから、どこかで火花散るの。その後は、計画倒れに終ったけれども、中西夏之《なかにしなつゆき》さん＊と鈴木志郎康《すずきしろうやす》さん＊という案があったの。それは実現しなかった。でも、加納さんと大岡さん、吉増と若林は実現した。

六七、八年から七一年、七二年ぐらいまでは爆発的にそういう運動が起きていた。僕も

＊安東次男（一九一九〜二〇〇二）――詩人。俳人。評論家。若いころ加藤楸邨に入門して句作を始める。フランス文学者としてアラゴンなどを翻訳しながら、抵抗派詩人として活動、その後は芭蕉の連句の評釈をはじめて、和歌や古俳諧、美術、骨董などを対象に旺盛な評論活動を続けた。著書に『芭蕉七部集評釈』、『安東次男全詩全句集』など。

＊谷川雁（一九二三〜一九九五）――詩人。評論家。左翼系の詩人として活動の後、福岡で雑誌「サークル村」を創刊。労働者との連帯を志し、「工作者」という独自の思想を生み、全共闘運動にも影響を与えた。著書に『原点が存在する』、『工作者宣言』など。

＊平岡正明（一九四一〜二〇〇九）――評論家。新左翼の活動家。ジャズや映画・文学・芸能の分野で評論活動を行った。過激な言動で知られた。著書に『ジャズ宣言』、『山口百恵は菩薩である』など。

＊豊崎光一（一九三五〜一九八九）――フランス文学者。学習院大学教授を務めた。ロートレアモン、ブランショ、クロソウスキーなどを翻訳し、ポスト構造主義の思想家フーコー、デリダ、ドゥルーズの紹介者となった。著書に『砂の顔』、『ファミリー・ロマンス』など。

＊蓮實重彥――一九三六年生れ。フランス文学者。映画評論家。文芸評論家。第二十六代東京大学総長を務めた。「表層批評」を自称した独特のテマティスム分析の手法と文体で同時代の文学評論を牽引したほか、ゴダールなどを対象にした映画批評で、若い映画評論家や映画監督に大きな影響を与えた。著書に『反＝日本語論』、『シネマの記憶装置』など。

＊加納光於――一九三三年生れ。版画家。画家。独学で版画を学び、瀧口修造に認められて個展デビュー。モノクロの版画からスタートしてカラーメタルプリントやリトグラフによる版画作品のほか、近年は油彩画を手掛け、精力的に作品発表を続けている。代表作に「《星・反芻学》」、「《稲妻捕り》」など。

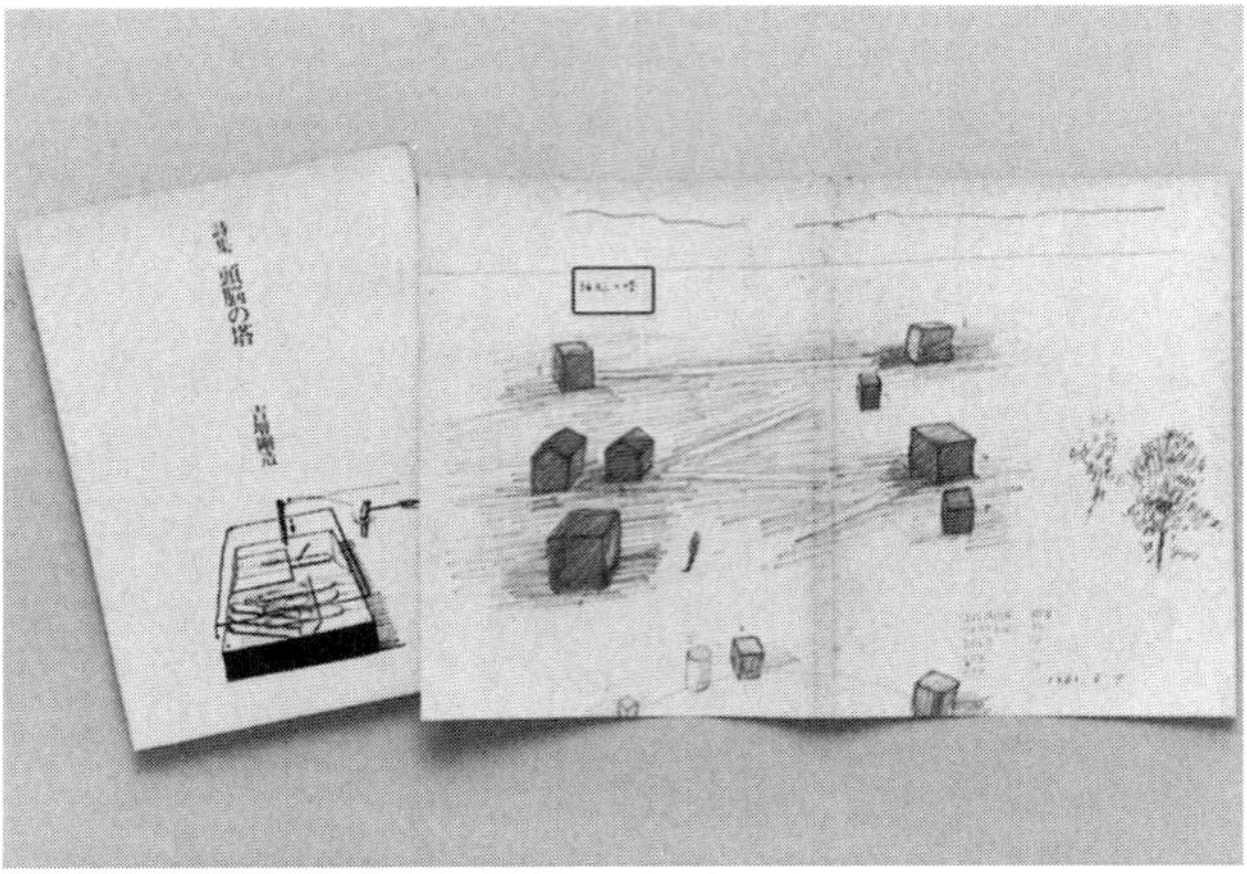
『頭脳の塔』（詩：吉増剛造、装幀・挿画：若林奮）

『頭脳の塔』を出したようなときだから、とにかくもう火の玉みたいで、詩的テロリストみたいだった（笑）。僕にとっては政治って一種のテロリズムだからね。

ただこっちは単独犯。完全に単独者、孤獨者、一種の犯罪志向みたいなところがあるから。そうすると、政治とは結びつかないんだよね。世の中をよくしようなんて思わないからさ（笑）。

だから、二級酒よりも特級をなんて、そんな社会党のスローガンなんてばからしい（笑）。俺は二級酒のほうがいいって言ってたもん（笑）。

若林奮との協働

若林奮さんは寡黙な人で政治には無関心

にみえていた。それが晩年ね、日の出の森《ひでもり》でゴミ処分場建設反対運動の中心に立つのね。彼は途方もない芸術の人だったけれども、傍にいて、彫刻家としてもジャコメッティでは なくてヨーゼフ・ボイスを気にしていたのを僕は知っている。若林さんとの縁は、彼が亡くなってもまだ続いてますよ。死後十年、まだ続いている。まだ続いて、ずっと続くな。稀有《けう》な例ですね。そういう続き方は信用できるけれども、ある政治的な何かがどうしたとかなんとか、というのは信じられないなあ。普通の絵描きさんはもう少し力を抜くね。若林はそこがちょっとすごいんだな。そういう物のやりとりの、部品と部品のような関係みたいな、緻密さ、濃さ、そういうことまで続けた稀有な例ですね。

もう一つ前史があるのは、僕は多摩の田舎の子だけどさ、立川高校という、あの辺の一応秀才の集まりのところに行ったんだけど、その三年前に町田から立川高校に来てるのが若林なの。立川高校は、町田の子たちとか吉祥寺の子たちとか相模湖の方からの子たちと

＊中西夏之――一九三五年生れ。現代美術家。六〇年代から、高松次郎、赤瀬川原平と「ハイレッド・センター」を結成し前衛的なアート活動を続けながら、土方巽の舞踏公演の美術も手がけた。作品は、初期のコンパクトオブジェにはじまり、七〇年代以降は油彩を中心に発表している。代表作に「《山頂の石蹴り》」、「着陸と着水」など。
＊鈴木志郎康――一九三五年生れ。詩人。詩誌「凶区」の創刊に参加、六〇年代は、「プアプア詩」と称して破壊的な口語表現を前面に押し出した過激なスタイルで注目された。NHKカメラマンの経歴を持つ映像作家でもある。詩集に『罐製同棲又は陥穽への逃走』、『やわらかい闇の夢』など。

か、青梅の子たちや、その辺の秀才が集まる学校なのね。僕は福生から行ったんだけど、若林奮は町田から来ている。だから、関東の少し端っこの周辺の武蔵野の子どもという、そういう共通点があるの。

それからもう一つは、僕のおやじは零戦をつくっていたエンジニアで鉄を扱う人だったから、鉄の彫刻家である若林に非常に興味を持っていたのね。それで若林のことをしょっちゅうおやじとも話してた。立川も同じだし、地縁もあるし、武蔵野もあるし、そういう総合的なもので、アラーキーの下町性とはちょっと違うけれども、ある地縁みたいなものと重なって非常に濃い状態の関係が続きましたね。

そうね。あいつには、やわらかい梱包《こんぽう》する能力みたいなものがあった。僕は彼にびっくりしたことがあるんだけど、展覧会をやるのに時々銅板を北海道に送ったの。その作品が若林のところに返ってきたときに、若林が、「吉増さん、この人たちはだめですね。包み方が悪い」って(笑)。

文芸誌「海」に連載した長篇詩

安原顯の名前が出てきちゃったから、思い出しますが、「熱風」という、雑誌「海」に、何という激しいことをやったんだろうな、一千行三部作というのを立て続けにやった。まず一九七七年の春に、「揺籃、*a thousand steps*」。この steps は歩行という意味です。まず、その「揺籃、*a thousand steps*」というのを書いて、それから次に「絵馬、*a thousand steps and more*」。この more というのは実はエドガー・ポーから来てるんだけどさ。"more"というのがポーの「大鴉」の"never more"なんだ。

それから最後に「熱風、*a thousand steps*」。この steps には詩上の歩行が含意としてはあります。もちろん詩上の歩行だけれども、書く場所というのは、女房もいてうるさいから(笑)、喫茶店に行って書くわけじゃない。あとは図書館に行ったりして。東京の裏町を歩くというのはすばらしく好きでさ。孤独な歩行者だから、喫茶店に行ったり裏町を歩いたりはしごしながら、その瞬間瞬間のインスピレーションで詩を書いていく、喫茶店で書いていくそういう歩行。

絵馬、*a thousand steps and more*

揺籃、

の

、地

に

葦垣《あしがき》

、白く

川

夢魔の境に

、歩がすすみ

、耳

を

澄まし、

、
空《そら》はハレ
、

霊魂を出口から出して空《から》になったが、まだ肉体は揺れてるし
私達は浅い呼吸をするようだね、郊外の駅で、切りはなし

夢魔の
、境に
歩が
、すすみ

崖のうえ、樹木は頭髪のように揺れていた、郊外の駅で降り
私達は子供のように歩いた、私達には子供がなかったから

茫として、四月、空は薄く曇り、ゆびがふれると汗ばんでいて
不思議な窪地や繁みが、またひとしお、惑星のうえだと呟き

私達は子供のように歩いた、私達には子供がないのだからね

だからいつの日か思いっきり大声で星の名を叫んでみてさ
崖のうえ、樹木は頭髪のように揺れていた、郊外の駅で降り

揺籃の支度をして、衣服を染物屋に出したかった
貴女のために、死出の衣裳も着ないでさ、未来をむいて

だから歩行の練習をしているのだな、這い這いも
寝台が少しも現実味を帯びてこない、夢ばかりみて

こうして夢魔の境に歩がすすんでゆくところ
ああ、霊感がいっぱい、あたりまえのことといっぱい

鉛筆がびしびし折れるように、私達、もっとゆっくり歩くように
崖のうえ、樹木は頭髪のように揺れていた、郊外の駅で降り

私達は子供のように歩いた、私達には子供がなかったから

くらい海鳴りのおと、誕生日には、横笛を吹きならし
私達は未来のほうへ、遊びにゆくさ、郊外の駅で降り

郊外の
、駅で
降り

未来の
、ほう
へ

、耳
を
澄まし、
、
、
。
投げあげて、パピルス、葦も、耳を、ナイル河畔も、耳を、——
澄ませ、
歌垣の、よう
声を投げあげている子供たち、蹴鞠のように、——
。
、
いまは、マラカナ、ウェンブレー、マンチェスターの子供たちも——

。
宇宙にも白い葦垣があり、岩に腰掛けて歌ってる、女の人もいる、——
、
俳句も、一本、二本、三本……
高層ビルのように立っていて、心にうつる——、

狂おしいぞ、流産するように、霊魂を出口から出し空《から》になったが、次第に号泣が胸をならし、川岸に裸電球が幾つか揺れている。空《から》になり、空《そら》はハレ、空《から》になり、空《そら》はハレ、
、
。
漁師さん、金比羅さん、この空《そら》に吊る絵馬は、どっかにないかしら、——
、
三井ビルのお嬢さん、そして珈琲店の〈緑の非常口〉という〈口〉よ、——

〈窓口〉の〈口〉、発券状況や如何、グラフは空に投げあげられたか、——
。
、
霊魂も吊った
風鈴もアパートの窓辺に鳴っている、電話料金は払ったか、——
空。
揺籃
の
、地
に
葦垣《あしがき》
、白く

夢魔の
、境に
歩が、
すすみ
この邦《くに》の辺地、
語尾のあたりに、ピッチャーみたい、美しい幽鬼が一人いて、——

入電アリ。
長春デハ、風弱ク、ハレ、——
中国という邦《くに》の子供たち、食事はおいしいかい——、春巻は？

（以下略）

それと、中古車に乗り始めて、……。僕は十八歳のときに運転免許証を取って、トラックの運転をしながら家業の鉄工場の手伝いをしてた。結構プロの運転手みたいなところがあるの。ところが、何十年も運転しなかったのが、あるとき、車がこんなによくなったというのに驚いて。昔の車は、日産なんてぼろな車しかつくらなくて、自分でブレーキなんかを削って直してた。それで日産の車じゃなくて、トヨタのマークⅡの中古を買って、車に乗るようになったのね。車に乗って遠出ができるようになって、東北自動車道が一関《いちのせき》ぐらいまでできたときだったかな、恐山《おそれざん》なんかに行くようになって。車で行くとさらにその先を歩行できるじゃない。内的にはもっと厳しい理由もあったんだけど、そうして歩行が広がっていった。そのときに安原顯が電話口で、「長篇詩を八百行書いて!」なんてどなったんだよな。ぎりぎりの進行だから、先にタイトルだけ決めてそれだけ印刷しておいてから、締め切りぎりぎりになってから、印刷所に行って書き始めるわけ。

その安原顯との関係で歩行が始まったけど、一番歩行が典型的にあらわれてくるのが、その後の『大病院脇に聳えたつ一本の巨樹への手紙』だね。というのは、安原が今度は、文芸雑誌に単純に詩を載せるだけじゃなくて、小説や散文作品と競い合うような形で、詩を書いていかせようとしたのね。つまり、詩というのは、一段で組むというのが普通だったのに、あえて二段組にして、見た目には散文作品とあまり変わらないような状態で連載を始めようじゃないかと。『熱風』の後にね。それで『大病院脇に聳えたつ一本の巨樹への手紙』を開始したんだけど、これが、枚数にして毎月約三十枚書かなきゃいけない。それで毎月三十枚、形をつくりながら詩を書いていくことになった。

その前に半年ほどアメリカにいて『静かな場所』というのを書いたときにも、ぎりぎりまで行った。孤獨なやつが言葉を拒絶して言葉を枯らして、たった一人でこもって手紙も来ずで、もう一歩行くと狂うようなところまで行った。それにアメリカは歩行できない国ですから。あそこは歩いていると犯罪者だからね。歩行できない国から帰ってきて、歩くことの喜びにつかれるようにして、その当時住んでいた駒場から北千住《きたせんじゅ》まで歩いちゃった。もう歩いちゃって歩いちゃって、清澄《きよすみ》庭園なんかへも歩いていって、歩くことが楽しくて（笑）。歩きながら書いていくわけよ。その歩行の痕跡が残っているのが『大病院脇に聳えたつ一本の巨樹への手紙』でした。大病院というのは、東京医科歯科大学で、そこの脇道にカヤの木が立っていたのよ。そこの先に好きな女の子が働いている喫茶店があって、そこへ通っていくというのが名目で。

東京をもうとにかく歩いたというのは、今ぱっと思い出したけど、アメリカで歩けないことの反動だったね。パリなんかは歩けるからいいけど、アメリカはニューヨークを除いては歩けない。もうどんなにかつらいか。走っていればいいのよ。スニーカーを履いてランニングしていれば普通の日常生活のものとして許してくれるの。ただぼーっと歩いていると、この間ベトナムから還《かえ》って来た変なやつと一緒なんだよ。歩いているということ自体が犯罪的なんだよ。それがもう身にしみて嫌で。

だから、作品史でいうと、『静かな場所』は、そのものすごい苦しいときに、本当にもう一歩行くと狂うというようなときにアメリカで書いた作品。

で、七九年から半年間滞在して、八〇年の四月に帰ってきて、歩くことの本当の喜びで書いたのが『大病院』でした。もちろんその前から、基本的には書斎で書くなんていうのは思考が動かないから、歩いているとき、あるいは電車に乗って立って書くのね。宮澤賢治や中原中也もそうだけど、それは思考が働きますよ。書斎で書いているときにも歩いている状態になってきていると言えます。だから、歩行とかステップとかサイドステップとか、詩句の傍らに点を振るのなんかもそういう歩行の痕跡ですね。そこには間違いなく、歩行が厳然として根幹にあります。

全国の高校での講演会

それから長い間、全国の高校を回って講演会をやりました。集英社の新福正武《しんぷくまさたけ》さんのお世話でしたが、彼とは特別な関係でね。新福さんは東北大学の工学部を出ているんだな。それで集英社で「すばる」の初期の編集者。安引宏《あびきひろし》さんが編集長だったな。当時は大型の判型でね。ただ、新福さんとは非常に深い縁で、というのは僕のおふくろが博多の女で、同級生に重富（旧姓）さんという方がいて、満喜子《まきこ》さんとおっしゃったかな、その方が慈恵医大の大学の新福先生のところにお嫁に行ったの。彼はその、おふくろの女学校時代の友達の息子なの。だから、おふくろ同士のつき合いがあって、ちょっと親戚づき合いみたいにして。それで、「新福さん、うちの剛ちゃんはお金のない人なんで何とか助けてあげてちょうだいよ」。で、最初は「すばる」に書かせてもらったり。安東次男さんの『芭蕉七部集評釈』をとったのは彼なのね。まあ、「すばる」の最初期はすばらしかった。梅原《うめはら》猛《たけし》の連載と、吉田《よしだ》健一《けんいち》の連載と、石川淳の長篇小説、あれは一つの時代をつくったよね。その編集者の新福さんとずーっとつき合った。またいい人でね。

　集英社が始めた高校生の講演会に、一ツ橋文芸教育振興会というのがあって、集英社はもともとが小学館でしょう。小学館はものすごく力があるから、一ツ橋文芸教育振興会をつくって、高校生の講演会を組織して、講師を派遣するんだよね。高校に四、五日かけて四校行く。「新福さん、なるべく沖縄とか北海道に行かせて」と言ってさ。多いときは一年に二回行ったな。とにかくギャラがいいんだよ。あのときで、最初期で五十万ぐらいだった。最後になると七十万ぐらいくれたの。しかも、現金でくれるんだよ（笑）。

　それをやれば大体三ヵ月か半年ぐらい生活に余裕ができるじゃない。新福さんは「うん、うん」と言って、やってくれるからね。だからあれは集英社さんのおかげ。それが続いた。だけどね、高校生二千人を相手に話をするという修練はつんだよ。二千何百人の女の子を相手に一時間話すというのは大変ですからね（笑）。この講演のなかの一つは、『螺旋歌』に入れてます。

ああ、『螺旋歌』も歩行の詩集だな。『螺旋歌』の発端も、あれは北海道で起きたんですよ。北海道で、亡くなった植村直己《うえむらなおみ》さんの未亡人に会いに来ていた、湯川豊《ゆかわゆたか》という文春の「文學界」の編集長が、僕の慶應の二年ぐらい先輩なんだ。それで、酒を飲んでいた。「北ノ朗唱」という朗読会を僕も加わってやっていた。そしたら、「吉増さん、紀行文を『文學界』に一回三十枚で始めてくれませんか」と言うので、「はい」と言った。「はい」と言ったけど、すぐに詩にしちゃうんだよね（笑）。それが湯川さんの「文學界」で「螺旋歌」が始まった理由でした。あのときは大変だったなあ。北海道で始まったから、必ずそのとき集英社で旅に行ったり、外国に行ったりしているところから送るのね。ファクスが始まったばっかりのときだったから、大変だった。ぎりぎりでやるからさ。そういうことがありました。

高校生に「声」を届かせる

だけど、非常時というか、ぎりぎりのところまで追い込んで、裸の魂に触れるところまで行かないと表現というのは決して成立しないというのは本当に一貫しているなあ。高校生二千人相手の話というのも、ある意味でぎりぎりのところでの表現ですよね。耳を澄ます、声を聞く。後半からは完全にそれになったけど、堀口大學さんの「母の声」という有名な詩があるじゃない、「母は四つの僕を残して世を去つた。／若く美しい母だつたさうです」、その母の声を私は知らないと。

その声を聞かせるのね。「そのお母さんが死んでから、堀口家は外交官の家なので、すぐにベルギー人のフランス語をお話しになるお母さんが来て、とても優しかったけれども、うちの中はフランス語が流れるようになった。この人はこういう経歴だけれども、その若いお母さんの声を耳が覚えてない。これは五十歳のときに書いたのよ。それを思い出してやっているのよ。聞いてちょうだい」と言って、テープレコーダーで聞かせるわけ。テープレコーダーで聞かせて、「これを僕も一緒に聞いているんだよ。その辺の放送室なんかに持っていって聞かせちゃだめよ。こうやって聞かなきゃだめよ」と言いながら、一種のディスクジョッキーになるわけ（笑）。

それから、堀口大學さんの先生だった與謝野晶子の声も聞かせることができるのね。だから、声を聞く、そっちのほうへ持っていく。そうするとそれは、こちらの財産にもなってきた。それを何十年も続けたよね。おもしろかったよ。それはしーんとして聞くようになりますよ。ただかわいそうなのは、冷房もないような暑いときに体育館に座らせる。後ろに竹刀《しない》を持った体育教師がいるんだよね、黙らせようとして（笑）。

ジョナス・メカス

ただ、楽しかったのは、両側に先生がいるわけ。先生が何千人の生徒を見張ってるんだけど、僕は先生に向かって話しかけていたわけ。先生に聞かせたいって。もちろん生徒にも話しかけるよ。だけど、そういう一種の訓練の場所ね。だから、最初は学生運動もあって大変な時期があったけども、だんだんだんだん楽しくなって、修練になりました。二十年近くやりましたよ。そうしないと食っていけなかった（笑）。

ジョナス・メカスとの交友

あと、ジョナス・メカスさんたちとの付き合いですよね、これも長くなりました（笑）。その伏線をちょっと人間関係で引いていきますけど、僕は仕方なしに詩の朗読なんてし始めて、一九七〇年の最初のアメリカ体験で、詩人に出来ることというのは、母国語で自作を読むということしかないということに気づいたのね。なんとも情けないというか貧しいことだけれども。でも、それでも「歌」をとどかせようとして心血をそそぐとね、変なことになるのよ。仕草もね。「舞踊」にも近づくし、後年では「絵」に近づくことにもなってきた。さあ、これからどうなりますか、……。それでジャズメンとの接触もできた。そうじゃないとジャズの世界には入らなかったけども、ピットインに行ってジャズメンと接触するようになって。最初は、この間亡くなった副島輝人さんたち、あるいは詩の朗読運動があって、これは諏訪優さんがやって、もう草の根運動なんですよ。草の根運動と称さない草の根運動。その人たちと接触があって。そういう人の実存をとても大事にするし、それで出会ったミュージシャンも大事にする。そこで、死んだ富樫雅彦《とがしまさひこ》*、高柳昌行《たかやなぎまさゆき》*と随分大事な仕事をしました。それを大事にした。ジャンルとしてはやせていくジャンルだけども、とても大事になった。そうすると、その弟子の大友良英《おおともよしひで》が、今度は高柳の弟子として出てきて、彼ともつき合って。そういう人間関係のとても小さなつき合いを割合持続している。ぽーんと大物に出会うとかそんなふうじゃなくて、そういうつき合いがある。

メカスさんとの接触も、ゴールデン街のバーに行っていたときにクロちゃん（安保《あんぽ》〈黒《くろ》

---

*富樫雅彦（一九四〇～二〇〇七）——ジャズ・ドラマー。十代からジャズバンドでドラマーとして活動をはじめた。六〇年代以降はフリージャズに傾倒、ドン・チェリーら海外のジャズ・ミュージシャンとの共演も多い。代表作に『スピリチュアル・ネイチャー』など。

*高柳昌行（一九三二～一九九一）——フリージャズ・ギタリスト。日本のフリージャズ界の開拓者のひとりで、実験的な即興演奏を追求した。代表作に『解体的交感』、『集団投射』など。

崎《さき》〉登美子《とみこ》さん）と出会って。ゴールデン街の「文庫屋」をやってて、後には「Nadja」のママさんになる、そのクロちゃんがさ、「この間、ジョナス・メカスという人が来たけどすてきだったわ」と言ってさ。「それじゃあ、『メカス日本日記の会』をつくろうか」と言って。クロちゃんがいて、それから詩人たちがいて。編集者や学者さんなんかじゃないのよ。そういうところから運動が始まっていくの。宇田川町の安藤組のそういう空気を大事にするのと近いの。

それで、木下哲夫《きのしたてつお》＊氏に連れていってもらって、アレン・ギンズバーグに呼ばれたんだけど、そこへ行ってメカスと会うと、メカスはおずおずおずおずしてて、もう一瞬にして「これだ」と思うじゃない。そこから始まっていったの。

実際にメカスに出会ったのは、八五年、ニューヨーク詩人会議に招待されて、渡米したときですね。ギンズバーグが主催の、若い人たちがやった会合があって、日本から五人ぐらい呼ばれたの。長谷川龍生《はせがわりゅうせい》、谷川俊太郎《たにかわしゅんたろう》、白石かずこ、高橋睦郎《たかはしむつろう》、それからもう一人はサカキナナオさんかな。それで、その呼ばれたときに、カーネギー・ホールの地下の小さい試写室、映画館で、メカスさんの『時を数えて、砂漠に立つ』の試写会があったの。木下哲夫、哲ちゃんが導きの糸ね。

それで、メカスさんと初めて出会った瞬間に、何か一種の恋愛関係になったのね。もちろん、映像も知っていますよ。だけど、とにかくシャイで、アメリカ人って感じしないんだよ。「これ、何だよ、妖精のヨーロッパ人か」というような（笑）。ごちゃごちゃ言わないし、しゃべらないしさ。

「メカス日本日記の会」の活動

「メカス日本日記の会」は、そういう運動体なの。中上風じゃないの。そっちのほうへは行かないの。みんな、よし、そうだよな、メカスの追っかけやろうや、そういう感じ（笑）。そう、二回日本に招聘《しょうへい》しましたね。だから、国際交流基金に行ってかけ合うなんていうのをやったよ。楽しかったよ（笑）。

メカスさんが日本で『On my way to Fujiyama, I saw…』を撮ったのは二回目だ。今から考えると、北海道の勝手連みたいだったね（笑）。その前に、北海道で朗唱運動というのをやっていたわけね。主導したのは天童《てんどう》さんだった。路上派みたいな人たちが集って、みんなただ叫んでいるだけみたいな。そういうのをやってくれるのはジャズスポットだからね。そういうジャズスポットに大野一雄さんのお弟子がいたりなんかするわけ。釧路《くしろ》の小《こ》

＊木下哲夫――一九五〇年生れ。美術書を中心に多数の翻訳を手がけている。訳書にカルヴィン・トムキンズ『マルセル・デュシャン』、ジョナス・メカス編『メカスの友人日記』など。

林東《ばやしあずま》さん。そういうところが拠点になってて、熊代弘法《くましろこうぼう》さんの帯広《おびひろ》にもそういうのが出来てて、そこへメカスを連れていった。

だから、啄木《たくぼく》までは行かないけども、北方志向じゃなくて、もっと非常時性のあるところへ向かおうとした。駆け込み寺的にやった運動ね。だいたい運動って意識もない。

メカスがいいのは、酒飲みで、歌を歌う。そういう性質があるんだ。酒を飲むと、わあわあってなって(笑)、花笠踊りを踊ったりしてね、山形で。鶴岡の森國次郎《もりくにじろう》もいてさ、あれも、書肆山田《しょしやまだ》の鈴木一民《すずきかずたみ》のふるさとが尾花沢《おばなざわ》でその近くが銀山《ぎんざん》温泉だからさ、銀山でいい宿を探してると言って、あそこへ行ったの。

その時の様子を誰かが撮ってて、NHKが使ったんじゃない?

「メカス日本日記の会」をつくって、メカスをアジアで、日本で生かす運動をしたというのは、一つのエポックですよ。作品までつくらせちゃったからね。かわいそうに、本当のいい作品になったかどうかは難しいところだけどね。それも嫌と言わずに、黙って一緒にやったもんな。計画を立てるなんてのを一番嫌いな人が、私たちのつくったタイムテーブルどおりに黙ってね。酒飲むだけで、にこにこして、なんだか偉いな(笑)。

根っからの難民だな、あいつは。だからメカスはいつも非常時だ(笑)。そんなことに途中から気がついて、とにかくこの人をいろんな人に会わせたい、この姿を見せたいとなったのね。知的なことよりもそっちのほうが大きかったな。メカスさんもそういう人だからね。知的なことなんて全く言わないし、何にもそんな気配も見せないもんね。

まあメカスとは、しょっちゅうね、ニューヨークへ行けば会ってます。

で、メカスの詩集を出すために、とんでもない運動をやったわけよ。メカスが詩人だなんて知られてなかったからね。でも、リトアニア語ができるのは東京経済大学の村田郁夫《むらたいくお》さんしかいなかった。それを小林正道《こばやしまさみち》さんが見つけてきて、一人いるというわけだ、それで会いに行ったんだよ。それで、英語から訳すのはしゃくだから、リトアニア語から訳したい、それから詩集を出したい。それで、紀伊國屋ホールを二日間満員にして、リトアニア語で読ませたんだよ。リトアニア語、誰もわかんなかった(笑)。それでメカスが逆にぶっ飛んじゃって、「誰もわかんない言葉を俺が読んでる。満場、しーんとしちゃった。今度、ギンズバーグに言ってやらなきゃ、あれが本当の朗読だと」。

すばらしかったよ。そういうことをやったというのと、メカスの詩集を書肆山田から出版して、メカスを詩人にしちゃったというのは「メカス日本日記の会」の手柄よ。それまでは、映像作家としては認められたけど、詩人としては知られていなかった。どっちかというとパウル・ツェランに近いような詩人ですからね。それをつくったのは「メカス日本日記の会」よ。

島尾ミホ・柴田南雄との交友

あと、そうだ、メカスと同じように、NHKのETV特集「芸術家との対話」に出ていただいたおひとりが島尾ミホさんだね。合唱曲の「布瑠部由良由良《ふるべゆらゆら》」の公演をきっかけに出会ったのですけれど、ミホさんも特別なかたでした。

ミホさんとの出会いもはっきりしています。現代音楽家で柴田南雄《しばたみなお》先生という、東京芸大の作曲科の教授だった人ですよね。この柴田南雄先生が、西洋音楽の泰斗《たいと》だけども、毎年のようにバイロイトへ行ってらっしゃったのが、あるときから、どうもそういうことよりも自分の創造的なことのほうが大事だと思われて方向転換された時期。そのとき、さっき名前の出た安原顯の「海」という雑誌にコラムを持ってらっしゃった。担当が安原だったんだろうな。それで、「安原さん、今度、シアターピースといって、劇場型の曲をつくるので、どなたか変な声を出す現代詩人はいませんかね」と相談されたらしいんだよ。「それなら先生、ひとつ変なやつがいるから、それは吉増っていって……」で決まりだったんでしょう（笑）。

それでおつき合いが始まった。だから、安原顯がキーパーソン。したがって、もしかすると、今話しながらわかるけれども、「じゃあもう一人、そうだな、俺の知っている島尾敏雄の女房で変なのが、巫女《みこ》みたいなのがいて、奄美で変な声を出している、あれも呼んだらどうですか」なんて言ったに違いないんだ（笑）。

だから、そのときのキーパーソンとして、柴田南雄さんの前にいたのが安原顯。その安原顯は、さらに六〇年代の激しい運動の非常時性を引っ張っているわけですよ。大変な編集者で。自分でも書いていて、ジャズ評論家でもあったけどさ。大変なオーディオマニアでもあった。

もう口さがない人だから、大江健三郎さんの悪口をがんがん書いちゃってね。それで大江さんが抗議文を、嶋中鵬二《しまなかほうじ》さんという中央公論社の社長さんに送っちゃったの。それで安原はまた怒っちゃって、「何だっつうんだよ。社長に送るなんて何だ」と言って（笑）。そういうふうなタイプの人だから。「海」の創刊時の編集長は、大江さんの大学時代からの親友だった塙 嘉彦《はなわよしひこ》さんだったけど、安原はそんなことどうでもいいからさ（笑）。だけど中央公論社ってそのときは名門だったからね。そんなことがあって大変でした（笑）。安原も非常時の男だったな。だから直感人間でものすごい力を出して、それが柴田さんに「やるんだったら、島尾ミホと剛造にしろ」とか言ってさ。それで、「布瑠部由良由良」というシアターピースができ上がった。それで、やっぱり音楽というのはスポンサーがすごいから、サントリーだとかああいうところがやるから、たくさんお客さんが集まるんですよ。二期会《にきかい》なんて合唱団の田中信昭《たなかのぶあき》さんが指揮者で。

それで、「布瑠部由良由良」の練習があったの。そのときに島尾ミホさんが奄美から出ていらっしゃった。奄美からじゃないや、茅ヶ崎《ちさき》に移ってたな。そのときに、まだご存命だった島尾敏雄さんと一緒にいらっしゃったの。まだ六十歳ぐらいだったかな。着物を着ていらっしゃって、何か女神みたいな感じなんだよ。存在感が強くて。島尾敏雄さんの方はおどおどしてて、すぐそばにいて、ガードしているような感じなの。リハーサルやるときに、「あなた、お草履《ぞうり》買ってきてちょうだい」なんて（笑）。後で聞いたら、伊勢丹《いせたん》まで行って、ぎりぎりのところで買ってきたなんて仰ってたけどさ。それで、威張っているわけよ。島尾ミホさんは奄美の歌を歌って、僕はギャーなんて言って詩を読んだ（笑）。石上《いそのかみ》神宮の宮司たちが石をたたいてさ。その石が「オシリス、石ノ神」の発端ね。そのとき、柴田南雄さんが、縄文の石笛の復元みたいなこともやってたの。そういう音楽、民俗学みたいな感じがとっても伝わってきた。

リハーサルが終わって、「茅ヶ崎へお帰りですか。僕は代々木へ帰ります」というので、一緒に千駄ヶ谷まで歩いていって。ああ、その前に三人で一緒に喫茶店でコーヒーを飲んだんだ。そして話をしてたらミホさんが……、これだけ記憶に残っているというのはよっぽど印象がすごかったんだね、「奄美においでくださいませな。とってもとってもすばらしいですよ。でも、台風が参りまして、この間なんか、台風様がお通り過ぎになって、もう一度お帰りになってこられました」。「様」がつくのね（笑）。

そう。その言葉、異常な丁寧さに秘密があるんですよ。そばで島尾敏雄さんは、「この人は大事な人なんですよ」なんて言いながら黙って静かにしているけど、ミホさんはそういうふう。それで三人で千駄ヶ谷まで行って、黄色い電車を待ってて、僕の電車が先に来た。これは「オシリス、石ノ神」に書いたから鮮明にまたビジョン化しているんだけども、僕の黄色い電車が先に来て、お辞儀して、ドアが閉まった瞬間に、向こうに立っていた島尾ミホさんがうわーっと手を振ったの。そのときに、これは半分フィクションだけども、つーんと潮のにおいがしたの。ああ、これは島の女だ、船で別れるときに手を振る女だと。それをエッセイに書いた。

それで、島尾ミホはそのエッセイを読んでから後、手を振ること手を振ること……（笑）。

詩集『オシリス、石ノ神』の装幀と菊地信義

そのころものすごくつき合っていて、その後は喧嘩別れしちゃったけど、菊地《きくち》信義《のぶよし》という装幀家がいるのね。彼は、実は僕の河出から出した五冊の『吉増剛造詩集』の装幀家

『オシリス、石ノ神』

で、つき合いが長いんだけども、いろんなところのデザインをやってたうちで、「音楽芸術」という雑誌の表紙のデザインもやってたの。とても仲がよかったから、新年号から表紙のデザインを変えるというときに、「吉増さん、今度、表紙を任されるんだけど、表紙に文章をくれないか」といわれたのね。音楽雑誌の表紙に文章を書くというのは、もうそれだけで気合い入れなきゃいけないじゃないですか。それで「柴田《しばた》山《やま》」と称した文章を書いたの。その中に手を振る島尾ミホが出てきたのは、柴田南雄が会わせてくれたからだね。それはかえって記念碑的なものになった。柴田さんも喜んで、すぐに電話くれたけどね。そのときのキーパーソンは、菊地信義。

『オシリス、石ノ神』の装幀、これが菊地ね。あれは、喧嘩の一端になったけども、最初の案がだめでさ。小さなしゃれた本で、「こんなのだめだ、装幀家替えてやるぞ」と言って、喧嘩になっちゃった（笑）。その喧嘩の巻き添え食ったのが、編集者の樋《ひ》口《ぐち》良《よし》澄《ずみ》。樋口も頭にきちゃって、「こんな子供じみたのできるか」って怒ってさ。版元の思潮社の小《お》田久郎《だきゅうろう》さんは、「組み捨てにされて無駄になった」と言って怒るし。出版社をかえようと思ったぐらい。そのぐらい、気合い入ってた。

向こうも頭にきてるからさ、限界まで行ったね。それであの装幀になった。詩集の装幀史に残るくらいだ、なんて言ってくれるひともいるけどね（笑）。だから、あれは喧嘩の成果ですよ。あれが非常時ですよ。そういう非常時性が随所にありますね。

あの表題作の「オシリス、石ノ神」、あれが「布瑠部由良由良」の公演の流れから生まれたのね。僕にとって柴田南雄さんは武満徹さんよりも大事かもしれないですね。

オシリス、石ノ神

穴虫峠トイウトコロヲ通ッテ、二上山マデ、歯ヲクイシバッテ考エテイタ。コフンナノダロウカ、コダカイ丘ガイクツカ、電車ハ、オオサカト、ナラノ県境ニカカッテイタ。

コレハ墓、ト考エテ、ソシテ映画デミタ、古代ノ、エジプト人ノ、老イタ夫婦ノ姿ガ浮カンデ、ワタシニ、話シカケタ。映画デ起ッタコトガ、キョウ、イマニ立チ上ッテイタ。

老夫婦ハ、話シカケタ、ワタシドモノ子ガ、一人息子ガ放蕩息子デシテ、賭事のカタに、トウトウ、私共ガ、死ンデカラ行クハズノ、墓ヲ、売ッテシマッタノデス……。

気ガツクト、私ハ歯ヲクイシバッテ、車内ニ居タ。気ガツイタノハ、電車ガ、山ヲ下リハジメ、スピードヲアゲタタメダッタ。

二上山駅マデハ、モウ、十秒カ十五秒、私ハ、別ノ境界ガ窓カラ入リ込ンデクルノヲ認メツツ、大急ギデ、ボールペンヲ走ラセタ、ボールペンヲ走ラセテイタ。

一人駅員ノ駅ヲ出テ右ニ折レルト、二上山ガ前ニアル。

コレハ、緑ノフタニナル山、頬ヲ染メ、ソノ柔カナマルイ山、囁イタノハエジプト人夫婦ナノカ私ナノカ判ラナイ、オシリス、トイフ、女（?）、カミガ、路傍ニ、イタ。

不思議ナコトダ、死後ノ住居マデモ、放蕩息子ニ、売リ払ワレテシマッタ、ソノフタオヤ（親）ハ、悲シンデハイナカッタ。

死後ニ、行ク処ガナクトモ、モオ、イイノデス。ソシテ、私ノナカノミチヲ岩壁ニソッテ、歩イテ行ッタノダッタ。

道端《ミチバタ》デ、タクシー待チヲシテイタノカ、若イ、デモ、薄イムラサキノブラウスダッタナ、オンナニ、アノ、フタエマブタノ、美しい山ガ、二上山ナノデスカ……ト訊ネテ、笑ッタ。ソシテ、スコシ話ヲシテ、ソコカラ、駅ニモドッタ。

モオイイノサ。

私コノ土地ノ者ジャナイノデス。オシリス。

薄イムラサキノブラウスダッタ。美しい山。

細イ下リノ道ヲ降リテ、駅マデ歩イタ。次ノ電車マデ、三十分クライ時間ガアル。一人駅員ガ、近所ノ人ラシイ、女ノ人ト話シテイル、オ金ノコト建テタ家ノコト。聞キナガラ、私ハ、踏切リニ下リテ、見ラレナイヨウニ、石ヲ二ツヒロッタ、ヒロッテ、急イデバッグニ入レタ。

ホームヲ、向ウ側ニ、渡ッテ、木製ノベンチ、屋根ツキノベンチニ、腰掛ケテ、書キハジメルト、緑ノ柔カナ美しい山ガ、覗イテイル。ソコニ坐ッテ、マタ、一心ニ書キハジメテイタ。

気ガツイタノハ、電車ガ山ヲ下リハジメ、スピードヲアゲテ、入ッテ来タタメカ、アワテル、持物ヲツカンデ、車内ニ入ロウトシタガ、木製ベンチガ離レナイ、背広入レノ吊り金具ガ、木製ベンチノ隙間ニ入ッテ、ヒッカカッテシマッタノダ。

気ガツクト、木ハ折レテ、立ッテイタ。力ヲ入レテ、車内ニ、駈ケコムト、窓ノ向ウノ木製ベンチノ木ハ折レテ立ッテイタ。木ガ折レテ、立ッテシマッタ。

怒ルヨウナ感情ニ襲ハレテ、ソノタメニ、一人駅員サンノ、駅ノ景色ガ、水中ノ幻境ノヨウナ光（景色？）ヲ残シタ。

歯ヲクイシバッテ書イテイタノハ私ダッタ、木ガ折レテ、立チ上ッテイタ。

フタタビ、古代エジプト人ノ、老イタ夫婦ノ聲ガ聞コエテ来タ。

モウイイノデス、私共ノ放蕩息子ガ……、

薄イムラサキノブラウスダッタ。

美しい山。

私は語り手なのだろうか。座席ニ坐ッテ、(二上山駅ノ木製ベンチに、腰掛けていた)私?(あるいは誰かが)坐っている姿は誰?

木ガ折レテ、立チ上ッテイタ。

ソノ周リヲ、蛇ガ廻ッテイタ。石ヲ二個、腹ニノンデ、静カニ、蛇ガ廻ッテイタ。

刃を突きつける瞬間の光

あるいは、武満さんに近づかずに柴田さんに近づいたというのは、安原の勘があったのかもしれない。何かある種の、違うところに行こうという非常時性が働いていた。だから、土方巽に行かないで大野一雄さんに行ったというのも、……これはこの本の会話のなかで浮かび上がって来たことですね。夏のお庭で舞うヒロちゃんと大野一雄さんはつながっている、……先端の文化が行こうとするのと、反対のほうへ行こうとする。

今回のお話で発見したことに、どれくらい聖書から影響を受けているかというのがあるけども、それにもどっぷり行かなくて、それに対して刃《やいば》を突きつける瞬間に見える光みたいなものが詩なんですよね。だからといって、芭蕉さんの「月澄むや」とか西行《さいぎょう》のほうに行くんじゃなくて、その間のところで火花が散るのね。

武満さんのほうには行かなかった、というのは、あれははっきりしていて、岩波文化人っているじゃない。あれが最初から嫌なのね（笑）。あれは優良文化人ってレッテルがついてるからね。

武満さん、僕の作にシンパシーを持ってくださってたらしいのは知ってますし、それはこちらもそうなのね。だから武満さんの葉書はまだとっていますよ（笑）。あ、これはこの間偶然見つけたけど、死ぬ間際の庄野潤三《しょうのじゅんぞう》さんからもらった葉書もよかったな。

葉書っていいもんだね（笑）。武満さんの葉書も二、三枚持ってるけど、おもしろいですね、葉書って。僕は今朝方、「群像」で対話した長野《ながの》まゆみに葉書を書いてて、あの方は美学生だったからゴッホの絵葉書にしたの。書くことがあまりないから、ゴッホの絵を見ながら矢印を書いて、「この白い雲はもしかすると」なんて書いてるうちに、絵が生きてきて、見えてくるんだよね。だから、絵葉書に書くっておもしろいね。キャプションをつけるようにしているんだけど、その瞬間に頭が動いて、ゴッホにおける色の微妙な思想みたいなものがすーっと見えてくることがある。

島尾敏雄の世界

柴田さんやミホさんとの『オシリス、石ノ神』があってからしばらくして、僕はブラジルに二年間行った。枯らす、涸らすが「歌」の根源から来ているということに、これもこの本で初めて気がつきましたけれども、当人はただ苦しいのね、……言葉を涸らす非常時、というのが僕には何回か来るけれども、あのブラジルの二年間も一種の言葉を涸らす非常時で、そのときに詩が育ってるんだよね。そのとき「花火の家の入口で」と「石狩シーツ」、二つの長篇詩が育ったんだね。その苦しいときに、ポルトガル語もやらないで、女房も逃げちゃって(笑)、たった一人でいたときに、サンパウロ大学で島尾敏雄論をやってたの。それで島尾ミホさんに手紙を書いた。島尾敏雄さんが生きていたら本当はサンパウロ大学に来ていただきたいぐらいだと、そんなラブレターをミホさんに書いてた。それで、帰ったら奄美まで会いに行きます、って。それがETV特集の「芸術家との対話」

という番組になったわけ。

奄美へは最初は、何度か一人で行った。鹿児島のラサール高校とかで講演をやった後で、お金があるから船に乗って沖縄に行くときに、寄ったりしていた。『青空』という詩集にその辺は入っています。そうしてミホさんに会って。島尾敏雄さんと一緒のときを知っているから、一緒に歩くときに、カメラの前で、プロデューサーの田野稔《たのみのる》さんの前で、「島尾さんと歩くときはミホさんはどっち側でしたか」なんて訊いてさ（笑）。そういうことが始まりです。

以前から僕は、島尾敏雄の読者だった。島尾敏雄のものを読んでた。特に好きだったのは、『非超現実主義的な超現実主義の覚え書』という厚いエッセイ集ね。短いものを集めたものだけど、これが良くてね。小説もいいけども、断片を大事にする稀有な作家だった。ちょっとカフカみたいなところが僕は好きで、『名瀬だより』なんかを持って船に乗って通っているような時期があった。好きだったの。そのときはまだミホさんは読んでない。『死の棘』だけのほうに島尾敏雄を持っていくのはまずいよね。島尾敏雄にはもっといい作品がある。特に短い断片的なものや新聞に書いたものなんかもいいよ。「朝日新聞」に島尾さんが書いた「刹那の景色」というものすごい名文の新聞記事を飾るようにして読んでいたことがあったな。あの当時の小説家は、新聞にいい文章を残してる。今はそんなの見ないけどね。だから、新聞に五枚七枚頼まれたときは、そういう名エッセイを思い出して、緊張するね。新聞に書くときはちょっと気合いの入れ方が違う（笑）。そういうものを集めたエッセイ集が島尾さんにあるの。これがいいの。いろんなところに書いたものから集めた僕のエッセイ集があるじゃない、ああいうのは島尾さんの感化だね。地方の映画館のパンフレットに書いたものから、「ベースボールマガジン」のアンケートまで入れちゃうの（笑）。

あれが、火事場性、非常時性と、島尾敏雄のような小さな夢みたいなものをものすごく大事にする、あのすごい作家の感化だな。あんな人はあんまりいないぜ。僕は、石川淳が嫌いなのは、威張っている、……というレッテルが貼られているような感じがしてね。島尾さんにはそれが全くない。メカスさんにもそれがない。

第四章　言葉を枯らす、限界に触わる

多摩美大での講師経験

僕が初めて教壇に立つという経験をしたのが多摩美《たまび》のときでした。四十五、六歳くらいだったのかなあ。呼んでくださったのは東野芳明《とうのよしあき》さんでした。つまり、僕らがとっても親愛の感情を持っていた一世代上の飯島耕一さんや大岡信さんたちのグループの仲間です。シュルレアリスム研究会。東野さんにも、一世代下の、大岡や飯島の弟子みたいなやつだからという親愛の感情があったのでしょう。東野さんが芸術学科の学科長だったのです。それで、「詩論」という「講座」を持たないかというんで呼んでくださったのが始まりでした。

ご存じのように芸大や武蔵美《むさび》なんかと違って多摩美はデザインとか工芸が中心なのね。そういうのと校風のせいでしょうか、学生がみんなアンテナが非常に鋭いの。もちろん芸術学科だから、学芸員になるような資質の学生も多かった。横浜美術館の学芸員から明治の先生になった倉石信乃《くらいししの》もそうだし演劇の藤田康城《ふじたやすき》も足利市立美術館の篠原誠司《しのはらせいじ》もそうだけどね。と同時に、僕は一生懸命準備をやって講義の用意していくようでね、大学の先生としての経験がなくて、自由にやるからすごく人が集まるの（笑）。そうすると油絵とか日本画科とか陶芸とか染色とかそういうところから、まあ、若い子がばんばん聴講に来てくれたのね。

そういう学生たちに接してると、多摩美の一番鋭い子らの文化の最先端に触れるのよ。それだから、ある日、こんなことがあったのね。校門のところへ行くと、女の子が三人、舗道に座って僕を待ってて、「吉増先生、来るの待ってた。私たちとんでもない人発見したから、先生、一緒に行ってください」と言われて、それで西武の池袋店の売り場で踊っている勅使川原三郎《てしがわらさぶろう》の脇へ連れてかれた。そのとき勅使川原三郎氏は宣伝か何かで踊ってたの。多摩美の日本画と油絵と何とかの学科の女の子たち、顔さえ思い出すよ、三人の女の子は勅使川原三郎の発見者。そういうことがいっぱいあった。それで、その子たちと勅使川原三郎氏を囲む会みたいなものもつくったな（笑）。

そのくらい。もちろん映画もそうだし、多摩美っていうのは一種の東京の文化のアンテナなのね。そんな感じだったから教えられた。地方から来ている学生と喜んで酒ばっかり飲んでたら、「先生はベケットも知らないんですか」って藤田康城なんかにねじ巻かれたりさ。向こうのほうがよく知ってるからなあ（笑）。それでとても啓発されて勉強した、というのが多摩美経験です。あれから三十年たつけど依然としてつき合ってるのね。

ベケットを日本に招聘？

サミュエル・ベケットも、もちろん少しは読んではいたけれども、演劇青年の熱狂的な追っかけかたにはかなわない。まあ、藤田なんかはお父さんが演劇関係の人だからね。だからそういう骨の髄からの演劇青年なんていうのが、多摩美にはいるんだよ。ベケットの科白《せりふ》をフランス語で覚えててまくし立てるようなやつらだから、それは勉強になるよ。

ちょうどそのときに舞踏と一緒の詩の朗読運動みたいなものにかかわって、ヨーロッパのそういうことのプロデュースをやってたリジー・スレイターというイギリスの女性が日本に来ていた。僕とも随分接触があって、日本の詩をＢＢＣで紹介して放送したり、あるいは大野一雄や土方巽を紹介したのね。

そのリジー・スレイターも演劇少女だった。その後、自殺しちゃったけどね。彼女と年がら年中交流を持ってたときに、ベケットのことが話題になったんだ。それじゃあベケットを日本に呼ぼうか、ってなって、計画を立てて手紙を書こうやとなった。手紙はリジーが書いてくれた。ものすごいベケット好きだからね。イギリスの演劇関係者はそうだからね。それでベケットに手紙を書いたんだ。そしたらちゃんと返事が来た。その手紙はリジーがとってたね。売れると思ったのか、大事にしてた（笑）。

でもその返事がね、「ありがとうよ。もう俺も年だからそんな長い旅はできないけども、どうぞその前衛詩人によろしく言ってください」って（笑）。それで喜んじゃった。そういう遊びをやってました。

マリリアとともに

僕は奇妙な縁で、非常にすぐれた頭のいい六ヵ国語もしゃべる若いブラジルからの学生だったマリリアさんと、生涯添い遂げちゃったわけだよね。マリリアさんもブラジルからフルブライトか何かで奨学金を受けて、コロンビアとジョージタウンとアイオワが受かったんだって。「おまえ、そっちのほうがよかったじゃない」と言ったら、アイオワが先に決まっちゃったからこっちへ来たんだって。

その人が、これはオフレコだけどアメリカ人と結婚してて、それが破れて、それでアイオワ大の国際創作科の手伝いなんかを学生でやってたときに僕と出会ったわけね。それでこういう関係になったんだけども、僕はその、頭のいい言葉がよくできるラテン系のそんな人と違って、毒虫みたいにして受動的統合失調症と引きこもりが専門みたいなやつじゃない（笑）。それが詩のエネルギーだったからさ。それが一緒になっちゃった。ほっとけばもう死んじゃってたようなタイプだろうな。それが世界に向かって開くような女の人と一緒になった。それによって僕自身がマリリアさんとの関係で、単純にこの人を利用する

マリリアとのパフォーマンス

というわけじゃなくて、お互いの治外法権というかな、お互いの単身性――独身性と言っちゃいけない。単身性を尊重するような、そういう関係を結果的には築いた。

だから、例えば一九八一年だったかな、八〇年だったかな、いろんな詩のお祭りから呼ばれることがあるんだけども、ロッテルダムの詩のお祭りって結構でかい詩のお祭り。そこから招待されて。そのときにちょっと危機的な感じがしたんだけども、日本から剛造を呼ぶと。韓国からは金芝河《キムジハ》を呼ぶと。敏感に情景を想像できるわけじゃない。で、金芝河は光州《こうしゅう》事件の頃だからやっぱり非常に政治的な問題が出るじゃない。そのときにおびえちゃって、「嫌だな、そんな場に立ちたくないな」という気持になりましたね。「反体制」ということにヨーロッパの文化人たちはとても敏感なことを承知はしていてもね。二人並べられて比較されて「日本批判」も当然予想されるしね、……ヨーロッパのイベントでは。

そのときに僕が出した結論は、治外法権の主であるマリリアさんに一役買ってもらおうってことね。「ちょっと一緒に行ってくれよ」と。「舞台で一緒に俺と読んでくれよ」と。そういうふうにマリリアさんの不思議なオーラを利用して、彼女の英語、フランス語、イタリア語に僕の日本語を混ぜていくのね。そうすると不思議なもので、あの人は若いころは大変な美人だし、言葉はできるし社交的だからさ。僕は全く言葉はできないけど、そばにいるだけで不思議な単身性の結界……あたらしい垣根がつくれるのね。それでなんとか切り抜けた、……というのが、いまならいえる正直なところでしたね。

そのときにはそうして僕はやっとロッテルダムへ行ったけど、金芝河は来られなかった。

媒介者としてのマリリア

それとは少し変わったケースで、アレクサンドル・ソクーロフと知り合ってやったことがあるのね。知り合いの児島宏子《こじまひろこ》さんというロシア文学者と、みやこうせい氏夫妻の友人だった野本昭夫《のもとあきお》という人と、ソクーロフを南島に呼ぶというプロジェクトをつくった。奄美へちょっと来てくれといってソクーロフにミホさんを撮らせちゃおうと。小栗康平《おぐりこうへい》の『死の棘』もいいけど、ソクーロフに撮らしちゃえといって。そのときも似たようなケースで、「マリリアさん、ちょっと一役買ってくれよ」と言って頼みました。

そのときは、ロシア語ができる木暮優治《こぐれゆうじ》さんという人がいて、QUESTというプロデュース会社があるの。荒木経惟氏のビデオ作品もそこが出したのね。その木暮さんとマリリアさんが知り合いだった。マリリアさんはモデルだったからね。それでロシア語が堪能なプロデューサーとマリリアさんが知り合ってる。で、マリリアさんをプロデュース係にもした。マリリアさんと一緒にソクーロフと酒なんかを飲んでると、やっぱり雰囲気が変わってくるんだよ。ソクーロフだってびっくりしちゃう、どうして日本に来てこんなのがいるんだと（笑）。

それとさらにプラスアルファ、これはいまだに解けない謎なのだけれども、亡くなられた島尾ミホさんがマリリアさんに非常に共感していました。

とっても親愛の情を示したの。これは島尾ミホという南島のノロさんの、何とも不思議な、まあ、島の世界だって男中心のマッチョの世界だから、ああいうところで女が生きていくというのは南島では昔から大変厳しいの。そういうことと外国からやってきた女に対する親愛の情って、僕は見ててびっくりしたよ。この二人になんともいえない霊性を感じた、……。二人でこっそり会ってたりする。

僕はほっとくのね。マリリアさんを。ここからはとても説明のむつかしいことなのだけれどもやってみますね。はじめてだけれども。つまり、マリリアさんを通じて女性の霊性に近づいていったということだと思います。〃近づいて、……〃はさらに説明を要しますが、……。いま言いました奄美の伝説的というのか神話的な島尾ミホさんとマリリアさんとの交感は、……はじめはそのころ喧伝されはじめ、かまびすしくなった「フェミニズム」の波をわたくしも敏感にかぶっていて、それでと思っていたのだけれども、女性のもっているらしい根源的な放浪、……〃放浪〃というとちがっちゃう、女性の奥深いところにある〃さまよい歩くこと／さすらうこと〃、それの傍《かたわら》にあって、深甚な影響を受けたのだということが判りはじめて来ていました。それと〃ブラジル性〃が重なったのね。おそらく僕はそれに直観的に気がついていて、マリリアさんに誰もあんまり触れたことのないような「治外法権」を与えるということを、終始一貫やったのだと思います。それと、僕が逆に外国語を勉強しないようにして日本語も枯らしていって、言語を枯らしていった、……ということは、おそらく深いところで結びついているらしいのです。

ここから先は、はじめて考えることで、むつかしいのだけれども、ブランショのいう「共同体」（「恋人たちの共同体」）とも微妙に違っていて、ひとまず〃女性性〃を中心の火にした〃底知れない共同体……〃、といっておこうと思います。これが、僕の詩に深刻な刻印を与えたな、……。言語や人との接触はマリリアさんに任せるようにして、こちらは受動的統合失調症の、言葉は枯れていくような、そういう詩の活動の原点みたいなものを無意識に守った。そのお陰で、外国の人たちとの接触の、とても不思議な共同体ができてきたのね。

だからパリ第八大学教授で『オシリス、石ノ神』を上田眞木子《うえだまきこ》さんと仏訳をして下さったクロード・ムシャールさんとのケースも、クロードの先輩格のミシェル・ドゥギーなんかもそうです。特にフランスは、マリリアさん、フランス語がよくできるし、いてくれると全然違ってくるの。だからドゥギーのときもそうだけど、ほとんど一緒にいて、僕は影のようで、だけど影のようだけど吉増の世界が動いていく。不思議な二つの単身者の魂が動いていって、そういう共同結界をつくっていった。

夫婦それぞれの単身性

そういうケースの唯一の例外がメカス。メカスだけは僕なんだよ。僕がメカスと心が通じ合うの。ほかの例は、ブラジルに行くのだってマリリアさんのふるさとだからで、全てがマリリア色の中で、沈んだ石みたいに剛造はなっていくわけ。そういう不思議な共同体をつくりましたね。でもね、こうしてお話しすることによって、初めて判って来たというのでしょうか、ながい時間をかけてようやっと言語化できたことでした。でも、おそらく出逢いのときに、とくにマリリアさんにはその「直感」が働いていたでしょうね。パフォーマンスもそうだし、言語的にもそうだし。よくぞまあ添い遂げちゃったね、だからこういうことが言えるようになりました。

今から考えると、両方ともがお互いの単身性というか、たったひとりで生きていく、外国人としてたったひとりで助け合って生きていく、だから子どももつくれなかったけどね、そういう生き方をとうとうやり遂げたんだね。そういう珍しいケースだと思います。

僕なんかはほっといたら恐らく三十幾つで死んでたでしょうね。そういうふうだからさ。だから田村隆一さんがよく言ってたよ、「目つり上がっちゃって、あいつ、マリリアと会わなきゃ死んでるぜ」って(笑)。じつに正確だな。

もちろんマリリアの場合も非常に複雑で、吉増剛造が朗読なんかをやってるのをアメリカで見たときに、「よし、こいつと突っ込んでいけば、私も女優になって歌い手になるだろうな」という直感は働いていた筈です。しかし、さらに考えて行くと、マリリアさんはそのとき「歌」を聞いた筈です。マリリアさんもとても深いところで「歌」を謳《うた》いたかったのです。これはしかし、いまになってようやく言うことが出来たのですね。だけど、プラスめちゃすごいインテリじゃない。ラテン語を教えてるような人だから。何か非常に複雑な、今福龍太《いまふくりゅうた》氏に言わせると、あれこそがブラジル人の漂流性だという。ブラジル人って世界中漂流しちゃうって言うの。マリリアさんはブラジルの人の行き着く先がないような途方もない魂の放浪なんだって言うの、龍太さんはね。そこに女のもつ根源的な霊性と「歌」があったことに、こうして気がついたということでした。

そういうこともあるし、もちろん女の人だから歌い手になりたい、女優になりたいという夢はあるよ。で、中上健次が「こんな人間コンピューターみたいなやつはいねえ」って言って喜んじゃって、健次さんとかすみさんが一生懸命あおり立てて、マリリアさんもその気になった。なったけども、僕はまだそこまで理解も認識も出来てなくて、こっちは困っちゃって、家から追い出されてどっかへ行って詩を書いてたけどさ（笑）。だけど全体は、後から振り返ってみると、いま言ったような二人での共同体が宇宙をつくったな。

フランスの哲学者たちとの縁

外国のひとたちとの関係でいくと、ジャン=リュック・ナンシーさんとの場合だけはちがっていてね。青山学院大学のフランス語の先生だった上田《うえだ》睦子《むつこ》さんのお嬢さんの眞木子さんが東大の仏文に行って、ランボーの研究者になって、パリ第八大学のクロード・ムシャールの教室に進まれたのね。パリ第八大学というのは、ドゥルーズやフーコーのところだから、その空気もあるんですよね。キャンパスはちがったのかな、……。それでムシャール先生のクラスのときに、自分の仕事がしたいと思って吉増剛造の『オシリス、石ノ神』を持っていって、マラルメの講義か何かのときに、「先生、これ、ちょっと訳すとどういうふうになりますか」というような話から始まったらしい。

上田眞木子は今はパリのINALCO（東洋言語文化研究所）の教授になってるけど、学生だったときに翻訳してくれた。クロード・ムシャールってすばらしい教授だから、だんだんだんだん乗ってきて、彼の自宅のオルレアンに通ってまで仕事するようになった。そうするとクロード・ムシャール教授の先輩格がミシェル・ドゥギーで、ミシェル・ドゥギーのやってたのが「PO&SIE（ポエジー）」。詩と哲学の雑誌ね。ミシェル・ドゥギーは国際哲学コレージュの議長をやった人なんだ。で、デリダなんかの友達だからさ、それはものすごく高級な雑誌なのね。そこに『オシリス、石ノ神』の仏訳を載せたの。いい訳だったんだよね。それをジャン＝リュック・ナンシーが読んでぶっ飛んじゃって、『コルプス（共同－体）』という本で、オシリス論をやった。そういうつながり。

もちろん会ったりなんかするとき、あるいはパーティーなんかのとき、そういう接触のあるときは必ずマリリアさんと一緒に行くけどね。だけどそのルートは上田眞木子さん。『オシリス、石ノ神』はストラスブールの出版社から出たけど、日本の現代詩の仏訳の単行本としては初めてのものだった。そこでミシェル・ドゥギー、ジャン＝リュック・ナンシーとかいろんな人のほうへつながったという、フランスにおけるある出来事性でした。

ブラジルとの関わり

サンパウロ大学に客員で二年間呼んでもらった、あれもブラジルに里帰りするたんびに、マリリアさんが剛造のブラジル版の詩集を出したいと言って、三、四冊出てますけどね、そういうことが縁でした。で、インテリ同士で動くからね、それじゃあサンパウロ・ビエンナーレに呼ぼうじゃないかという話になって。そのときサンパウロ大学の教授たちも来てて、知り合いができた。これはもう完全にマリリアのお陰。それで、ああ、それだったらサンパウロ大学の日文研に国際交流基金の日系の人がいて、そこがお金を出すから来ませんかとなったのね。ちょうど城西大学に客員教授でいたから、城西大学の籍があると資格ができるのね。それで行けたわけ。城西大学を休職してサンパウロ大学の客員教授になって。結局二年いたけどさ。

その時にはものすごいのね、外交官パスポートをもらってさ。海外危険地域の手当までつくから、まあ、お金のたまることたまること(笑)。ニューヨークの東京銀行に振り込まれるんだ。ものすごく為替の難しいときでさ。また円がめちゃ高いっていうのか、一ドルが七十何円か何かのときだ。二、三年であっという間にマリリアさんが使い果たしたけど（笑）。

でも、ブラジル人というのはブラジルへ帰ったからってブラジルに居着かないんだよ。いないんだもん、俺をほったらかして自分は変なところを飛び回ってるんだよ（笑）。だから僕はポルトガル語もやる気ないし、じーっとマンションで毒虫になってるしかなかった（笑）。

二年間、ノイローゼになって毒虫になって。ただそのときに『花火の家の入口で』が生まれたのね。言語が枯れていくときに……、このことの奥底には、先程も縷々《るる》申しましたけど、「歌」あるいは「歌声」が、……さらにいうと「詩」というものの根源の働きがあったのだ、……ということを、はじめて、この機会にお話しできたのだと思います。もう少しいいますと、どなたも感じられると思いますが、ネイティブでない人の「外国語」を聞いているときのなんともいいようのない恥ずかしさね。「詩」はそこにも触れていてね。

二つの例を出して考えてみたいのですが、インド、バングラデシュの大詩人のタゴールね、あの人の詩を歌う声にずいぶん惹かれて聞きつづけて来ました。昔のカルカッタ（コルカタ）だからベンガル訛《なま》りの英語です。ところがタゴールはその「訛り」を玉をころがすようにするのです。そこに「詩」や「歌」や「音楽」が発する根があるのね。一九七〇年にアメリカのアイオワに行ったときのルームメイトがベンガルのシュリカンド・バーマという詩人でした。彼のベンガル訛りの「英語」を聞きつづけていたことが、こうした「言語の隙間」に気がつく契機になったようです。ですから、〝言語を枯らす〟あるいは〝言語が枯れていく、……〟というときに「国語」が〝訛り〟という現象を通して変幻して行く微妙な状態をいっているのだということは、お判りいただけたと思いますが、……。

そのことはさらに、本当のといったらいいのか、もともとのといったらいいのか、たとえばアイルランドの大詩人W・B・イエイツを知ったことにも通底していて、やはりアイオワで一九七一年、酔ったフィリピンの若き詩人ヘラシオ・ギジェルモがドーナツ盤で廊下で聞かせてくれたイエイツの声を、ほぼ半世紀もかけて、この声の根にあるものは何であるかを追いかけることになります。「歌」だったのです。あるいは「リズム」だったのです。イエイツは〝great emphasis upon rhythm〟といいます。普通われわれの聞く「英語」とはまったく違うのですよ。といって「古英語」というのとも違う。思い切っていいますと〝言語が歌うとき、……〟ということがいえるのだと思います。そこに行くためには、言語を枯れさせたり、萎えさせたり、芭蕉さんの俳諧にもあるでしょう、「軽み」や「さび」にも通じている筈なのです。

それと思想的に理念的に、あるいはある種の抽象化をして言いますと、これは詩を書くとか物を書くとかということと関連があるんだけど、必ずある限界まで行ってみたい。辺境という言い方をするけど辺境じゃなくて、ぎりぎりのところまで行ってそこの壁にさわってくるんです。それを普通、辺境と言ったり限界と言ったりしますよね。それは詩の表現の中で必ずあるの。必ずぎりぎりのところまで。ここから先へ行っちゃったら危ねえなというところへさわらないと、表現って出てこない。それがどこかまで行く。これは旅心と言ってもいいや。芭蕉さんが『奥の細道』で言ってるような〝片雲の風にさそわれて〟の、あるいは、〝そぞろ神〟の旅心。ほんとに果てまで行っちゃおうという。それは創作がもたらすもの。辺境性。

したがって引きこもりでそういう辺境性の限界にさわろうとするからさ。部屋でたったひとりで置いとくとほんとに壁をさわってるからね（笑）。そういうやつだったけど、外へ出ていくとそういうところまで行くわけ。ぎりぎりまで。立て看板のあるところまで。あるいは網走《あばしり》番外地の柵までさわりに行くわけ（笑）。そこへさわらないとだめだと。したがって北海道の朗唱運動なんかもやってた。「北ノ朗唱」の会ね。いいだしたのは天童さんでした。そういうことは、北だけじゃなくて、東京の中心に行こうという気はなくて、今度は南のほうへ行き出したのね。生活的な要請もあったんだよね。新福さんと集英社でお金をくれるからということもあって、旅に出て、各地の高校を回り出した。旅といったって引きこもりが密室で移動してるみたいなもんですからね。

奄美と島尾敏雄・ミホとのこと

それで行ってるうちに奄美へ行き出した。この間も申し上げたように島尾敏雄の初期の作品というのは非常に精度の高いものでね。あれで奄美に惹かれていって、現実に島尾ミホと島尾敏雄にぶつかって。それから二十五年の奄美通いが始まった。奄美通いっていうのはもちろん僕の中ではまだ解決できないし、『心に刺青《いれずみ》をするように』というタイトルで本を出そうとしていて、もうすぐやっと出しますけどね。

僕にも出口《でぐち》なおみたいな教祖の、お筆先《ふでさき》みたいな傾向、シャーマン的な傾向があるけども、島尾ミホが持っているあの女の底知れない単獨性。まあ、ちょっと演技もあるけどね（笑）。「演技」という言葉を使っちゃいけないけれども、ちょっと途方もないところがある。それは見抜いてたけれども、『死の棘』のような、ああいうことになったという島尾敏雄に対する敬意もあるし。で、二十五年かけた。しかし表向きは、このあいだはそっちのことを言ったけれども、マヤちゃんの言語。精神を病んじゃったマヤちゃん。あの間に入っちゃってああなった島尾マヤの言語。

あのマヤ語が問題だと言ってるけれども、これも、実はね、小さなうそもついていて

（笑）、実はやっぱりミホのあの底知れなさ。女の底知れなさ。海女《あま》をやったり、女の途方もない世界というのが南島にあるからね。そりゃあ沖縄なんかに行くとマッチョだからいじめられるわけ。だからその辺は言えないところがあるけれども、そういう限界にさわる。やっぱり限界にさわってるんだよ。マヤちゃんも限界、それからミホさんに触れるのも限界。そうねマリリアさんも限界。その限界に触れるっていうのは、自分の詩を発現させようというのがどこかで必ず働いてる。それは隠してるけど、やっぱり霊能者の本能みたいなものですよね。

こんなことまでしゃべっちゃっていいのかな。霊能者の本能だなんて、本に、字になったら大変（笑）。ミホさん、キリスト教で気取って、敏雄さんの亡くなった後は、黒ずくめの服しか着ないっていうふうになってるけど、あれはまあ衣裳だな。

宮古島と縁性《へり》

それから南の島といえば宮古《みやこ》ね。石垣《いしがき》島と比べてみるとはっきりわかるけども、むしろ宮古島というのは差別されてる島で荒涼たる島ですよね。あらゆるところに差別があるけど、沖縄本島からも差別されてる。で、出会った宮古。まあ、飯島耕一さんのせいもあるけど。飯島さんが『宮古』って詩集を出したわけね。

戦後が終ると島が見える
少しずつ霽れてくる
戦後の霧が　朝まだきの
アルコールの霧が
空の霧が（がたがた揺れるプロペラ機をつつむ霧）
霽れてくる
南へ　南へ　とわたしは飛んでいる
じつに南だ（ブルー　ブルー　ブルー　上も下もない青）
はじめて体験するもっとも南
霧の切れ目に
ひとつ　ふたつ　珊瑚礁《リーフ》だ　干瀬《ひせ》だ
ギザギザの赤い珊瑚礁《リーフ》だ
今度は細長い
蛇の上半身がのびている　南から北の方角へ
蛇の頭がふくらみ

そこが島尻だ
狩俣《かりまた》だ　不気味な狩俣の森
さらに
狩俣の北方に
小さな　みどり色の蛇の卵がある
ポツリと産み落されたばかり
離島　池間島《いけまじま》だ
いたるところに干瀬
池間の断崖の尖端には　おそろしげな廃屋群
白い無人燈台
が一本

宮古が見えてくる
戦後三十三年　ようやくわたしが見つけた　島宮古。

（飯島耕一詩集『宮古』より「宮古」Ⅰ）

「戦後が終ると島が見える」という詩句がありますよね。飯島耕一さんは伊良波盛男《いらはもりお》を〝南島のボードレール〟といって称揚したのね。これは啓示でした。あれで発見された伊良波盛男というのは、宮古島も差別されてるけど、宮古島からもさらに差別されている、小さな舟で渡って行く、小さな池間島《いけま》のノロの息子なのね。で、何か知らないけど伊良波盛男とも友達になった。何か気がつくと友達になってるのが宮古のやつなんだよ(笑)。那覇で知り合った水納《みんな》あきらもそうだし与那覇幹夫《よなはみきお》もそうで、みんな宮古なんだよ。僕自身も赤土の荒涼たる宮古が好きでさ。東松照明さんが食い詰めて宮古大学という写真大学をつくったのも宮古。それからロシア人のニコライ・ネフスキーが宮古へ行ってるわけだ。あの『月と不死』のね。だからそういう人とのつながりで、宮古は随分僕自身も好きで通ったたな。

沖縄は沖縄で、やっぱり中心であり輝きがあるからね。本当の意味での沖縄性というかな、山というか島っていうのは、もう限界にさわらないと出てこないわけだよ。そのぎりぎりの限界にさわりに行った。〝限界集落〟に。それが『螺旋歌』ですよ。『螺旋歌』を見ればわかるんだけど、ほんとにぎりぎりのところまで行く。あれはほんとに限界にさわりに行く螺旋歌、螺旋の旅ですよ。日本の北と南、両方ですね。両方、それとブラジルにも、端っこに行くね(笑)。

縁《へり》の持つパワー

そうですね。端……。そうだな、縁《へり》とか端とか。そういう意味では、接触する物書き、哲学者、文人たちも、大体そういう縁《へり》性を持ってるひとたちだな。アラーキーにも縁性があるしさ。一緒に対談集を出した思想史学者の市村弘正《いちむらひろまさ》さんだって縁性があるし。中沢新一だって、どこか縁みたいなところがあるしさ。割とそういう限界に触れるようなところの人に惹かれていってるな。

それは、自分が弱虫だけれども、差別されているものに非常に親愛の情を持つからなの。マリリアさんを大事にするというのもそういうところがあるかもしれないし、ほんとに小さな被差別を大事にしようとする。だから学生とつき合っても、あんまりできのいいやつは好きにならなかった(笑)。そういう傾向がどこかにある。それは自分がそうだからなんだね。

テレビ出演のもたらしたもの

ブラジルから帰って、林浩平さんが声をかけてくれたために想像もしていなかったテレビ出演ということが起きてきたんですね。でも、割合すーっと行って、おかげでいろんなエッジに関わった。大野一雄さんと接触したのもエッジだな。端っこ性だよね。まあ、岩波文化人には近づかないけれども。土方巽なんかはどっちかというと中心にいるじゃない。そうじゃなくて、ちょっと外れて悲しそうなのが大野一雄。そこへ行く。

林浩平さんが通路を開いてくださって、ああいうテレビの仕事をやり始めると、それがとても好きになって、自分もまた映像作家になっていくその場が成熟していった。どうしてだろうかと僕が考えたときに、一つ例を申し上げると、NHKの西川啓《にしかわけい》さんがディレクターで、将棋の羽生善治《はぶよしはる》さんと七十五分の「未来潮流」というのをやったんですよ。これは椿山荘《ちんざんそう》の一角を借り切った年末の一日。部分的なドキュメンタリーショットを除いては、編集なしの対話の一種の記録映像みたい。

七十五分の番組だけども、収録分をほとんど全部使ったんじゃないかな。そのときの例を申し上げるとわかりやすいんですけど、テレビの向こうに何千万の視聴者がいるなんていう思考は全くないの。何かしゃべってるときは、そばにいるディレクターに向かって話しかけるの。現場にいる人に向かって「な、そうだよな」と言って、そらしていくの。ここにいる人に向かってね。実際に、あれは西川啓に向かってしゃべってる。あるいは羽生さんとも話すよ。だけどずっと脇に振って誰かに話す。何かをする。その場に〝限界集落〟をつくっていって話しているわけ（笑）。それによってある意味では、本来怖いかもしれないような何千万の視聴者を消していく。

そうすることによって、スタッフとも仲よくなるし、その場を楽しむということも出来る。教えるときも僕はそうだけどね。そういう性質があって、その時々の限界にさわる、……文脈をつねにはずすのね、性質や本能ということもあるのだけれども、ジャズの精神ということも考えたけど、結局遊びというのが一番だろうなあ、テレビ番組をも自分の中の教育装置として働かせられる原因になったと思います。それは後から気がついた。

さらにそれを拡大して考えていくと、一九七〇年ごろから飛び込んでジャズのグループに入って詩の朗読をし始めたじゃない。あのときに、やっぱり飛び込んでみたらミュージシャンと横で触れ合うようなことが起きてきた。何がおもしろいかというと、何か発して提出するんじゃなくて、横で会話するほうがおもしろいのよ。ジャムセッションね。そういう限界内限界にさわるようなことの楽しさというのは、映像をつくる現場でもしぐさの中に出てくるね。詩の朗読の場合もそう。突き詰めて言うと、恐らく詩を書くときの思考とか表現をするときの思考も、そういうふうにして動いてるのね。

内的言語＝内臓言語

それからたった今、僕は吉本隆明さんの『母型論《ぼけい》』を全部書き写しています。『母型論』

なんてとんでもない難解な論考を習字してるのね。これは吉本さんがフロイトと闘ってるような大文章だなあ、おもしろいよ。

全く幼い乳幼児の海のときに人間の本質が出てくるんだといって、そこへ全部引っ張っていって論じていく、吉本さんのものの中では白眉のもんだけどね。いわゆる社会化した、あるいはトレーニングされた人間じゃなくて、原・赤ん坊みたいなものに触れているのね。吉本さんが吉増剛造の詩を認めたのはそこだからね。これは奈良朝以前の言語だ、内臓言語だと言ったの。それはそのとおりだな。

しぐさと言っちゃうともうトレーニングされたしぐさになるけど、それ以前の赤ん坊がきょとんとしてるような、そういうもの。詩なんかの触手には、そういうものは必ず出てきますからね。それも狂気とともに。僕は受動的統合失調症だそうだけど、そういうものが出てくるんだな。

「怪物君」を作ってるときも、僕も自分で自分を分析しながら、内的言語、オフボイスを聞きながら結界を作ってるんですよね。「結界」って、動物が匂いやなんかで創る縄張りに近いものね、自分でも「てめえ、おめえ、何言ってんだ」なんて言いながらね（笑）。「書く」ことのほとんど狂気ですよね。「書くこと」の狂気に近づきながらこっちも見てるからね。手と耳と目と口とで。ある特殊な、シャーマンよりももう少し進んだ状態に持っていく。これをやらないと。エルンストなんかに負けちゃいられないと。もちろんセザンヌやゴッホも超えちゃわなきゃいけない。そういう気持ちもあるし、詩の切っ先というのはそういうところに触れてますから、それを生かさなきゃいけない。朗読もやるから、それを音声化しながら。あれも不思議な闘いですよね。

テレビの画面のときにどうしてあんなに自由になるか、どうしてあんなしぐさが出てくるか、最初は自分でもわからなかった。いま京都でCSのテレビの仕事をやってますが、京都の流響院《りゅうきょういん》という大変立派なお庭に行ったのね。何も用意ないのよ。それで「吉増さん、何か感想を言ってください」。で、行ってちょっと歩いたり動いたりするじゃない。そうすると、大野一雄さんとの舞台や会話や語りも残っていて、それが「風景」としていきなり作動してくるのね。それは瞬間に察知をした、……。それで身体に捩《ねじ》りが出て来て「風景」も揺れてくる。そうすると言葉も揺られてくるんだよね。何か言い出すんだ。自分でもびっくりしちゃって、「よくこんなことを言うな」なんて思いながら（笑）。

僕もびっくりしてるの。出てくるのよ、やっぱり。京都の奥の貴船《きふね》神社に行って、「あ、あ、木は滝が立ち上がってるんです」なんて言うんだよ。言ってる俺もびっくりしちゃってさ（笑）。言語っていうのはすごいもんで、言語のほうが勝手に気がついて、勝手に言うことがあるんだよね。そろそろ、もうちょい行くと危ねえなと思うけど（笑）。

林浩平さんに誘っていただいた、テレビというメディアの現場のスタッフの呼吸とメチエのおもしろさ。だから僕の好きな監督は、メカスにしてもソクーロフにしても現場のメチエがいいじゃない。はっきりあるの。伝達装置としてのテレビなんて全然おもしろくないけど、シナリオや予定や映画の文法なんかではなくって、たとえばソクーロフなんかさ、宮古の旧い屋敷を撮ってて、〝だれかライター持ってない、……〟って聞いてさ、映画に煙りを入れちゃうのね。吃驚《びっくり》したなあ。「現場」が、けば立ってくるようなさ。

gozoCinéの誕生

そこから、gozoCinéが出て来るんだけど、その経緯はかなりはっきりしてます。テレビ出演することの延長で、詩人にどこかへ行ってもらって番組をつくろうという話がテレコムスタッフで始まったのね。僕は何かというとすぐ奄美に行きたいから「奄美へ」となってね。それで行ってみたら、夏海光造《なつうみこうぞう》なんていうすごいカメラマンが担当になってくれたし、一回じゃもったいないっていうんで、南海日日新聞の松井輝美《まついてるみ》さんに相談に乗ってもらって、「里の曙」という焼酎の社長さんに一席設けて、「一千万ぐらい出してくれませんか?」「ああ、いいよ」なんて(笑)。それで映画が出来ちゃったわけ。伊藤憲《いとうけん》監督の『島ノ唄』ね。

gozoCiné の一場面（『キセキ』より）

そういうことがあった。ただそれは、やっぱりあちらのペースじゃない。しゃべることはしゃべるよ。で、でき上がったんだけども、何かつまんなくなってきちゃってさ。出てるやつがつまんねえなと思って、じゃあ自分で、……これも「届くこと」の原点に戻ったんだ、……。「書くように、……」獨りで撮ろうかって（笑）。それが始まり。

それでgozoCinéを始めたわけだね。最初は羽《は》村《むら》の五《ご》ノ神《かみ》の「まいまいず井戸」ね、そこへ行った。まいまいず井戸というのはウリカー（降り井）だから、南島の井戸におりていくという、その歩行は完全にあるわけよ。折口信夫論もそこからはじまるのだけども、井戸の底におりていく。だからもとは『螺旋歌』です。詩の中で運動のぎりぎりのところを狙ってた。それが身体化してきてるんですよ。外から捉えようと思っても無理なの。だから、自分で「書くこと」と並行して「声」を同伴してやり始めた。

ビデオカメラは持ってたんだけど、何台目かに〝キセキ〟というファンクションがついてたわけ。ぼかすファンクションがね。それで撮ったの。その二台目をパリで置き忘れてきちゃって、新しいのを買ったら、もう最近のカメラはそういうぼかすようなファンクションはついてない。いいのを買ったらがんがんにきれいに映るのよ。でも今度はそっちへ取りついちゃってさ。おもしろいほうがいいやと（笑）。きれいなほうがいいやっていうほうへ取りついちゃった。

「怪物君」での限界的実践

でも無意識のうちに、〝キセキ〟みたいなファンクションを自分でつくるのね。ノイズをやってみたり。最近は目隠しして撮ったりもするの。だから、「怪物君」の制作をgozoCinéで撮るとき、ドリッピングの絵の具を外へこぼすんだ。危なくてしょうがない（笑）。昨日かおといだな、自分で垂らしながら、「やっぱりこれは書いてるんだな」って思った。もちろんジャクソン・ポロックみたいにドリッピングという感覚も頭の中にはあるにはあるんですよ、ドリッピングしてて目隠ししてると。泰西名画みたいな視覚が全開になっていくような世界というのはほんのごく一部でしかないということも判ってくる。

と同時に音も聞いてるわけ、た、た、たらっ、たらっ、たらってね。僕はペンで書いてるときにもこうだから、やっぱりこれは「書く」ということにつながるかなというようなことをしゃべってるわけ。だけど現実には変なものが出てきてるわけですよ。しかも垂らしといて、後に木炭か何かで、ギギギギッてぶっ壊すわけですよ。エクリチュールをさらにぶっ壊すエクリチュールが出てくるの。

ジャック・デリダに盲目の絵画について論じた『盲者の記憶』ってのがある。それから僕はアルトーが好きだからアルトーにもどこかでつながるところがある。アルトーも絵画をやってるけれど、あんなところよりもちょっと進化しちゃったな。アルトーの一種の残酷劇みたいなね。そこで発するような、言語のもっと底のようなやつ。今やってるのは手探りのちょっと困ったところへ行ってるね（笑）。

でもおもしろかった。パリのテアトルモリエールでこの間やってきたの。アラン・ジュフロワやフランスの詩人、哲学者も来てるわけじゃないですか。で、「これがいま『届くこと』の現場です……これ見てろ」って（笑）。背後のスクリーンに映してやったの。

その後ストラスブールでもやったけど、おもしろかったな。学会でああいうことをやるとおもしろいんだ。自分で垂らしちゃうと、やっぱりびっくりするからな。パリでは「PO&SIE」のイベントでやった。それが恐らく、今度の竹橋（近代美術館）の展覧会の主力になってくるはずなんですよ。もう映像を相当積み重ねてますからね。危険なことをしゃべってるんですよ、結構、ね（笑）。

マルコ・マッツィのこと

それからマルコのことですね。マルコ・マッツィというフィレンツェ大学の学生が、僕のことを論じてくれたことがありました。イタリアでは二〇〇五年に『The Other Voice』という訳詩集が出たのですね。マルコ、最近はどうしてるかな、日本人の女房と別れちゃったから。若いカップル、日本人とイタリア人がくっついたときに、やっぱり文化的な不思議な重層化ができていくじゃない。マルコは、ものすごい頭のいいやつ、まあ彼らは両方とも頭はいいけど、「一番最先端の詩はこうだ」「こうだわよ」、「これを訳してみたらおもしろいわよ」「ああ、それでいこう」と言って、そういうふうに若い男女の結合の中でそういうものが生まれたのね。その関係がちょっと切れると……。男と女の関係というのはやっぱりおもしろいもんですよね。

僕らの場合には、ブラジルの漂流性と女の霊性と日本の引きこもりの詩人とが、単身性を大事にして五十年全うしちゃったという珍しい例だけどさ（笑）。夫婦っていうのはおもしろいよ。そこに愛が生じてきてるケースがあるからね。そこに生じてくる愛情というのは「恋人たちの共同体」なの……だとも思ったけれども、こうして話して深めてみると、女の持つ霊性そして放浪性ということよりも〝さまよえる女性性、……〟ということにまで、この「共同性」はとどいているらしいことが朧気《おぼろげ》ながら判って来ていました、……。そういうものはとっても大事ね。僕がマルグリット・デュラスなんかに惹かれるのも、そういうものかもしれないな。やっぱり愛とか恋というのは非常に深いもんですよ。これは精神的なものや何かを超えるものがあるな。

こんな機会があるので意識化してこうやって概念化してしゃべれましたけど、自伝を語る、という、こんな機会がなかったらしゃべれなかった。概念化できなかった。やっぱり考えてみると間違いなく単身性。独身性というよりも単身性だな。どうしても「共同体」をはみだして行かざるをえない。それぞれの単身性というのを大事にしなきゃいけない、柄谷行人さんの最近の「遊動論《ゆうどう》」と接するところがあるね、そういうことがわかってきた。またしゃべり過ぎか（笑）。

言語を枯らすこと

外国体験では、外国語と日本語の葛藤の問題がありますよね。これは非常に鋭いポイントで、僕も考えてきたことの一つでよくキーワードみたいにして言うんですけど、そうした限界にさわる言語のぎりぎりのところまで行くために言葉を枯らすようにする。コミュニケーションの回路を閉ざそうとする。そのことを「枯らす」と仮に言って、それが「歌」と「詩」の根源にあるものに近いというところまではつきとめましたね、……。

この「枯らす」という言葉には出典があって、吉本さんの『初期ノート』の中の「全てを枯らさずに歩む者こそ天才と言えるのである」。天才なんて嫌だから取っちゃって、「全てを枯らさずに」というのを逆に否定的に捉えて、枯らしていくといいました。枯らすことが大事だというのは、さきほど、萎えさせる、あるいは「さび」という言い方をして、芭蕉さんの名前を出しましたが、もう少しいいますと、「書くこと」の「細み」のようなものと関係があるらしくて、それと「色」や「筆跡」とかもかかわっていて、しかし「書道」や「絵画」には近づけたくはない……あくまで「書くこと」に関連づけていますと、筆の折れる音が聞こえる、……という少し判りづらい感じで説明をしていますが、「書記」が、ここ十年位「割注《わりちゅう》」あるいは「裸のメモ」という小さな文字の方へ、もう押しとどめようもなく向かっていっていて、……このことと「怪物君」六百四十六葉、四年半も密接につながっているのですが「読み手のいる場所」を枯らそうとしているともいえます。それと、言葉を薄くする、中間状態にする、言葉自らに語るように仕向けるという、まあ「言語の極限」を目指すということに収斂《しゅうれん》するのでしょうが、それを「枯らす」という一語で代表させようとしたのですね。どこかに日本的な美感というのかな、木が折れるような感覚もあるようだし、実際にノイローゼぎりぎりまで行ったときに、意図してそういうところへ行っちゃうんだけども、外国語の中でむしろ日本語だけが骨みたいになって立ってくるようなところへ心を運んでいくわけね。そうしないと詩なんて出てこないからね。そういうことを繰り返してるの。

それを繰り返してる一つの例として、ブラジルにいたとき、普通に考えると、学者さんや若い人は言葉をしゃべれて当たり前じゃない。でも、ブラジルでポルトガル語教師に付いたけど、とてもそんなものはやる気がしない。しかしね、不思議なところに言語との接点が出来ていくの。一つの例として、詩を書いたからそれがわかるんだけど、僕はポルトガル語の「U」は「ウ」というんだけどさ、この発音ができないのよ、難しくて。フランス語と似てるんだけどね、ウというのは。だから僕にとって、例えばジェウソンなんていう人の名前が、僕には発語できない。

そうするとこのUの字が気になる。『花火の家の入口で』というのはこのUが動いていく詩なのよ。だからUをひっくり返したりした。ところが、「怪物君」の第二部でやっぱりこのUの字が出てくるの。そのとき平仮名の「ひ」かなと思ってたの。小さいつぼみたいにやわらかい。だからポルトガル語でしゃべれなくて、Uという字を一字だけつかまえて詩を書いて。で、少し違うところからアズラードス・オーヴォス、「蒼ざめた卵」なんていうポルトガル語を使いながら、ポルトガル語にも違う接近をしてたけれども、一番大事なのはそのUのウというのに、言語の根みたいなところに依然として近づこうとする力が残ってるところね。これは説明できない回路で、体験的にそういうものが出てくるんですけどね。

「底なしの重ね写しの入れ子のコーラ」

じつにこれは難解で、しかし魅惑的なプラトンの『ティマイオス』をふまえた宇宙論ですけど、そのUっていうのは、もしかするとデリダの言う「コーラ」みたいなね。コーラって箕《み》が一応モデルですけど。つまり「場《トポス》」とは別の〝場〟があって、縁《へり》と底《そこ》みたいなもの。やわらかいものでね。そういうものが動いていったものとして捉えると、「冗談じゃねえ。これだったらヘンリー・ムーアや何かよりもはるかにやわらかい宇宙があるぜ」なんていうところへわたくしの心の光景は行くわけですよ。だから言語習得というよりも、そういう普遍的、本質的なエッジにさわる。限界にさわる。底にさわるというね。で、僕もそれをぱっと開いてぱっと自分で引いてたからそれを直感したけど、「底なしの重ね写しの入れ子のコーラ」なんていう言葉をデリダが言うんだ。確かにそう。底のない重ね写し。パランプセストね。そして入れ子になってて。そういうものがコーラというトポス（場所）なんだな。それはデリダの言うとおりだな。底なしの重ね写しの入れ子のコーラって、これは言い得てるな。

　デリダはもちろんそれで建築をディコンストラクトしようとして建築家に向けてやったけど、建築家はそれには反応できなかったな。それはもっともっとすごいものですよ。守《もり》中高明《なかたかあき》さんの翻訳では、「底なき重ね写しの入れ子のコーラ」だったけど、僕はすぐそれを「底なしの重ね写しの入れ子のコーラ」に変えたな。これはプラトンの『ティマイオス』から来てるわけだけども、あの人たちの感じてた宇宙と、Uという字と火というのはつながってるんですよ。五十年ぐらいかけて、才能ないけどようやっとそういうところにさわることが出来た感じね。

　そうね、馬蹄形とはよく言ったもんだね。Uですよ。あれは韓国の箕《み》だよ。アイヌでいう「ムイ」だよ。あの箕というのは不思議なもので、アイヌの人たちも「ムイ」って呼んで使ってきた。あれはユニバーサルなものですよ。だからあれがコーラのモデルですよ。

実際に『ティマイオス』を読んだら箕が出てくるもん。そういうのは宇宙的な限界的なエッジにさわってるから一発でわかるけども、言語とこういうふうにつながってくるときに、U《ウ》というのとぶつかった。「怪物君」でも出てきてる。大変だ（笑）。

言語の根源にさわりたいという営み、なんでしょうね。それをいわゆる学問や論述的なものや論理で行くんじゃなくて、その時々のエッジにさわるその感触によってつくっていこうとする。そうなると七十七年でも短くてまだだめだなと思うけども、多少はこういうふうにして言えるじゃない。うん、わかってきた（笑）。いやあ、「底なしの重ね写しの入れ子のコーラ」というのは当たってるよ。「怪物君」の「裸のメモ」を書いててそれが出てきた。

芭蕉の獣《けもの》性

いま書いたばっかりの文章のことですがね。昨日の朝書いて「群像」の編集部に渡したんだけど、「群像」で時々やるでしょ、五、六人の人に自分で勝手に詩集をつくれって。三篇ぐらい選んで。僕もやらされたのね。よーし、じゃあ、掉尾《ちょうび》には黒田喜夫《くろだきお》氏の「毒虫飼育」と、それから大手《おおて》拓次《たくじ》の「つんぼの犬」を選んどいて、芭蕉さんの中から動物、生類が出てくる句を十句ほど選んでみようと思ったの。芭蕉さんは生類が出てくると非常に精彩があるんですよ。あれは太古のすごい感覚ですね。

「初しぐれ猿も小蓑《こみの》をほしげ也《なり》」ってあるじゃない。あれが『奥の細道』が終わって伊賀上野へ帰るとき。それが有名になって、その次、『猿蓑《さるみの》』を編むときに、去来《きょらい》が芭蕉先生のあれを頭に入れといて、「鳶《とび》の羽も刷《カイツクロヒ》ぬはつしぐれ」と発句《ほっく》を詠んだ。トンビも羽根をきれいにして羽繕いをやって、初時雨で旅立とうとしてるんじゃないでしょうかね、先生の猿と同じですね、とやったのね。それに今度は芭蕉がつけたわけ。「鳶の羽も刷ぬはつしぐれ」にね、「一ふき風の木の葉しづまる」。これがすげえってわけだね（笑）。これはさっきの〝言葉を枯らす、……〟ということともつながるのですが、ミシガンの寒い冬をノイローゼになって過ごしていたときに蕪村さんから学びました。蕪村さんはね、一日に一度芭蕉さんのこの付句《つけく》〝一ふき風の、……〟を口のなかに転がすようにしないと、わたしの口に茨《いばら》が生えるといったのね。これは、果てしなく吃《ども》るようになっていた極限の言語が、ほとんど枯れ果てて折れそうになっていた言葉の芯が救われたのだということができる、そんなことがありました。

　口にしてみて下さいよ。これはちょっとすごいものです。お猿さんの小さな言語が呼応して、トンビの呼吸が呼応していって、そうすると一吹きを何かが聞いているとすると、この次に来る「木の葉しづまる」というのを言ったのは恐らく見えない植物だな、となる。そういう感じに気がつく、息の呼吸のとき。その辺の微妙な線みたいなところに美がありますね。

ただ、俳諧の文脈で言ってたらそれはなかなかつかまらないでしょうね。これも手を動かすひとだからかな、蕪村さんは、口の中を動かさないと茨が生えちゃう、なんて言えたけど、まあ見事なことを言ったもんだよ。あれはやっぱり「不明の息遣い」なんですよ。その「不明の息遣い」っていうのが芭蕉さんには必ずあるのね。それでもう一回読み直してみると、「鴨《かも》の声ほのかに白し」。何か聞こえてくるじゃないの。普通言う色彩感覚とかなんとかじゃなくて。僕は〝受動的統合失調症〟だからもっぱら聴覚でいくけど、万物の不思議なところから美の声がするんだよ。

三篇選べというんだけど、芭蕉さんで十句挙げても構わないなと思った（笑）。「蚤虱《のみしらみ》」だとかなんかがいっぱいあるじゃない。蟬だってそうですよ。「蛙《かわず》飛び込む」だって、俳諧的な知識から読むからつまんないのであって、蟬、猿、馬、鴨、蛙、……と並べたらすごいよ。生動してるな。芭蕉さんの「軽み」というのは獣の言葉のことだったという直感がぱっと走ったね。普通言う日常的な軽みじゃなくて、カエルの声だとかキツネの声だとかさ。そうすると「軽み」ってちょっといいじゃないですか。

「獣語を求めてる」とこの小さな文章を名づけることもできるかもしれない。この夏（二〇一五年)、「三田文学」のための対話を八月十一日、八重洲ブックセンターでやった。前の日、往復十時間をかけて福島の浪江《なみえ》に行った。「もう生類の気配がない」と。これを書いたときはぴたっと言えたと思った。「生類の気配がない」と。人間もいない。頭では考えてるんだけど出てこなかった。

「蕪村さんにも西行さんにも芭蕉さんのような獣性、生類性はない。翁《おう》の心には隔世の太古の息吹が感じられ、初めに挙げた鴨の声にしても太古の息吹に耳を澄ますようにして読み直す」と書いたのね。そしたら「怪物君」Iの最後の脚注が違ってきちゃってさ。全然違うことを書こうと思ってたのに。「陸前高田で浪江で南相馬で石巻で、畳が空中に舞うのを見た。畳が宙に舞ったのだ。お蚕さんもトンビもキツネもオオカミも宙に舞った」。書けちゃった(笑)。ああいうことがあったために。俳諧的な知識じゃないんだよね。ぱっと「多分、軽みというのは獣《けもの》性だ」という僕の直感は当たってると思う。このときにすーっと美しさが走ったんだと思う。やっぱり書くって大変なもんだね。

第五章　言葉の「がれき」から

死者たちのこと

一九九七年に岡田隆彦が亡くなり、その後にも田村隆一さん、安東次男さん、それから二〇〇三年には若林奮さん、二〇〇七年には島尾ミホさんが亡くなって、最近では井上輝夫が、先日の（二〇一五年）八月二十五日に亡くなりました。身近なところに鬼籍《きせき》に入るかたがたがふえています。

それも、今、最初に申し上げた精神の力動性と関係があって、恐らく何か非常に深いところで死のそばにいるような……、時代的にもそうだし、そういう皮膜を持っている、わたくしはヒトのようなのですね。このことは一九六八年に書いた「死人《しびと》」という作品が参考になると思います。この詩は、書いた瞬間まで覚えてるけどね、下北沢の六畳のアパートで、夕暮れじーっと瞑想してると、墓所を失った死人たちがささやいているという、そういう死人があらわれてくるような、そういう精神構造というのが必ず僕の胸の内にあるようです。

ですから、誰かが、非常に近しい人が死んだときというのは、まあ「挽歌《ばんか》」ですよね、挽歌を書くときのある特殊な皮膜に触れるということは僕にもあって、僕はそういう性質があるというのを自分でも知っている。このことは、こうして聞いていただけなかったら僕の心にも謎のまま残ったことでしょうね。三歳位のときに阿佐ヶ谷の街角を死人《しびと》が三人走って行く幻をみたという話をしましたのですが、それが二十五年位たった一九六八年にもういちど顕れて来たというのは、心がそのときの空気に呼び出されたというか、心のほうが詩によってひきだされて立ってきた、……奇妙な言い方ですがそうもいえるのだというこことに気がつきます。「詩」はそうした空気に敏感なのです。一九六八年は、殊にそんなときでしたね。ですから、それぞれの人のくっきりした、一般的なその人の人生というよりも、非常に不思議なところが心に残って、その人の向こう側へ渡るときの道みたいなものを見るということがあるのですね。

岡田隆彦の場合でも、岡田のときには弔辞を読んだけども、享年五十七、弔辞を読んだのが、大岡信さんと江藤淳さんだったかな。それから僕が読んだんだ。あいつの山の手のおじいさんが終戦のときの厚生大臣で、政界の大立者ですよね。それで、岡山の旧家で、いいとこのお坊ちゃんなんだけど、とにかく才気煥発、虚言癖、うそっぱちばっかり言うとんでもないやつでね(笑)。

それでも、あいつのものすごくいいところは、そういうやつだったんだけどね、ジャズについて語らせるとね、これは天下一品の才能を発揮したの。あいつがジャズについて書くともうピカ一でした。そばにいてね、一緒に渋谷の「Ｄｕｅｔ《デュエット》」や何かにもしょっちゅう通ってましたけどね、こいつの持ってる非常に古風な、スノッブなうそつきの魂の中に、ジャズを語らせるととにかく一番深いところまで行く精神があった。それを弔辞で言いました。それはあんまりほかの人は言わないことだった。

そういうことがいろんなところであって、同時に岡田と一緒に私淑した安東次男さんの場合には、いろんなことはあるのだけれども、あの人の精神のぎりぎりのところ、駆逐艦に乗ってた主計大尉だった人で、あの人のぎりぎりの精神が、初めて会ったときにお嬢さんを膝の上に乗せて、三好達治《みよしたつじ》からこれもらったんだと言って、短刀をギラッとこう抜いて見せるようなね。旧制高校生の相当突っ張った人の痩せ我慢みたいなね、そういう何とも言えないぎりぎりの精神。安東次男の、それは非常に透徹したものも生み出すけれども、ここには狭さもあるな、ということを僕は瞬間的に読み取った。

だから、ものすごく大事にするけれども、どこかで膨らみがない。それは、大岡さんなんかに比べると違うんですよ。それはもう瞬時に読み取るような、そういうことがありましたね。安次《あんつぐ》さんは、そういう人。

田村さんもそうだけど、田村さんはなぜかたった一人でさまよっていて、女の人のところへ転がり込んで一本独鈷《いっぽんどっこ》で生涯を送った孤独な旅人、珍しい旅人ですよね。あの人が亡くなったとき僕は葬儀委員長をしましたけどね、あのとき、世間はどっちかというとあの時代の思潮としてはもう少し大きな思想を持つかに見える鮎川信夫さんのほうに行くんだけども、やっぱりね、田村隆一さんの持っている、時代を超えたような、やくざと言っちゃいけない一本差しの精神ね。その人の精神の中で、詩の中の言葉でね、例えば田村さんを追悼するときに「黒い武蔵野」なんて言い方をしたのね。

この「黒い武蔵野」に何故震撼させられたのか、僕自身も説明がつかない、……。虚をつかれたのですね。さらに判らない言い方の方に引っぱっていいますと、「黒い武蔵野」といわれてはじめて「武蔵野」が色を得たともいえるのね。田村さんの直観の色彩としかいいようがないでしょうね。ゲルマンの「黒い森」とも違うし、……そうか、「恐怖」という田村さんの詩のヴァージョンをふっと思い浮かべると、少しだけ判りだす気がするでしょうね。これは、ね。ちょっと言えない言葉でした。そういう、この人の生涯を照らし出すような詩を覚えてるな。そういうふうにして、ワンポイントでつかまえていくということがとってもあって、それがやっぱり挽歌を書くときの、死に対するときの何か一つのポイントなのね。

通夜の精神

それから、僕らの親しい友人で、状況劇場の作曲家だった安保《あんぼ》由夫《よしお》さんという人がついこの間（二〇一五年九月二十日）亡くなったんですよ。晩年は、新宿の「Nadja」っていうバーのマスターだったわけですが。それが一週間ぐらい前。それで、急いで、僕吹っ飛んでってさ。新宿のNadjaにみんな集まった。人が外まであふれてさ、道路で酒飲んでるんだよ（笑）。それで、状況劇場の女優さんや何かがいっぱい来てるんだよね。でね、何かアイルランドのお通夜みたいな感じなの（笑）。いや、騒ぎというか。敵味方もう入りまじって騒いでるような。

アラーキー（荒木経惟）の奥さんの陽子さんが亡くなったときも、ややそうだったけどね。本当のお通夜に出くわしたなあ。あれは三ノ輪の浄閑寺だった。型にはまってやるとそういうもの出てこないんだけども、ああいう、「Nadja」の扉が開いて外でわあわあみんな飲んでるときの感じ、もう、ちょっとすごかったよ。久しぶりにお通夜の精神に出会ったなあ。やっぱり状況劇場の、アングラ演劇の皆さんの熱気もあるかもしれないけど、それだけじゃなくて、僕らは「メカス日本日記の会」のほうだし、クロちゃんのほうだけれども、何かね、いろんなものがまじり合っている、そういうお通夜の一シーン。あれはやっぱりいいもんだなあ。

若林奮の銅板と「怪物君」

それから、田村さんや安次さんがそうだけども、若林さんの場合も不思議な感じで、やっぱり芸術家の残していくものというのは不思議で、もう亡くなられてから十年以上たってますけどね。

若林さんとは共同作業を続けていました。僕がハンマー持って銅板を叩いて、というのは、僕の中ではまだ続いてるんですよ。だから、物と一緒に若林の精神は僕の中に生きてるの。それが続いてる。で、ついこの間こんなことに気がついたけどね、若林が送ってくれたコンマ一ミリのなまし銅板って、これはかなりものすごい繊細な作品なのね。それを僕に送りつけてきてたのね。それを僕がずーっと三十年も持ち歩いて何かやってきてたの。

それで、今度「怪物君」をどんどん原稿化していく中で、気がついたらね、原稿をつないで銅板と同じように紙の巻物をつくっているのね、僕の手が、……。気がついたら完全にそうなの。若林と同じことやってる。だからね、その若林との共同作業が、そんなふうに変身して、現在進行形で、僕の中の感覚になってる。変身して、メタモルフォーズしてそういう状態になってきてます。もちろん、芸術的な価値や純度は及びもつかないものです。だがしかし、その〝芸術的純度〟や〝価値〟を度外視しつつ、なおも、別の道を辿ろうとするところに僕の立ち位置があった。これは若林さんに通じていたかどうか判りませんけれども。しかし、一九六九年からはじまって、彼が亡くなるまでの交信、ものを送り届ける、彼の手の代りをつとめるという仕草が持続しました、……。

若林というのは町田の綿屋のせがれでさ。だから、やわらかいものに対する感覚があるし、それから何か繃帯《ほうたい》を巻くような感覚がある。そういうものが総合して、頭で考えるもんじゃなくて、しぐさなんかを通してそういうものが自分の中にも貫通して、それが生きて来ているんだというのがわかってさ。

だから物書きの場合でもそういうこと起こるかもしれないけども、造形作家の場合にはそれが本当に恐ろしい深さでもって迫ってくる。しかも若林奮氏の場合にはそれがあるね。ほかの人はそういうことをやってなかったかもしれないけど、僕は共同作業を続けてきてるからね、そういうことが起きました。

繃帯で世界を巻く精神

若林さんは綿屋のせがれなの。一番最後に残した「飛葉と振動」という作品、あそこでは人が立って、あれはミイラか何かだね、綿じゃなくて、繃帯で巻いてる。

あれね、ちょっと危険なところに触れますけどね、僕、「怪物君」のⅠをやって、Ⅱを今、絵から一生懸命起こしてるんだけども、Ⅲを完成させて、その仮のタイトルをね、

「ゴッホの繃帯」としたのね。

ゴッホが繃帯してる絵があるじゃない。あれ、ゴッホのパイプをくわえてる男の絵を見てたら、パイプの煙が渦を巻いてるんだよね。あ、ゴッホは、風景にもつねにこの渦を見てるなというのがわかってさ。それがたとえ脳の中のことであったとしても、それ（渦巻）がこうして、パイプの煙にも現れていることに驚嘆したのね。よくみて下さいな。すべてに素晴らしい渦が生々と働いているのね、ゴッホは、……。だからそれが、繃帯感覚、巻いてる感覚、それと若林のその繃帯の感覚、繕う感覚。それがつながって、そのさらに丁寧なものが若林さんにはあったのね。

若林奮『飛葉と振動』
「若林奮展」図録（府中市美術館）より

　僕は若林が、撥ね飛ばされた子猫に副《そ》え木をしてやって、繃帯をしてやったというのを見て知ってるからさ、そういう、こう、世界に対して繃帯を巻くような精神ってあるんだよ。そういうことにつながっていったわけだ。そういうことがあるから、詩もある意味では、死に直面したときにそんな挽歌を書くような、精神で違う次元が開くような、少しそういう場面に近づくような性質がありますね、確かに。

田村隆一との関わり

田村隆一さんが、他の若い詩人には見向きもしないのに、僕に少しよくしてくれた、というのはね、ちょっと意地の悪い見方をすると、全然違うタイプの詩人のひとりが飛び出してきたわけよね、あの一九六〇年代に。あの激しいときに。それで、「荒地」の人たちや、あるいは大岡信さんたちの世代が、あれ、全然違うやつが出てきたと。それは、詩人たちは、非常に敏感だからわかるわけ。

それをね、多分高見順賞のときに最初にそれを察知したのが鮎川信夫さんだった。あ、違うな、って。鮎川さんってそういう時代を読む精神があるんです。そのそばにいた田村さんは、天才的にそれがわかっちゃうんだよ。こいつおもしろいなとわかるわけ。それでぱっとつかまえる。

高見順賞が始まったのは鎌倉だったし、そのとき田村さんも鎌倉にいてそういう接触もあったし、高見さんとの接触もあったし、それにアイオワとの縁がある。それが全部つながってて、何となく、あ、こいつ、俺の目の中に入れてやろうという勘が働いたのね。

でもね、キーパーソンは、僕は鮎川さんだという気がする。僕は鮎川さんとは交友はなかった。ただ、非常な敬意を持ってましたけど、やっぱりオーラが全然違うじゃない、詩的なものが鮎川さんと田村さんではね。そのときに新しく出来た詩の賞が高見順賞、そのときの選考委員のお一人が鮎川信夫さんで、その選評がとても深くまで読んだものだという感想がわたくしにはありました。鮎川さんに対する敬意はそこに根があった。そして、お逢いしてみるとね、僕みたいなものにもね、〝……さん〟とつけるそのトーンに驚きました。その〝驚き〟を翻訳すると、〝深いリベラリズム〟あるいは〝自由だな、この精神は、……〟となるのでしょうね。鮎川信夫の詩人としての瑞々《みずみず》しさに目をみはった瞬間でした、……。

編集者・津田新吾

そうね。亡くなった友人ということでは、津田新吾《つだしんご》という稀代の名編集者が『花火の家の入口で』をつくったり、他にも『燃えあがる映画小屋』とか、とてもいい本をつくってくれて、ほんとに一心になって本をつくってくれた人でしたね。

彼が、リンパ腫《しゅ》だったかで、若くして亡くなって、最期まで献身的にみとったのが奥さんの鈴木《すずき》英果《えいか》さんでした。そのときはもうみすず書房にいたけどさ、その英果さんに「怪物君」の「みすず」連載という、こんな大仕事をしてもらうというようなさ、そういう志の持続を続けるようなものというのはちょっと珍しい、不思議なことですよね。

もちろん、あのときは僕、自分でも言語化できるかどうかわからないけれども、津田さんのお葬式のときに式場で普通に決まりどおりやるというから、「冗談じゃない。俺が全部仕切って、司会も全部、俺がやる、……」と言って、そこまでやるくらい、何かこう意気に感じてそういうことをやったんだなあ。そういう性質は、本当は弱虫、臆病者の僕としてはないはずなのに、抑えつけてたそういうものが出てくるのね。「朗読」もそうだけどね。そういう振幅がヒトにはありますね。そういう意味では、若林さんと、それから津田さんとは珍しい例ですね。

島尾ミホのこと

島尾ミホさんについては、前にも話しましたが、これはもっと深い、與謝野晶子のような、ああいう女《おんな》性よりももっと深い、まだ誰も語り得ていないような女の身体、海女さんなんかに通じるような、海の底に足がつくのがわかるようなね、そういう身体を持っている女。しかも巫女で、もちろんいろんな複雑なことはあるでしょうけれども、それを感じ取ったなあ。これは珍しいケースでしたね。だから、ある意味では、イタコさんや巫女さんや、そういう少し逸脱した、境界外の女だよね、それのちょっと珍しいケースで、新吾さんと一緒で珍しいケースなんですけどね。

これも、本当に秘密でミホさんが亡くなったという知らせが入ってきて、すぐ読売の友達に流しちゃって、それで、パリ行きの飛行機の中で追悼文を書いた。あれは読売。朝日が怒ってたよ（笑）。ミホさんの最後の文章（「新潮」二〇〇六年九月号）にね、恋人（敏雄）に逢いに行くときに、岬づたいに泳ぐというより海中を跳ねるようにして行くというのね。海の底に足裏がついたら蹴って立ってを繰り返していたというのね。こんな海中の歩行に初めて触れて、驚倒したことがありました。

柳田國男の語りの声

NHKのテレビの「こだわり人物伝」で、柳田國男の回を受け持ったのね。遠野《とおの》に何回も行きましたが、実は「自然」なんか、私は全然わかんないし、あんまり好きじゃないのよ、「自然」なんて。そうじゃなくて、三島由紀夫さんのように、ある絶対的な、精神的な美みたいなほうに私は関心がある。ところがそれを隠しちゃう。隠しちゃうと逆のほうへ行くわけですよ（笑）、土俗的なほうへね。

ただ、それだけじゃないのは、これは小林秀雄さんにも言えるけれども、珍しい声のテキストが残っている。これは折口信夫さんにも言えて、特に柳田さん。柳田さんが亡くなる二年前のラジオ講演「旅と人生」、これと出会ったことがすごく大きくて。僕らまだみんな三十歳ぐらいだったかな。友達がオープンリールで、放送されたばっかりの柳田さんのテープを持ってきて、みんなでそれを聞いてね。まだ当時は筑摩の全集は出てなかったんだ。柳田さんってそんなに有名じゃなかったのよ。

それを見つけたというか、それに興味を引かれたのが吉田武紀という山登り。山登りのやつというのは死と直面するからね、いろんな亡霊の話だとか死と近い話をするわけですよ。山人《さんじん》とかね。その彼が柳田さんに惚れ込んじゃって、僕は僕で國木田獨歩の『武蔵野』よりももっと深くて豊かな歩行感覚を柳田にみたのね。

決定的だったのは柳田さんの語り口、声だね。それを一言でいうと、そのときたしか八十五歳だった柳田さんのお声のトーンがじつに潑剌《はつらつ》としているのね。それはね、幼いときの記憶を呼びだすときの思考の瑞々しさだった。全く別のトーンだけど折口さんにも小林さんにも、それぞれに思考の瑞々しさがあるのね。柳田さんの場合には、僕は一生それとつき合った。したがって五十年、ずうっとそのお声を聞き続ける僕の人生だった。だから、後からそれがほとんど柳田さんの遺言に近いようなものであるという、非常に魅力のあるものだということがわかってきた。そういうところへ柳田さんは同伴してます。イタコちゃんのそばに座ったり、まあそういうことをするのが好きなヒトだから音には非常に惹かれるわけですよね。声に惹かれる。それが前提としてあるけれども、柳田さんの場合にはあの語りの非常な深み。小林秀雄もテープを残して語ってるじゃない。あれも実に魅力のあるものでね。

それが折口さんにも言える。折口さんも声が残ってますからね。民俗学というだけじゃなくて、声のテキストを残している、非常なまれな人たち、巨人の二人ね。恐らく南方熊楠は声残ってないんじゃないかな。うん。南方は残ってない。それから宮澤賢治、残ってない。中原中也、残ってない。

あの人は八十七歳で亡くなられて、放送は八十五歳のときだから、まあ典型的な老人の声といいたいけど違うのよ。〝あんたそこに引っ掛かってるワラジみたでしょう……〟って録音スタッフに声をかけたりする自在さ、若々しさ。あれは無類のものだね、……。「私どもは旅行をするってときにはおなかも壊したりしますしね、それはいろいろ旅といっても、旅行というのは修行ですしね」なんて言いながらね、実に間合いのとり方がよくてね。柳田さんの声、機会があればお聞きになるといいですよ。

ウォークマンや器械との付き合い

ウォークマン出たてのときに、あんな奇跡的なものが出てくるとはね。宝の小箱が出てきたというわけで、あれで随分いろんなところを採って歩いて。依然としてそのテープ残ってますけどね。恐山のイタコちゃんまだ全盛のときだから、そこへ行っては採ってました。おもしろがってましたよ。その時代の器械と同伴するということはあるんですよ。

ウォークマンはものすごく大事で、gozoCinéが始まったというのはね、これ、ウォークマンが今度はカメラにかわっていった。僕、カメラも好きだったけども、それがさらにさらに進化していって、とうとう我々でもシネカメラを持てるような状態にまで器械が接近してきた（笑）。そして器械が接近してきたら、よし、さわれる、そばに行ける、語れる、器械と話せる状態、それがgozoCinéの発火点です。だから、そのときの器械と精霊的なつき合いをしてた。

ところが、書くというのは全然違うから、もうあくまで手を動かしてさわってが根源的だから、ワープロやコンピュータのほうには行ってない。視覚的な目のかわり、それから口のかわりという、ウォークマン、カメラというのには、もうはっきりと時代と共同歩行している感覚と精神があります。

でも、書くのは手でないとだめなんですね。レオナルド・ダ・ヴィンチも「手」ですね。最近知って吃驚したけど、……。コンピュータは、僕は器械が好きだから本当はやってもよかったのに、やっぱり紙にさわる、それから濡らす、これですね。紙に対する偏執

書き写し、絵具を垂らし、ぐちゃぐちゃに……

というのは非常に深いものがあるんですね。「濡らす」というのはインクで濡らす、ということとね。それが、今は本当に絵画作品になってきて、暴力的なものになってきていますね、「怪物君」ですけど。あれは液晶やああいう世界のほうでは起こり得ないことのほうへ向かっていってるからね、あれはあれで極限に行ってるんですよ。あれは手放さないな。

だから、ある部分はウォークマンや精霊的な器械のすぐそばに寄っていって、頰を寄せて、何かをつくっていくというのと、紙は紙で、もう破いて、ささやきかけて、汚して、破ってという、それが決して矛盾しないんだよね。全部器械とか液晶になっていくというふうじゃないんで、いろんなことができるはずでね。

以前少し調べたことがあるけれども、カフカ、ニーチェあたりのときにタイプライターを使い始めたとかね。タイプライターの時代とかそういうのあるんだよ。グラモフォンの時代とかね。ところが、僕はどうしてかタイプライターというのもあんまり好きじゃなかった。あのカタカタという音が嫌いだったかどうかわかんないけどね、それが潜在記憶に残ってて、ワープロやああいうものを嫌ったのかもしれない。

片仮名で写す

このことは前にも少し言いましたけど、今吉本隆明さんの『言語にとって美とはなにか』を「怪物君」で写しています。途中からそうなったけど、平仮名漢字まじりの普通の文章をほとんど片仮名で写してます。それから横文字は平仮名に逆にしてやってる。そうすると、石川九楊さんが言った「筆蝕」なんていう以前に、惑乱が不断に生じるのよ、書き写してるときにね。「ヴァレリー」なんていうと平仮名で書かなきゃいけないんだよ(笑)。その横に波線立ててね。

自分でもわかりますよ。それは惑乱して、どうやって書くかわかんないわけだよ。ヴァレリーなんていって、「ゔぁれりー」と引っ張るか、「ゔぁれりぃ」と小さい「ぃ」をつけるかなんて、ぐにゃぐにゃぐにゃぐにゃやってるんですよね。そういうときに起こる、遊びとも言えない、何とも魔的な、陶酔的な感覚というのは、それはすばらしいもんだよ。翻訳作業ですよ。おもしろいですよ。全然速度も違うしね。そこで気がついたのは、ああ、これはフロイトのマジック・メモじゃなくて重ね書きしてるんだなと。

例えばね、こういう個所、「プロレタリヤ文学」なんて、「ぷろれたりやブンガク」と書き直していますとね、そのときに起って来る情動というのは凄いものです（笑）。大体これでもう麻薬中毒になって、これ、書き写すのに大体一週間ぐらいかかるんですよ、一生懸命やってますけどね。おもしろいですよ。（各章の扉を参照）

これね、でもね、最初は気がつかなかった。ただ単純に変換してと思ってたら、それはね、書いてる意識が全然違うのよ、ね。考えてみたら、平仮名と片仮名、全然違うからね。

リズムは違うし。そこでね、揺れるときの揺れが、これ読んでたら絶対にわかんないよ。「書き写し」をしたいのね。みなさん忘れちゃってるな。これがもう二年ぐらいたってるからさ、もう麻薬中毒になるよ（笑）。吉本さんもびっくりしてるんじゃない（笑）。

吉本さんはここまで気がついてないだろうね。いや、「符号」というよりも名辞以前の言語、あるいは「沈黙の言語」、……と考えて行くと、吉本さんは気が付いてる。それと、折口信夫は知ってる、この感覚は。折口のあの文章とか思考方法の魔力というのは、これを知ってる魔力だね。

九・一一の体験

九・一一という大事件がありましたよね。三・一一以降は僕はゴッホの手紙、ゴッホの日記にものすごく集中して、あ、これじゃないともうだめだというくらい入れ込んで、いまだに続いてますけどね。

九・一一のとき、ちょうど僕ね、台湾にいたの。第一回台北ポエトリー・フェスティバルとかいうのがあって、有力な詩人たちがアメリカからどっと来るはずが、全部足どめ食らっちゃってさ。それで、ちょうどその前に奄美にいたときに襲ってきた台風が台湾を襲って、納莉《ナーリー》台風という名前がついた。地下鉄は水浸しになるわ、めちゃくちゃな状態になったの。で、ホテル、相当な高級ホテルに缶詰めになっちゃった。そのときに、ああ、こんなことになったときに一体何を読んだらいいか。そのときに、三・一一のゴッホと同じように、僕は『クレーの日記』を読んでいました。普通の文学や思想なんかじゃもうだめだと。芸術が生成していく、その生々しい生成の状態を、私たちも思想感覚においてそれをやらなければだめだということを痛感したのが九・一一だった。そのときはクレーだったの。

そのとき書いたものは『静かなアメリカ』に収録しています。そういういわゆる思想言説、あるいは文芸みたいなものではもうだめなんだと。そうじゃなくて、パウル・クレー。そのときはっきり覚えてるけど、何よりも大事なのは物事が生成していく、何かが生まれていく途上の方が大事なんだと言ってる。クレーの場合には、それをはっきり僕もつかんだ。

それがもっと過激になっていったときに、三・一一のときに、今度はゴッホが爆発的に出てきた。ゴッホって、たった一人で自分の感じた空気と渦みたいなものと、それをもう貪《むさぼ》り食うようにしてやった人だからね。そうした生き方じゃないとだめだというふうな点では、九・一一と三・一一に対する僕の態度は変わってない。

その後何年かして、九・一一の、世界貿易センタービルの跡地に立ったときに、「詩は死んだ」とつぶやいたことがあるわけです。「詩は死んだ」と言ったのは、自分がパウル・クレーにならなきゃだめだという、自分がゴッホにならなきゃだめだという、そういう含意があったのです。

あの跡地を見たから詩は死んだというんじゃなくて、その前の台湾で一生懸命クレーについて考えてたときのほうが大事だった。それで「詩は死んだ」と言ったんだと思う。

あのときアメリカ人たちと何か話してて、「ニューズウィーク」が、もうアメリカの詩は滅んだとかなんとかいう特集か何か組んだんだ。そんなことも念頭にあったかもしれない。でも、むしろパウル・クレーや、あるいは三・一一のときのゴッホのほうが大きかった。もっと自分で手を動かせよというのがあったわけね。

アメリカとの関わり

「赤馬、静かに（*be quiet please*）アメリカ」、あれは二〇〇四年にアイオワに行ってるときに書いたんだね。当時はブッシュ政権時代。あれは激しい詩だ。灰野《はいの》敬二《けいじ》*さんとやったときに読んだやつね。このあいだ映画の『断食芸人』*に出たときもあれを映画の中で読んでる。

　一応そのメッセージ性としては、「*be quiet please, America,* ……」なんて言って、イラク攻撃をやったアメリカに向けて抗議してるんだけど、それ自体がもうめちゃくちゃ、もっとラディカルだからさ、そのメッセージ性のほうだけではほとんど一面ですね。むしろ詩のなかの言語のるつぼ状態のほうが大事だ。あれは、イタリア語入ってる、韓国語入ってる、マリリアさんの夢の中にまで入ってってさ、めちゃくちゃだしね。だからメッセージは途中ついでに出てきているようなもんだな。アメリカでやったからというので。

　むしろ『静かなアメリカ』という本を出したことからもわかるように、違うところからアメリカ、自分自身の中にもあるアメリカをもっと突きつめようとしている。だから、

「*be quiet please, America,* ……」というのはちょっと英語の使い方を間違えたかな（笑）という、そんな感じが残ってますね。

ただ、そう言わないと通じないから。むしろ「静かなアメリカ」というビジョンが実は僕にあって、そっちへ向かって何か言わなきゃいけないのに、もう面倒くさいから「*be quiet please, America,* ……」とやっちゃったというような感じがあるね（笑）。

言語を習得しないで枯らしていって、そのときに、例えばサッチモが口の中で別言語化しているような口腔内言語、……あるいはあの表情と声、あるいはジャクソン・ポロックがドリッピングをやるようなもの、あるいはエミリー・ディキンソンのこれも名辞以前、言語以前の〝ダッシュ〟みたいなもの、そういうメッセージ性ではなくて芸術表現にあらわれてくる〝本当の身振り〟、……これでも言い得ていないのだけれども、〝幼さ、小ささの極限〟、……これでもまだだな……〝本当の閃き〟、……だな。それがアメリカにも必ずあって、その見えない沈黙のとても大事な部分、それを捉え直すという、そういうこと

＊灰野敬二——一九五二年生れ。ノイズ・ミュージックの音楽家。ギター、ヴォーカル、パーカッション、民族楽器などを演奏し、近年ではエレクトロニクスも採り入れて、独自のノイズ・ミュージックの世界を表現する。舞踏家や詩人との共演も行い、海外でもカリスマ的な人気を得ている。

＊「断食芸人」——カフカ原作の同名の小説を、映画監督の足立正生が映画化したもの。二〇一六年二月に一般公開された。吉増は本人役で出演し、自作詩を朗読している。

赤馬、静かに（*be quiet please*）アメリカ

吉増剛造

荒《あら》馬《うま》、赤《あか》馬《うま》、……静かに、アメリカ

cavallo　*cavallo rosso*　*be quiet please,*　*America, ...*

〝足《た》掻《し》、足《だ》掻《し》に〟

sounds "tashi, dashi"

若き日の歌の師の服部躬治氏に折口信夫が教えられた、その響き（「笹葉に打つや霰《あられ》のた、し、だ、し、に率《ゐ》寝てむ後は人離《か》ゆるとも」から。「たしだし」は、確実にしっかりと叩く打つの意。しかし、服部先生、折口ならずとも、わたくしたちもまた、この「たしだしに」に、馬の蹄《ひづめ》の音、いや、馬の足元の土埃（つちぼこり）を覚えるではないか。）この伝へられた、太古ノ土（つち）ノホコリと、若駒の足掻《アガ》きの大事な物の音、…たし〳〵、たし〳〵ニを想フ。中学二年の折口投書（「文庫」）の初めての歌は、「あを馬の たから足掻きのたし〳〵に君うちくなり。巨勢の春野を」。その二葉の記憶の宝（たから）〝足掻、〳〵に〟

水《みず》裏《うら》ニ、（月ノ）埃ノ匂《ニホ》ヒ

reversed side of the surface of water. there is smell of (lunar) dust

二〇〇四年十一月十日黄昏から夜へ、エングル氏未亡人、聶華苓〝ニエ、ホア、リン〟と武漢の鈴の香り？と埃のミチが、三十四年して、漸くにして、立ちあらわれた。やがて雨となった美しい晩秋のアイオワの夜の道、――。夫人の *subaru* が、小路 - *summit* をみつけかねて、暫く、心が踏鞴（たゝら）の風のちっちゃなアクセルを踏むようだった。至上のときには、十才？幼い、華苓、ホア、リンさんが、戸の蔭でそっと嗅いだという阿片 = *opium* の、ほのかな香がしていた。わたくしのコ、ロノ花芯も、阿片 = *opium* を吸った。*Hélène* と *David* の晩餐のお仕舞いのお話しと、特別のチーズにも、地下の鼠に噛じられませんように、紙に包んで吊り袋に下げているのね、……の *Hélène* さんの口中の茨《うばら》の道にも、不図、阿片 = *opium* の、甘い香りの道が交（かよ、まざ）っていた……

荒馬《あらうま》《cavallo》、赤馬《あかうま》《cavallo rosso》、……静かに《be quiet please,》、アメリカ《America, ...》

〃足搔《たし》、足搔《だし》に〃《sounds "tashi, dashi"》（"tashi, dashi" ニノ（仁乃）、を（尾）、春の或る晴れた日に、若駒（二、三頭？）を眺めていた人々の眼に、足音とは異なる、擦（さ）する為（し）、草（ぐさ）が、聞（き）、越（え）、て（手）来ていた……）

擦（さ）する為（し）、草（ぐさ）が、聞（き）、越（え）、て（手）、

来ていた、……

飼葉桶《かいばおけ》《mangiatoia》ノ（葉ッパ《foglia》）、（葉ッパ）ノ、ウラニ、手（タ）ノ、裏（ウ

ラ＝占）ニ、葉書ノ、ヨーニ、可愛イ（井）ラシー、い（居）、

ラテンノ（お）台所《cucina》、ラテ、ラテ、ラティ

〃足搔《たし》、足搔《だし》に〃《sounds "tashi, dashi"》（紙裏デ、ボクノ、心ノ紙裏ディ、辞典のページのカミを焚いて燃して、いる、良寛さんノ丈高い姿ノけむり＝*fumo*）

楚《ソ》ノ

「赤馬、静かに（*be quiet please*）アメリカ」冒頭

が根っこにあるけどね。表向き政治的なことというのは僕はほとんど言わないからさ。だからあれだけ目立っちゃったけども、あれは本意ではありません。

そうだね。だから、今度アメリカの出版社のニュー・ダイレクションズから出る、今年（二〇一六年）の秋に出ると思うけど、そのタイトルが、アメリカ人プロフェッサーがぱっと選んだけども、「*Alice, Iris, Red Horse*」というの。アメリカの音韻がその中に入ってるんですよ。そっちのほうが大事なの。「*Alice, Iris, Red Horse*（赤馬）」。これが、咄嗟《とっさ》に立ち上ったのね。音韻と少女性とアメリカの荒地が衝突したんだね。編者のフォレスト・ガンダーという詩人でブラウン大学の教授がぱっと決めた。彼の直観が何かの匂いを嗅いだんだな。

アメリカ的なものとしてのメルヴィル

早稲田の大学院で一緒だった岡本小百合《おかもとさゆり》さんが英語の達人だし優れた編集者にもなって、……でも大災厄に深く心を痛められたのでしょうね、僕の書いた「…、石を一つづつ、あるいは一つかみづつ」という詩篇を本当死にものぐるいで英訳されてね、「*Alice*……」にも入っているのですが、その詩を、メルヴィル没後一二五年ということもあって、「ボストン・レビュー」というめちゃ有名な雑誌があるじゃない。そこが目をつけて、

二、三日前に出したの。

この詩は、あのとき震災の後で僕すっ飛んでいって、ロサンジェルスとグランドキャニオンで、「*Watts Towers*」、「*Emerald Song*」の二つの映画をつくった。それから、それからすぐにコンコードとケープコッドへ行ったの。僕はメルヴィルが大好きだからね、メルヴィルの『モビー・ディック(白鯨)』、いいじゃない。それからコンコードを撮りに行って、特にホエール・ミュージアムに行って、メルヴィルと鯨を撮った、ゴッホをぶら下げて撮ったのね。だから、この詩の中にそういうメルヴィルのことが出てくるの。ちょうどハーマン・メルヴィル没後一二五年とかいう記念の日に当たるんだ。それがアメリカのエディターの目にとまって、この詩がピックアップされた。

僕は、本当はメルヴィルの『白鯨』を最も大事な本の一つとしてるから、そういうところからいっているアメリカなの。あるいはエドガー・ポーからいってるアメリカね。

メルヴィルと鯨を撮ったgozoCiné、あれは「*The Eyes*」といったかな。鯨の目がわかってさ、鯨の目とメルヴィルの目が重なっちゃうんだよ。やっぱりすさまじいヴィジオネールだし、ハーマン・メルヴィルというのは圧倒的にすばらしいですよね。『白鯨』という、一種の宇宙観というか世界観というかな、そういうものを打ち立てたという大作家に対する敬意は並々ならないものがありますね。

早稲田大学の堀内正規《ほりうちまさき》教授はハーマン・メルヴィルとエマーソンの専門家。そんなところから堀内さんと仲よくなってるところはあるね。僕は幼いころから好きな、枕頭《ちんとう》の書の一つがW・H・オーデンの『怒れる海』という本で、その「怒れる海」というのの中心がメルヴィルの『モビー・ディック』なんですよ。だから、ロマン主義の詩のイメージの中心にあるのが「怒れる海」、あるいはハーマン・メルヴィルなんですよ、そこから入ってるからね、もう抜きがたくあるの。エドガー・ポー、ハーマン・メルヴィル。

フランス語でも、その「石を一つづつ、……」を翻訳するというので、途中まではフランス語訳ができてて、今一生懸命やってますよ、クロード・ムシャール教授と上田眞木子さんが。半分以上はできてる。で、もうマルセイユのポエトリー・センターが出版することも決まってて、もう締め切り過ぎちゃってるんだけどさ。本になります、これはね。とんでもないめちゃくちゃな詩だから翻訳が大変なんだよ（笑）。

翻訳できないように書いてるんだから（笑）。

あとね、ここで、震災以後どう詩が変化したかということを考えて言っておきたいのですが、縄文と日本にもあるストーンサークルを論じつつ gozoCiné を制作したときに自覚したことをお話ししておきたいと思います。語法は震災以前も以後もまったく変わりませんが、はっきりと自覚をしたという意味では、この境い目は決定的だったのかも知れません。『悲しき熱帯』のクロード・レヴィ＝ストロースは、縄文の〝一気呵成《かせい》〟ということをいうのね。古代人がなにか閃きを感じて、それを一息に、……と。さらにレヴィ＝ストロースは、その〝一気呵成性〟を、日本の職人さんの手技にまでみているのね。それに接してね、ああ、ここに秘密があったのかと、覚醒に近いものを感じていたのです。学んだり真似たりして、「シュールリアリズム」の〝自動記述〟なども考えていたことが、おそらく縄文以来の絶えることのない、……それこそ絶えることのない始まりの持続、……このことに震災を契機に気がつき、自覚をしたのです。自覚すると、さらに、その、〝一気呵成性〟の震源のようなところを目指すようになりました。それが震災以後でした。

gozoCinéをめぐって

gozoCinéを始めた、ってことではね、それはさっきちらっと話しましたけど、ウォークマン、器械の時代的な、精霊的な進化みたいなものに非常に敏感だからさ、子どものころから。それで、ウォークマンでぶっ飛んで、特に声、ね。

それで、どんどんどんどん。もう昔はこんな大きなカメラだったじゃない。それがどんどんどんどん、どんどんどんどんこう小さくなって、しかも性能がよくなって、値段が下がってきて、ウォークマンのように声の小箱としても使えるぐらいの状態まで来たの。

それで、僕を主人公にした『島ノ唄』って映画ができたんだけど、それはすばらしい作品だけど、何か出てるやつが、僕のことだけど（笑）、嫌だな、役者を演じてるような、嫌だあんなの。で、てめえがやりゃいいじゃないかと思ってさ（笑）。

そこに一つの契機があって、パウル・クレーやゴッホみたいな感じなんだよね。もう枠の中じゃなくて、自分でやりゃいいじゃないのか、自分で話せばいいじゃないか。それが「まいまいず井戸」から始まった。「まいまいず」というのは沖縄にあるウリカー（降り井）と同じなんですよ。湧き水のある地の底に下りて行く、女の人たちが桶を頭にのせておりていくというのね。沖縄に残っているこのウリカーに近いのが武蔵野の堀兼《ほりかね》の井戸やまいまいず井戸でした。gozoCiné のもう一つのファンクションのぼける機能、〝キセキ〟というファンクション。すなわち、それは重ねる機能なの。重ね映像。

僕、パランプセストといって重ねるけどさ、「パランプセスト」というのは、昔西欧や中東で羊皮紙が貴重だから、重ね描きをしたことから来ていて、これは洋画の起源でもあるのね。それを先程もいいましたように、本当の写真なんか撮れないから、全部写真はにせものだというんで重ねちゃうわけ。それと同じ機能がついてる。時間がひずんでいく、重ねられていく、ゆがんでいく。その機能がぴたっと出てきた瞬間に出会ったわけ。それで gozoCiné が始まってるの。そういうことが重なっていって、しかもこれはウォークマンと同じぐらいの手軽さでできるようになった。そこへ突っ込んでいったんだね。

これは二〇〇六年の夏からですから、もう十年ね。もう百本近く撮った。しかもさ、あれ、歩いてて同時に自分で朗読みたいにして、声出して、しゃべってるの。だからね、あれ、カメラを録音機として使ってる。

あれはだから、ウォークマンと同じ。あれ、ウォークマンにレンズがついたようなものなんですよ（笑）。だから、朗読の延長でもあるし。そういうことをやって、自分で自分に突っ込み入れられるじゃない。おもしろいじゃない（笑）。しかも、そうだとほとんどシナリオ要らないし、やり直しもする必要ないし、編集なんか全然する必要ないからね。

しゃべりながら撮るってところが大きいね。今、竹橋の展覧会のためにしゃべりながら孤独で自分でインク垂らすようなところをやってるのね。で、カメラ向けて、そのときにやっぱりしゃべる。スタジオのなかで自分の声を聞きながら、本当に小箱みたいなところをつくって、そして声を動かしてるんだよ。で、その声を聞きながら自分の思考が変わっていくからさ。それは、普通言う映画ではやれないやり方で相当突っ込んでます（笑）。

否定の精神

哲学の話になりますが、ハイデッガーなんかはずっと読んでいます。けれどやっぱりニーチェなんだよね。どうしてか、ニーチェに戻ってくるのね。最近河出文庫で出た、佐々《ささ》木中《きあたる》訳の『ツァラトゥストラかく語りき』がとてもいいんだけどもね。

殊に『ツァラトゥストラ』に惹かれるのは、その淵源にはギリシャ哲学の古代の人たちの生々とした声とのつながりがありますね。ニーチェはもともとギリシャ文献学者が出自だし、さらにそれを乗り越えようとした。だから『ツァラトゥストラ』というのね。〝人間とは超克すべきあるものである〟、佐々木中氏は「人間は、乗り越えられるべき何かだ」。これはね、僕の解釈だけど「人間」というのにかえて「乗り越えられるべき何か」と定義をしているのね。つまり「にんげん」といわずにね、ぱっとニーチェが言うの。「人間」というそのものがあるんじゃなくて、「人間」というものは乗り越えられるもの、「乗り越えられるべき何か」としてあるんだと、「人間」の定義を変更している。これが僕には決定的でした。ニーチェの言葉としてものすごくいい言葉で、僕が最も好きな言葉だなあ。人間というのは乗り越えられるべき、こいつをね、乗り越えられるべき何かであるというの。ね。「超人」というよりもね、こっちの言い方のほうがいいね。

最初のお話に戻るけれども、全く才能もなければ資格もないのに、精神の緊張とその振幅みたいなものと純粋性みたいなものをどうしても追いたいという気持があって、哲学、ニーチェも読むし、キルケゴールもスピノザも読むし、宗教にも近づいていく。

だから、いわゆる伝統的な表現形式に決して近づこうとしないのね。俳句だとか和歌だとか小説だとか、そっちのほうに近づこうとしない。むしろ、そうだからこそ民俗学のほうなんかに逆に行くの。で、いまはじめて考えてみますが、たとえばニーチェの『ツァラトゥストラ』の歩行をね、僕はこれも生涯の読者である芭蕉さんの『奥の細道』の伴《とも》のようにして読んでいるらしいことに気がつきます。「道路に死なん是天《これてん》の命なり」、その「歩行」なのですね。

ところが、この間、「美」というのは何かというのを考えていったときに、予想外のことに三島由紀夫が登場しちゃってさ（笑）。で、三島さんの『金閣寺』と『仮面の告白』をもういちど手にしてみたら、ぴたっとくるようなことが出て来るのね。困ったことに、……。

これは、だからといって説得できないし、三島さんのつくったイメージというのは消せないけれども、三島さんの一番好きな李白《りはく》の詩がね、「鳳凰臺上鳳凰遊」という一行なのね。これを敢えて意訳をしてみますが、「玉座」があるから、そこで「玉」が舞っているといったらよいのかなあ、「虚無」というよりも「無」ということよりも、そこに、真の遊びがある、……というと三島さんの亡霊みたいになっちゃうね（笑）。

だからね、みてよ、この「金閣寺」というときの響きと音韻と姿・形、そんなものってやっぱりね、そうそう人はわかってくれないよ。そういう三島さんと、それから『仮面の告白』をはじめる前に、ドストエフスキーから美についてのエピグラムを引いてる三島というのにもまた出会ったね。驚いたな。

だから、僕の精神というのは、自分でも、臆病で、引きこもりがちで、少し狂的で、「受動的統合失調症」なんて言うけれども、それさえも怪しげな言い方であって、常に何かが立ち上がったときにそれに対する否定精神というのが働くの。否定して、それを逆のほうへ持っていこうとする力動。

だから、何かをしようとするときに、このインタビューで初めて考えたのですが、否定の精神、あるいは死の感覚かな、そういうものが働くの。だけど、哲学や思想みたいなものからは絶対に離れないような。その細かな生成、しかも「詩作」のときのほとんど狂的な志向生成の道にその「否定」が働いていて、ほとんど自分にも「我」は信用が出来ない、「主体」なんてあり得ない、もしかしたら「野放図」といわれても仕方のないような仕草で「詩」の「道」をさがしているのね。さっきの『ツァラトゥストラ』と『奥の細道』が例証でしょうけど、……。年がら年中そういう否定精神が働きますよ。それはヘーゲルみたいなものに近いのかなあ。そういうものですよね。

だから実存主義かなと思ってたけど、やっぱり何か、うーん、西洋の哲学の根にあるようなそういうものに近いところがあるなあ。ボードレールにもそういうヘーゲル的なところがあるからね。ネルヴァルも大好きだしね。僕の夢の詩人はネルヴァルだからさ、ネルヴァルとエドガー・ポーだけど。エドガー・ポーなんかの本当に最上のものというのは、やっぱり美の極限みたいなものだからさ。

そこまで文化が行かなければ、体現はできないけども。だけど、そこに向かって行こうとする心は働くね。困ったなあ。少し本気になってきちゃったな（笑）。

ポエジーとしての絶対精神

終生読み続けてるキルケゴールが言ってるのですがね、〝それまで存在しなかった永遠がこの瞬間とともに存在を開始したがゆえに、君はこの瞬間のことを時間の世でも、永遠の世でも一瞬たりと忘れることはできなくなるであろう〟というんです。反復というのは。

そのときに初めてその瞬間が立ち上がるというんだよ。ね。反復というのはね、繰り返しというんじゃないんだ。新しくできる。詩作を通じて、それは実感としてあるね。「怪物君」を作りながら、さっきの〝ぐぁれりぃ〟〝ぷろれたりや〟と、文言を片仮名に変換してるときにだって、細かいところでね、そのときにしか始まらない瞬間が遍在してるんだよ。ね、別乾坤《べつけんこん》でしょう（笑）。

だから、この六月から八月、竹橋で展覧会があるじゃないですか。最初は、あれをゴールかなと思ったけど、あれは通過点だなあという感じになってきた（笑）。

だけど本当に困ったもんで、本当に無意識なんですよ。何か新しいものが始まるときに、本当に宇宙、あるいは神がそこから始まるんだよね、たとえばこういうふうにして隣のことというか別の道に心を逸《そ》らすようにしてみるとね、エミリー・ディキンソンがこういうことをいうのね。智恵の実を食べてしまったアダムとイブが怖れて岩蔭に隠れるところが「創世記」にあるでしょう。エミリーの読書は、シェイクスピアと聖書だからね。そこでエミリーがいうのね。あのときアダムよりも怖れてさらに後ろに隠れたイブの心、裸のイブの心といったらいいな、ここを読むことがもっとも大事だと。そうすると、世界のひらけかたが変ってくるし、太古からの、とくに女の人の深い世界がひらけるよね。「神」はもう、それを知らないんだと、……。もしそういうことがあるんだとしたら、本当にそういうものが万象においてあり得るんだとしたら、それはどこかに必ずあるね。

自分の感受性とか精神とか知識みたいなものはもうほとんど信用できないからね。むしろその、ちょっとこの「ゔぁれりぃ」と平仮名で書いたときの恐ろしさみたいなもんだよね。そっちのほうがすごいな（笑）。それは、林浩平さんが「吉増は大野一雄の後継者だ」と指摘しておられたように、あるいは舞踏かもしれない。

だから、やっぱりキルケゴールとかボードレールとかネルヴァルとかポーとかとなると、幼少のころ聖書とぶつかって、どこかでそれほど、まあ洗礼は受けたけれども、どこかで見神体験なんて言い方をするけれども、幼いながら何かは感じたらしいということが、大分違うことだね。

片仮名表記の魔力

こうした片仮名筆記が始まって、最初は、こんなばかなこと、と思ってたのに、何かすごい宝の山だなあ。何かこう新しい蟲《むし》になったような感じでさ（笑）。「文字の蟲」になるというのよりも、蟲さんたちの運動本能に似たもの（反応）をヒトの本能にもみいだしながら、もっとヒトの行動、……「行動」というよりも僕はほとんど無意識に「仕草」「挙動」という言葉を使うのですが、そう、振舞い、舞いに近いような「仕草」「挙動」を筆記に持ちこもうとする不断のこころみのことですね。だから、石川九楊氏の「筆蝕」というのともすこしずれていって、もっと言語の本題の筋にさわっていくようなところがある。もちろんリズムも違うしさ、おもしろいんだよ。あんなことが楽しくなるとはなあ。

蟲なの。蟲になった感覚（笑）。そうそうそう。グレゴール・ザムザみたいに。カフカだって、書いてるときにくすくす笑って書いてたはずですよ。

普通に書いてるとおりやったら、やっぱり写経に近いからおもしろくないの。それで片仮名に直した。片仮名はひらがなにね。

吉本さんの文章五百四十篇を一回筆写しちゃって、もう一回やれという声が聞こえてきて、もう一回やってるときに、待てよ……片仮名でやろうか、って。

ね、変換し始めた。それ二年ぐらいかかったからさ、そういう時間も必要なのね。その苦しかった、つまらなかったら線引いて、そんな時間、そこは狂気かもしれない。そこを通過して初めて、あ、やべえなんてものになってくるんだよ（笑）。

だからキルケゴールなんかでもやっぱりああいう文体で書くというのはわかるな。ああじゃないとああいう思考は出てこないなあ。キルケゴールを読まなかったらカフカもリルケももしかしたらニーチェも存在しなかったのかも知れない、キルケゴールの生きた風のような文体と調子《トーン》ね。あそこにね、ぼくにとっての震源の一つがあって、もう幼いころからの「キルケゴール読書」はまだ止まないのね。ニーチェはもしかしたら、その延長なのかも知れませんね。おもしろいなあ。キルケゴールみたいなああいう思想家って、日本では出てこないだろうなあ。

僕は哲学書を結構読む。だけど、概念と知識とを積み重ねるんじゃなくて、瞬間瞬間の動きみたいなものでつかまえてるからさ。時にはハイデッガー、ドゥルーズ。だけどキルケゴールとニーチェは依然としてずーっとだな。すごいね。でもヘーゲル読んでみたら、結構おもしろいね。

大学で教えること

先生というのは、僕は、あんまり得手じゃない。それが作用してるのかもしれないけど、早稲田の政経が呼んでくださって、柳田國男がやったようなちょっと珍しい講座に高橋世織《たかはしせおり》さんが呼んでくれてね。

政経で、あれ二百人か三百人来るような科目なんだ。で、やってるうちにこっちも勉強していくからおもしろくなってくるうちに、ここがね、非常に私の変なところというかな、自分で完全に楽しようと思うんじゃないんだけども、その場で自分も聞きたいと思う。何かね、違う場をつくり出そうとして、先生をそこへ加えていく、対話していく、あるいは学生さんを教壇に引っ張り出していく。本当は大学は教授の講義を黙ってしっかりとノートをとって聞くことが正しい大学の授業の在り方で、僕もそれに憧れるし、授業の支度はぎっしりのメモ書きを配ったりする位。一心にやろうとはするのだけれども、どうしてもそうした講義をうしろめたいものと感ずる、わたくしには資格がないという心が働くのでしょうね、共同創造のような授業に向って行くのね。表面的には劇的みたいな感じの教室をつくろうとする。

　そうすると、いわゆる学校の制度的にいうと、それは困ることなの。困ることだから、早稲田のスターだった高橋世織教授が辞めてしまわれるようなところまで行きましたけどね、非常に困ったことをやるようなところまで行った、講義は柳田國男、折口信夫、石川啄木、エミリー・ディキンソンをとりあげてはいましたけど、早稲田の場合には六年間やって、次の年に慶應の「詩学講座」を一年ね。その講義録が、この七年間の大学でのことの集大成として『詩学講義　無限のエコー』という書物に結実をしています。堀内正規教授との出逢いが大きかったのね。生成していく教室だといい意味では言えるのだけれども、……。でも一生懸命やったから、なおのことそうだったのかもしれない。何かね、単純に上下関係を打ち破るだとか、教室の秩序を破るということだけじゃないの。

　その場で、といって劇的な何かをつくろうというんじゃないの。何か、うーん、自分の快楽みたいなことからいうと、違う関係をつくり出して聞いたり話したりしてるときに、本当にさっきのキルケゴールのその瞬間じゃないけども、はっと気がつくような、非常にいい時が訪れるの。それを導き入れようとして。それも成功したことが随分ありました。で、学生も育ちましたよ。だけど、制度的には実に困ったことで（笑）。

　それで、一回新聞記事になったことがあったけどね、こんなばかなことをやる、これは狂気に等しいけど。多摩美で「詩論」という講座を持った。結構人気があるからね、三百人ぐらい来るわけ。で、よーしと思ってさ、レポート出してもらって、そのレポートを、二百人位もいたかな、ホテルに泊まり込んで全部読んで、一人一人に全然違う出題をした。さすがにそのときは、学生もぶっ飛んだし、それを聞いた日経の記者さんが何か記事にしてくれましたけどね。

それ大変だった。大変だったけども、一人一人に違う試験問題を出すということをやった。一応レポートを読んでさ、とんでもないことばっかり言ってるんだよ。バイクに乗ってるようなやつばっかりじゃない。そのときどうしたぐらいのことしか言わないけども(笑)、一人一人に全部違う問題を出したというのは前代未聞だった。

それだから、あれが僕の手口というか、精神というか、それを代表してるな。もう決してあんな大変なことはやりませんけどね(笑)。

鮎川信夫賞の選考の仕事

それと似てるのは、鮎川信夫賞の選考というのがありましてね。これ、もう今年(二〇一六年)で七回目になるんだけども、最初は岡井《おかい》隆《たかし》さん、辻井《つじい》喬《たかし》さん、北川《きたがわ》透《とおる》*さんと僕だったの。四人でやってると、まあ充実した議論にはなります。それで決まりますけど、やっぱりいろんな思惑があったりなんかして。編集者もいるし周りもいるし。

そのうちに辻井さんが亡くなられて、岡井隆さんが辞退され、北川透さんと二人だけ残っちゃった。で、編集部、思潮社のほうでも、委員を補充するか、あるいは全部入れかえると思ってたの。そしたら、残った二人でやってくれと言うんだ（笑）。すごい大変、大変。大変だけども、めちゃ一生懸命読んだの。それで、二人で討論して。そうしないと責任が果たせないからね。

それと、何だろうなあ、終わってすぐ記者会見があるんですよ。で、記者会見も念頭に置いて。だから公開性。フェアネスよりも公開性。これだったら、全員に聞いてられても大丈夫だというところまで持っていかないといけないと思って。賞にある密閉性だけは打ち破ろうとした。だから、あれは大変だった。鮎川賞の選考過程で話題になっただけで、受賞しなくても喜んでる人がいる、って話を耳にして、ありがたいですね。本当にそう。だから、鮎川賞の場合には、あれだけ一生懸命やったから、それが伝わるからさ、何とかそこまで来たけども、まだ疲れてるよ（笑）。大変。それは、詩の世界に、まあ貧しい世界だけども、それに対する敬意だよね、あれはね。

「怪物君」の試み

「怪物君」のことね。四年半かかって、しかも雑誌に載せてもらえないと張り合いがないからさ。すぐ本として出すんじゃなくて。だから、故津田新吾氏夫人の鈴木英果さんを道連れにして、「みすず」での連載を始めてもらった。

幸い、守田《もりた》省吾《しょうご》編集長がページをくれると言ったのね。「みすず」があれだけのページを割《さ》いてくれるというのは破天荒なことでね。その最後の読み合わせは編集長も編集者の尾方邦雄《おがたくにお》さんも一緒にやってくれたんだって。さすがはみすず書房、すごいね、ぎりぎりまでやるね。

それで、もうぎりぎりのところまでやって、しかも、せっかくだから下に注をくっつけた。で、「ハンキョーランに書くこと、その責任が生じた」なんていうのをごたごたごたごた「裸のメモ」を書いてるわけですよ。

これ版面が小さいけど、原稿はもっとばかでかいのね。で、鈴木英果さんに一旦ワープロで打って組んでいただいたものを版面におさめるときに、これじゃあどうしようもない、じゃあ吉増さん、だけど念のため五〇％に縮小してみましょうかと英果さんが言って、縮小してみた。見える（笑）。行け、と言ってさ。そういうその瞬間の驚きみたいな

＊北川透――一九三五年生れ。詩人。文芸評論家。北村透谷、萩原朔太郎、中原中也らを論じるほか、同時代の詩にも批評的な眼差しを注ぎ続けている。詩集に『反河のはじまり』、『溶ける、目覚まし時計』など。

怪物君、*詩乃傍**（*Côtés*）で I

吉増剛造

アリス《（唖隣巣）》、アイリス《（愛栗鼠）》、赤、馬、赤、城、、、、、、
イシス《（石巣）》、イシ《（石）》、リス《（栗鼠）》、石狩乃香《イシ、カリノカ》、、、、、、
兎《（ウッ）》！　巨大ナ静カサ、乃、宇《（ウッ）》！

〃黄泉《（ヨミ）》、
　を《（緒）》、
　　折りたゝ《（多）》ム、、、、、、
　　　、シ〃

シ（死）乃、フルダゝミ、フルダゝミ、如何《どう》して、アンナニ、シン（芯）ヲサラシテ（晒シて）ホーリダサテ《手》タノ？　多乃？　多乃？

白《（ブラーンシュ＝*blanche*）》狼《ルー（*loup*）》、

「裸のメモの小声」──「わたくしにとっての3・11後の世界へ」をテーマ（*Theme*。ドイツ語。主題、題名）にと、朝日新聞（電子版）、現代詩手帖の依頼（or歩行への誘いorひ、（火）と）によって、こノ、……氷山ノヨーナモノは、い（う）ごきはじめることとなった。巣造りの蜘蛛が不図、迷ぅように粒焼くのを聞く。そぅ、……。日を継ぐようにして、そうして、「一足（脚）に近寄る、もう一足となるように、……言葉乃、網《アミ》を、……根垣（ネガキ？）のところで一針、一寸《スン》縫い合せるようにか。ほゞ、一年の「詩作」となる筈、──。題名は、おそらく変らず……。三千行、……「ハクハツ三千丈」乃生涯となるでしょう、……。はじめて読んで下さる方々に、ありがとうを。二〇一二年二月六日、石狩河口。*Temporary space* 札幌での二〇一二年のタイトルは「ノート君*」二〇一三年「怪物君」環「君」毛、永山則夫氏ト蕪村さん乃「北寿老仙」。二〇一四年「水機《ミツハタ》ヲル日《ヒ》、……」だった。

二〇一五年八月、一年が四年に。傍《ソバ》は折口信夫の「傍《ソバ》

下《を(緒)》り、
(サ死)掛《(か)》かったとき、
タノ《(多乃)》、タノ、
ユキ《(雪)》が、ンテ《(手)》、タ《(卵)》、ノ、ンテ《(手)》、タ《(卵)》、ノ《(乃)》、ンテアル、、、、、
リクゼンタカタノスナヤマノカケ、、、、、
、、、、、ケカノマヤナスノタカタンゼクリ
、、、、、巨《(オホ)》キ、樹木《(奈)(き)》、掻く手《(ティ)》、ハタライ、テ、、、、、イ、テ、、、、、
、、、、、テキ、ゼン、ジョーリ《(離)》、ク《(久)》、、、、、宇《(ウ)》、、、、、(テンテンハ、ソラノヨウセイノオシリ、オシリ、オシリ……、オリシ、オシ、シリ、オリシ、……)
アリス《(唖 隣 巣)》、アイリス《(愛 栗鼠)》、赤馬、赤城、、、、、オゝヌマノコテイヲ沈メ、セシウム、九五〇*becquerel*、コテイニ沈メ、オゝヌマノ、オ、奴―魔―乃、……
イシス《(石 巣)》、イシ《(石)》、リス《(栗鼠)》、石狩乃香《イシカリノカコ》、、、、、イシカリ乃、古、石狩乃、幽霊乃家、家、家……
兎《(ウッ)》! 巨大ナ静カサ、乃、宇《(ウッ)》! コ、ノ、ワクセイヲ(緒)ミヅ(水)伽、ワカレテイク、オリノ、シグサ(仕草)伽、がミヘテイタ、……イタヨ《(ま)》、イタゼ《(ミ)》

丘《ヲカ》」、與謝蕪村の「辺《ホトリ》」、無意識の紙裏《ウラ》に。吉本隆明氏『日時計篇』の「くちゃくちゃの日時計」の下地《シタ》乃野伽……この蜘蛛め(奴)の生ガイとなった。「日記性」「手紙性」「独言性《ヒトリゴト》」「親友《とも》の名」乃消えないように、残りますようにと心懸けラレた。二〇一五年八月十五日、箱根、強羅仮寓。

**「乃《ノ》」と「能《ノ》」について〝定家という人は三種類の「の」を使っているんですね。乃木大将の「乃」と丸っちいこの「の」とね、お蕎麦屋さんの「㐂」(能)を使っている……。〟吉本隆明氏発言『書 文字 アジア』(筑摩書房、一七八頁)。

わたくしたちには、きおくを燃やして仕舞う、空気を(緒)、に(仁)さわる、手乃、万象にさわる手乃に、なら(習)って、その息(いき)にさわる、そしてハンキョーランに書くこと、その責任が生じた、……。謳《ウ》、麻《マ》、零《レ》、タタ、……)。そして、燃やして灰となったものに、あらたなヒを傍らに近づけるようにするその航路を、ユメのなかにも、絶えず刻んで行く心、……ソコ仁、さらなるキョーランが生まれるのではないの(乃 or 能)ではないだろうか、……。

7 怪物君、詩乃傍(Côtés)で I

『怪物君』Iの冒頭(「みすず」2015年10月号)

のは、雑誌じゃないとできないね。いろんなことが言われると思いますけれども、とうとうここまで時間かかって、三・一一以後の言語の瓦礫《がれき》状態が出てきましたね。

でも、これに伴って、これまで「裸のメモ」としてあったものが、この詩の中に雪崩を打って入ってきた。地下の声みたいにね。プロンプターみたいにして入ってき始めた。これがおもしろいの。これが爆薬庫みたいな役割を果たし始めたな。

ただ、「朝日新聞」(電子版)の依頼で、「詩の傍(cotes)で」というタイトルにして四年前に始めたときには、決して活字化、書物化されないものとして、一回きりのものとしてあったはずなんです、本当はね。実際にこれは四年半にわたってほとんど発表もしてないし、ね。永遠にそれにしないという意味じゃなくて、注文されたら何かを出すという、そういうものを拒絶したということでしょうね。

世界の瓦礫状態のなかで

三・一一からちょうど十ヵ月位のときでしたが、「朝日新聞」の電子版からインタビュー受けて、そのときに記事にされるときに二つのポイントで言ったの。担当は赤田《あかだ》康和《やすかず》さん。一つはイェイツが言ったことで、自分の見る夢に責任を持たなきゃいけない。自分の見る夢に責任を持つ、さらにその夢をもっと追い詰めるような責任が詩人にはあるという。そのことが一つ。

もう一つは、ポール・ヴァレリーが言った言葉だけれども、詩というのは音と言葉の間みたいなもの、そういうところにあるんであって、この現状を前にしてそういうものを感じ取っていって、詩にしていくような努力をしなければいけない。途方もない努力をしなきゃいけない。その二人の名前を出してインタビューに答えました。

そのとき場所を指定して、石狩河口に行かせてもらった。雪の中の石狩河口。石狩河口というのは一種の廃棄物処理場みたいなところなんですよ。以前、その大河口に何ヵ月も坐りつづけるようにして「石狩シーツ」という大きな作品を書いたのが一九九五年でした。もっとも豊かな筈の、……アイヌの方々の神話では「イシカリ」は〝イシカリノカ〟――銀河なのね、アイヌの神様が親指でぐっと彫り込んだ姿が石狩川で、それが天に映ると銀河になるというヴィジョンの巣のような場所なのです。そこがいわば現代文明の最終処分場になってしまっている。それをもう決死で詩篇にしたという下地がありました、……。その巨大化がフクシマだった、……。イシカリももう瓦礫状態のところにある。いや、でもこの「がれき」という言い方も咄嗟に言い替えないといけないのね。決して一様ではない、ある豊かさといえないまでも、そこには名付けがたい多種多様性があるのね。廃船が据えられてててね。廃バスが並んでてね。

あと三・一一のときに決定的だったのは熊野新宮で「PUNCTUM TIMES」を出しつづけてられる寺本一生《てらもといっせい》さんでした。三・一一の直後に緊急出版を決断されたのです。寺本さんもあとマリリアさんも決死でした。

そういうところで既にそういうことをやり続けてきた。だから、突然この瓦礫状態があらわれてきたというよりも、世界の瓦礫状態みたいなところで常に詩を何か追い続けてきた私が、しかしやっぱり途方もないことが起こった、これに責任を持たなきゃいけない、やっぱりヴァレリーのように感じなきゃいけないということを新聞には言いました。

ヴァルター・ベンヤミンもまた、〝瓦礫を縫う〟といういい方をしていて……さっき「イシカリ」のところで「がれき」といいかえたようにベンヤミンの石の文化の「瓦礫」と、たとえば「イシカリ」の「がれき」は、その多様性からして決定的に違う筈です、その、もしかしたら気の遠くなるような「がれき」のまっただなかを縫うようにして歩いていく、そこを通じてしか新しい道はできないという言い方に変えないといけない。

それを次にわたくしなりに「詩作」の方に引きとるようにしていいますと、これはドゥルーズもよくいうことですが〝国語のなかで吃るということ、……〟あるいは〝言語をして吃らせること、……〟なのね。さらに傍に言語を揺らすようにして、傍点を打つ、ほとんど読みとれないような割注を通っていって〝文体を革新して〟ということはもう二十年以上も続けています。それに、そこにハングルも絵文字も空白も入って来て、「文体」ということから絵と音楽との接点も誕生して来ていてね、……。だからベンヤミンのいう「がれき」の極限的な縫目というか接点に「詩」をさらさなければならない、……。「詩」における「地点ゼロ」あるいは「氾濫状態」といえるのかも知れません。次にその音声化もかさなって、その延長にgozoCinéや「PUNCTUM TIMES」や「怪物君」が立ちあらわれてきたのでしょうね。実践ということ、あるいは盲目性ということもいえて、もうひとつ道元《どうげん》がこの「瓦礫」ということをいっていて、発音は宋音《そうおん》で「ぐゎりゃく」と読むのですが、こんなことをいっています。「古仏心《こぶつしん》」とは何かと問われてそれは「牆壁瓦礫《しやうへきぐわりやく》」だ、……と。つまり仏の心とはありのままの土壁瓦礫《つちかべぐわりやく》だったのだと、……僕は宋音で考えていたらしい道元にも惹かれるのですが、「がれき＝ぐゎりゃく」が、ありのままのかたちすがたをよくみれば、それぞれに多様かつ根源的な姿形に流動しているととります。

そうした「破砕状態」を生きて働く蟲さんが縫うようにして歩く、そうすることによって〝破壊／崩壊〟の言葉を創らなければいけないのかも知れませんね。新生が芽生えてくるんだという、そういう意味の、単純な「瓦礫」というんじゃなくて、そういう状態を指しつつ言ってることだと思いますね。

おわりに――記憶の底のヒミツ

　こうしたかたちで、聞いていただくということがなければ、生涯そのまま埋れて、……化石のように石の中に睡《ねむ》りつづけていたことでしょう生の事実を、剃刀《かみそり》かナイフで切り裂くようにして記憶を、……「記憶」というよりも記憶が、幽《かす》かになのだが、いまだに少しづつだけれどどうやら育っていっているらしいその途上に、剃刀やナイフを添えるようにすることが、本書において、叶えられたのだと思います。

　たとえば〝言葉を枯らす、……〟ということの言い方の底には〝歌〟への希求があったということ。ニーチェ『ツァラトゥストラ』と芭蕉さん『奥の細道』を同伴して、同行二人のように読んできたらしいということに気づいていた、……。添いとげたひと（マリリアさん）の深い感化について、……語りつつ、加筆をしつつ〝言葉を紡いでいきながら、……〟大切な糸瘤《いとこぶ》に、書く手の指先は触れていました、……。

「自伝」はこうして心の辺境を耕す、おもいがけない作業ともなってきました。「おわりに」にあたって、ひとつだけ、この機会にこのときでなければ語ることがむつかしかったであろうことを。対話相手（林浩平氏、山崎比呂志氏）の問いかけがあって初めて織ることになった花片《ハナギレ》にもにた、ヒミツに近いことを、……。じつは若年の頃これが「詩」だ、……

と直観したのが李白、バイロン等の丈夫《ますらお》、……or鬼才たちの、……瞬間の崖が立って、その崖の色までもありありとみえるという詩がもたらすものだったのです。ところが六〇年代の後半、とくに「変身」と題する長篇詩あたりから、「詩人」は男性から女性に変っていった。そのことは「詩作」の奥深くで行われたらしい〝変身〟であったらしいのです。ただ「詩作時」に次々咄嗟に生起していることはおそらく非常に、……「非常時性」ですよね、……ヒジョウニフクザツデ、吃音性、赤面恐怖症等々の幼年の傷口が、外国語化して行ったとき、「詩作」の途中でそれらもまた癒えつつあったのかもしれなかった、……。これもいま気付いたことです。この「外国語化」or「外語化」が、もともと性質としてあったらしい精霊信仰、シャーマン的なものとともにエスカレートして行きましたのが、わたくしの詩の筋道でした、……。ここでまた気が付くのですが、一九六〇年代後半から「文藝」を中心に「長篇詩」or「長篇自由詩」をという声が澎湃《ほうはい》として起こって、このスピリットが、いま二〇一六年二月で七十七歳になりますよします・ごうぞうの詩の心棒だったのだと断言できるのではないでしょうか。う-まん・りぶの隆盛も看過することは出来ないのですが、おそらくそれよりも傍に座る異人さん・マリリアさんの存在の言語、……そんざいのげんごとは判りにくいことですが、もともとの言語が揺れているマリリアさんの心の根源的な流浪性と本源的な女性性に非常な感化を受けて「女性化」の次に「憑依性」

が、そして次に「声」が、遥かな夜の底の方から聞こえだすようになりました。例証として、……これも、こうした言い方をしようとする「別の心」に少しく慄然とするのですが、……たとえば、一九七七年八月十五日に、気象通報に耳を澄まして、ほとんど一日で書きました「絵馬」という一千行に及ぶあの詩篇は、……〝あれはマリリアさんが詩作者だったのだ……〟この声が恐いように聞こえるところに辿り着いていました、……。この声もまた絶えず刻み込まれつづけているらしい心のちいさな傷口の手触りなのかも知れません、……。しかしこうして、〝書きつつ語る〟ことによって、初めて織りだされたらしい心が、たしかに存在していました。感謝を。(2016. 3. 2.)

年	出来事
1939（昭和14） 0歳	2月22日、東京都阿佐ヶ谷に生まれる。
1945（昭和20） 6歳	2月、空襲を避けて父の故郷の和歌山県海草郡川永村永穂（現・和歌山市）に疎開。空襲で和歌山市の中心部が燃え盛るのを眺めた記憶が残る。
1949（昭和24）10歳	教室で疎外され弟と共に拝島の私立啓明学園に転校。生まれて初めて詩を書いた。
1954（昭和29）15歳	都立立川高校に入学。漢文と世界史が得意科目。地学部に入り多摩川・秋川周辺を歩き回って化石採集に熱中する。
1957（昭和32）18歳	慶應義塾大学文学部に入学。下宿生活の開始とともに詩作を始める。渋谷のキャバレーでボーイとして働き、夜の巷に馴染む。
1958（昭和33）19歳	大学2年の時、岡田隆彦、井上輝夫らと知り合い「三田詩人」に参加。
1961（昭和36）22歳	大学を中退し「家出」しようと下宿に書置きを残して出奔。「釜ヶ崎」のドヤ街に二畳間を借りて3ヵ月ほど暮らす。
1963（昭和38）24歳	「三田詩人」から分かれた詩誌「ドラムカン」創刊に参加。3月、慶應義塾大学国文科卒業。
1964（昭和39）25歳	三彩社に入社し美術雑誌「三彩」を編集。第一詩集『出発』（新芸術社）
1968（昭和43）29歳	新しい時代の代表的詩人のひとりとして注目され、「現代詩手帖」「三田文学」「中央大学新聞」などを中心に多数の詩を発表。年末に三彩社を退社。
1970（昭和45）31歳	田村隆一の推薦によりアメリカのアイオワ大学国際創作科に招待され半年間の滞在。創作科メンバーらとのバス旅行の際にマリリアと出会う。詩集『黄金詩篇』（思潮社）で第1回高見順賞受賞。
1971（昭和46）32歳	マリリアと11月17日に挙式。媒酌人は田村隆一夫妻。詩集『頭脳の塔』（青地社）
1972（昭和47）33歳	白石かずこや諏訪優らとともに詩の朗読でジャズミュージシャンと共演する機会が増える。
1973（昭和48）34歳	詩集『王國』（河出書房新社）
1974（昭和49）35歳	1月、マリリアの里帰りに同行、初めてブラジルを訪ねる。帰途パリやフィレンツェに立ち寄る。詩集『わが悪魔祓い』（青土社）。散文集『朝の手紙』（小沢書店）
1976（昭和51）37歳	このころよりほぼ毎年、集英社の新福正武の斡旋により四校を回る高校講演会のため全国に赴く。散文集『わたしは燃えたつ蜃気楼』（小沢書店）

年譜

1977（昭和52）38歳	住まいを代々木から目黒区駒場に移す。**詩集『草書で書かれた、川』**（思潮社）
1978（昭和53）39歳	4月、中上健次が主催した新宮での「部落青年文化会」で講演。夏に恐山への旅。**散文集『太陽の川』**（小沢書店）
1979（昭和54）40歳	9月より翌年4月まで、ミシガン州立オークランド大学客員助教授としてデトロイト郊外に滞在する。**詩集『熱風』**（中央公論社・歴程賞受賞）。**詩集『青空』**（河出書房新社）
1981（昭和56）42歳	駒場の家をベースキャンプとして東京の街を歩行する過程で文芸誌「海」に連載の詩が書かれる。**詩集『静かな場所』**（書肆山田）。**散文集『螺旋形を想像せよ』**（小沢書店）
1982（昭和57）43歳	柴田南雄作曲の合唱曲作品「布瑠部由良由良」公演に出演。「地獄のスケッチブック」を朗読。共演する島尾ミホ、介添役の敏雄夫妻と出会う。
1983（昭和58）44歳	「北ノ朗唱」に参加、北海道の詩人や美術家たちと各地を巡り朗読。以後5年間続く。**詩集『大病院脇に聳えたつ一本の巨樹への手紙』**（中央公論社）
1984（昭和59）45歳	4月、この年から90年まで多摩美術大学の講師を務める。**詩集『オシリス、石ノ神』**（思潮社・第2回現代詩花椿賞受賞）
1986（昭和61）47歳	2月、矢口哲男斡旋による奄美でのマリリア公演に同行し奄美との劇的な出会いを経験する。**エッセイ集『緑の都市、かがやく銀』**（小沢書店）
1987（昭和62）48歳	4月より城西大学女子短大部客員教授。**『打ち震えていく時間』**（思潮社）。**『透谷ノート』**（小沢書店）
1988（昭和63）49歳	1月27日、父一馬逝去（82歳）。5月、駒場から八王子市加住町に転居。
1989（平成元）50歳	夏、雑誌「太陽」の取材で、俳人山頭火の足跡を追って山口、九州、松山への旅。11月、国際交流基金による派遣でベルギー、インド、バングラデシュへの講演旅行。**『スコットランド紀行』**（書肆山田）
1990（平成2）51歳	1月、初めての写真展「アフンルパルへ」を広尾のギャラリヴェリタで開催。このころより沖縄、奄美への旅が頻繁になる。**詩集『螺旋歌』**（河出書房新社・詩歌文学館賞受賞）
1991（平成3）52歳	3月、ロスアンジェルス、アリゾナ、フェニックスへの旅。ネイティヴアメリカン居留区の砂漠で今福龍太と対話。5月、ニューヨークでジョナス・メカスと出会う。

	８月、メカスを日本に迎えて帯広、山形、新宿などで様々なイベントを行う。「メカス日本日記の会」を結成。
1992（平成4）53歳	３月、サンパウロ大学客員教授として２年間のブラジル滞在。日本文化研究所で柳田國男、折口信夫、島尾敏雄などを講義する。『慈悲心鳥がバサバサと骨の羽を拡げてくる』（書肆山田）。『死の舟』（書肆山田）
1993（平成5）54歳	10月、映画祭に招待されたジョナス・メカスとサンパウロで会う。
1994（平成6）55歳	１月、ブラジルより帰国。夏、石狩河口から夕張まで遡行の旅。夕張の廃坑前で偶然二重露光映像を撮影、以後二重露光撮影を試みる。NHK-BS2「現代詩実験室」に出演、大野一雄と釧路湿原で共演。
1995（平成7）56歳	NHK教育テレビ「ETV特集・芸術家との対話」で大野一雄と島尾ミホ、荒木経惟とジョナス・メカスをゲストに迎えて対話。詩集『花火の家の入口で』（青土社）。朗読CD『石狩シーツ』（アンジェリカハウス）
1996（平成8）57歳	NHK教育テレビ「未来潮流・メカスOKINAWA・TOKYO思索紀行」に出演、ジョナス・メカスと東京と沖縄で対話。夏、東京日の出町の森のゴミ処分場建設問題に関する若林奮のプロジェクトに「緑の森の一角獣座」と命名。10月、NHKテレビ番組の取材のためマリリアと共にブラジルに３週間滞在。「わが心の旅」は11月、「ETV特集・知られざる俳句王国ブラジル」は翌年１月に放送。12月、NHKテレビ「未来潮流　盤上の海　詩の宇宙」で羽生善治と対談。
1997（平成9）58歳	２月26日、岡田隆彦逝去。３月、パリに招待されてブック・フェアで朗読。９月、NHKテレビの取材で山頭火と尾崎放哉の足跡を追う。「ETV特集・漂泊を生きた詩人たち」。10月、映画監督アレクサンドル・ソクーロフと宮古、石垣島、那覇を旅する。羽生善治との対談集『盤上の海、詩の宇宙』（河出書房新社）
1998（平成10）59歳	２月、写真展「鯨、疲れた、……」をギャラリヴェリタで開催。８月26日、田村隆一逝去。葬儀委員長を務める。９月、川口現代美術館で吉増剛造写真・銅板展「水邊の言語オブジェ」を開催。10月、NHKハイビジョン番組「四国八十八か所」に出演し高知の四つの札所を巡る。12月、日中国際芸術祭『今天』20周年イベントで朗読。北島、芒克と共演。市村弘正との対談集『この時代の縁〔へり〕で』（平凡社）。詩集『「雪の島」あるいは「エミリーの幽霊」』（集英社）

1999（平成11）60歳	「アサヒグラフ」にポラロイド写真と言葉の作品を連載開始。９月、NHKテレビ新日曜美術館「空海と密教美術」にスタジオゲストで出演。同月、ソクーロフと奄美に。島尾ミホ主演の映画「ドルチェ――優しく」撮影のため。対談集『はるみずのうみ――たんぽぽとたんぷぷ』（矢立出版）。評論集『生涯は夢の中径――折口信夫と歩行』（思潮社）
2000（平成12）61歳	フランスを訪問、各地で朗読と講演。ジャン＝リュック・ナンシーと出会う。８月、NHKハイビジョン番組「アーティストたちの挑戦」で二重露光写真をテーマに出演。９月、写真展「パランプセストの庭」を渋谷のロゴスギャラリーで開催。『賢治の音楽室』（小学館）。『ことばの古里、ふるさと福生』（矢立出版）
2001（平成13）62歳	フランスを訪問、パリ日本文化館、リヨン第三大学で講演。日本大使館公邸で写真展。詩誌「PO&SIE」が吉増特集。同月、NHK教育テレビ「ラジオ第二放送開始70周年記念」番組に出演、『熱風』を朗読する。『燃えあがる映画小屋』（青土社）。『ドルチェ―優しく――映像と言語、新たな出会い』（岩波書店）。『剝きだしの野の花――詩から世界へ』（岩波書店）
2002（平成14）63歳	２月、ポラロイドギャラリーでポラロイド写真展「瞬間のエクリチュール」開催。３月、フランス訪問。リヨン第三大学で集中講義。ギャルリ・マルティネスで写真展。４月９日、安東次男逝去。葬儀で弔辞を読む。11月、うらわ美術館の「融点・詩と彫刻による」で若林奮とのコラボレーション。『ブラジル日記』（書肆山田）。詩集『The Other Voice』（思潮社）
2003（平成15）64歳	４月、早稲田大学政経学部にて言語表象論を担当。同月、紫綬褒章受章。６月、城西国際大学水田美術館で写真展「一滴の光　1984―2003」。９月、ニューヨークのロケーション・ワンでワークショップと展覧会。近くのツインタワー跡に立つ。旧友のジョナス・メカスと再会。10月10日、若林奮逝去。11月、青山ブックセンターで写真展「ヒカリノオチバ」。同月、新宿フォトグラファーズ・ギャラリーで写真展「詩ノ汐ノ穴」。『詩をポケットに』（日本放送出版協会）
2004（平成16）65歳	３月、奄美から沖縄を旅して『ごろごろ』を書き下ろす試みを行なう。10月、アイオワ大学国際創作科に三十数年ぶりに招かれて滞在。長篇詩『ごろごろ』（毎日新聞社）

2005（平成17）66歳	３月、イタリアのローマとフィレンツェで訳詩集『The Other Voice/L'ALTRA VOCE』（LIBRI SCHEIWILLER社）の刊行記念のイベント。10月、フランスで写真集『A Drop of Light』（Fage Editions社）を刊行。高銀（コ・ウン）との対論集『「アジア」の渚で』（藤原書店）。詩集『天上ノ蛇、紫のハナ』（集英社）。写真集『In-between 11　アイルランド』（EU・ジャパンフェスト日本委員会）
2006（平成18）67歳	３月、NHK教育テレビ「知るを楽しむ」の「柳田國男　詩人の魂」に出演。５月、學燈社「國文學」５月臨時増刊号「吉増剛造——黄金の象」刊行。７月、初めてのgozoCiné作品「まいまいず井戸」を撮影。８月、ポレポレ東中野にて吉増主演の映画「島ノ唄」（伊藤憲監督）の公開。12月、「與門〔よもん〕会」を始める。第一回目のゲストは山口昌男。詩集『何処にもない木』（試論社）。今福龍太との対話集『アーキペラゴ——群島としての世界へ』（岩波書店）。関口涼子との共著『機〔はた〕——ともに震える言葉』（書肆山田）
2007（平成19）68歳	３月25日、長年の交友があった島尾ミホが逝去。追悼文を綴る。９月、母悦の初めての著書『ふっさっ子剛造』が矢立出版より刊行される。10月、gozoCinéの新作「鏡花フィルム」四部作のシナリオメモが「現代思想」10月臨時増刊号に掲載される。朗読CD『死人』（JINYA DISC）
2008（平成20）69歳	６月より北海道立文学館にて、「詩の黄金の庭　吉増剛造」展を開催。８月、日本近代文学館の「夏の文学教室」のために「芥川龍之介フィルム——Kappa」を撮り下ろす。10月、ブラジルへの小旅行。詩集・写真集『表紙omote-gami』（思潮社・第50回毎日芸術賞受賞）
2009（平成21）70歳	２月、青山ブックセンターにて、『キセキ』刊行記念のトーク。３月、ストラスブール大学主催の「検閲、自己検閲、タブー」をめぐる学会で講演。その後フランス各地を旅してアイルランドに渡り、イェイツのCinéを撮影する。５月、萬鉄五郎記念美術館の企画でCinéを３本制作する。10月、山形国際ドキュメンタリー映画祭に審査員として参加する。DVD書籍『キセキ——gozoCiné』（オシリス）。『静かなアメリカ』（書肆山田）
2010（平成22）71歳	東京都写真美術館での第２回恵比寿映像祭にて、gozo Cinéの上映と講演。アメリカの東海岸への旅。エミリー・ディキンソンの家を訪ねてCiné「エミリー film」を

	制作する。6月、銀座BLDギャラリーにて写真展。慶應大学日吉キャンパスにて舞踏家笠井叡とコラボレーション。写真集『盲いた黄金の庭』（岩波書店）。樋口良澄との共著『木浦通信』（矢立出版）
2011（平成23）72歳	3月11日、大地震発生のときは神楽坂のカフェ2階にて「アイデア」誌の取材中。その後、高見順賞授賞式の予定会場のホテルメトロポリタンエドモントに移動。月末にはアメリカ旅行へ。ワッツ・タワーやフェニックスを巡りCinéを制作する。6月、アメリカの東海岸を旅して、メルヴィルを主題としたCinéなどを制作。7月と8月、ポレポレ東中野にて「予告する光 gozoCiné」と題して、52作品を一挙上映。10月、世田谷文学館の萩原朔太郎展の特別イベントとして、参加者と共に下北沢をフィールドワーク。詩集『裸のメモ』（書肆山田）
2012（平成24）73歳	1月、朝日新聞電子版にて「3・11後の詩」特集で取材を受け、「詩の傍（cotes）で」と題して詩作（後の「怪物君」）が始まる。3月、パリでのブックフェアに大江健三郎ら日本の作家とともに参加。5月までマルセイユに滞在。9月、大友良英、鈴木昭男とともに、アメリカ・カナダ巡回公演に参加、各地でセッションを行なう。『詩学講義　無限のエコー』（慶應義塾大学出版会）
2013（平成25）74歳	2月、北上市の日本現代詩歌文学館にて、笠井叡との座談とコラボレーション。5月、旭日小綬章を受ける。小樽文学館での瀧口修造展のオープニングで講演。小樽時代の瀧口について語る。7月、ロンドンでの「As Though Tattooing on My Mind」展に出席。花巻・萬鉄五郎記念美術館での瀧口修造展で講演。8月、日本近代文学館「夏の文学教室」にて吉本隆明について講演とCinéの上映。11月、文化功労者に選ばれる。倉敷での浦上玉堂シンポジウムに出席、玉堂Cinéを制作。12月、足利市立美術館での瀧口修造展にて講演。福生市民栄誉章を受ける。
2014（平成26）75歳	7月、岡山県立美術館にて浦上玉堂の「凍雲篩雪図」（国宝）を撮影して、Cinéを制作。10月、花巻の街かど美術館2014アート@つちざわに、「怪物君」70作を出品。12月、青森県美術館「縄目の詩、石ノ柵」展にCinéと「怪物君」十数作を出展。札幌のTEMPORARY SPACEにて「水機ヲル日、……」展。
2015（平成27）76歳	3月、日本芸術院賞と恩賜賞を受ける。三田文学会理事長に就任する。6月、足立正生監督『断食芸人』に本人

	役で出演。9月、北海道立文学館にて川端香男里と「川端康成と戦後日本」と題して対談。10月、県立神奈川近代文学館にて柳田國男について講演。11月、世田谷文学館にて大岡信について講演。神奈川県立近代美術館（葉山）の若林奮展にて、酒井忠康と対談。12月、日本芸術院会員に選出される。
2016（平成28）77歳	1月、CSテレビ「gozo 京都の四季」の冬篇の撮影で京都各地をロケ。一年間の撮影が終了。6月、東京国立近代美術館にて、「声ノマ　全身詩人、吉増剛造展」が開催される。

講談社現代新書 2364

我《わ》が詩《し》的《てき》自《じ》伝《でん》 素手《すで》で焔《ほのお》をつかみとれ！

二〇一六年四月二〇日第一刷発行

著者 吉《よし》増《ます》剛《ごう》造《ぞう》 © Gozo Yoshimasu 2016

発行者 鈴木 哲

発行所 株式会社講談社

東京都文京区音羽二丁目一二―二一 郵便番号一一二―八〇〇一

電話 〇三―五三九五―三五二一 編集（現代新書）

〇三―五三九五―四四一五 販売

〇三―五三九五―三六一五 業務

装幀者 中島英樹

印刷所 大日本印刷株式会社

製本所 株式会社大進堂

定価はカバーに表示してあります Printed in Japan

N.D.C.911 323p 18cm

ISBN978-4-06-288364-1

「講談社現代新書」の刊行にあたって

教養は万人が身をもって養い創造すべきものであって、一部の専門家の占有物として、ただ一方的に人々の手もとに配布され伝達されうるものではありません。

しかし、不幸にしてわが国の現状では、教養の重要な養いとなるべき書物は、ほとんど講壇からの天下りや単なる解説に終始し、知識技術を真剣に希求する青少年・学生・一般民衆の根本的な疑問や興味は、けっして十分に答えられ、解きほぐされ、手引きされることがありません。万人の内奥から発した真正の教養への芽ばえが、こうして放置され、むなしく滅びさる運命にゆだねられているのです。

このことは、中・高校だけで教育をおわる人々の成長をはばんでいるだけでなく、大学に進んだり、インテリと目されたりする人々の精神力の健康さえもむしばみ、わが国の文化の実質をまことに脆弱なものにしています。単なる博識以上の根強い思索力・判断力、および確かな技術にささえられた教養を必要とする日本の将来にとって、これは真剣に憂慮されなければならない事態であるといわなければなりません。

わたしたちの「講談社現代新書」は、この事態の克服を意図して計画されたものです。これによってわたしたちは、講壇からの天下りでもなく、単なる解説書でもない、もっぱら万人の魂に生ずる初発的かつ根本的な問題をとらえ、掘り起こし、手引きし、しかも最新の知識への展望を万人に確立させる書物を、新しく世の中に送り出したいと念願しています。

わたしたちは、創業以来民衆を対象とする啓蒙の仕事に専心してきた講談社にとって、これこそもっともふさわしい課題であり、伝統ある出版社としての義務でもあると考えているのです。

一九六四年四月　野間省一

文学

2 光源氏の一生——池田弥三郎
180 美しい日本の私——川端康成 サイデンステッカー
1026 漢詩の名句・名吟——村上哲見
1208 王朝貴族物語——山口博
1501 アメリカ文学のレッスン——柴田元幸
1667 悪女入門——鹿島茂
1708 きむら式 童話のつくり方——木村裕一
1743 漱石と三人の読者——石原千秋
1841 知ってる古文の知らない魅力——鈴木健一
2029 決定版 一億人の俳句入門 長谷川櫂
2071 村上春樹を読みつくす 小山鉄郎
2129 物語論——木村俊介
2175 戦後文学は生きている 海老坂武
2209 今を生きるための現代詩 渡邊十絲子
2255 世界の読者に伝えるということ——河野至恩

M

哲学・思想Ⅰ

66 哲学のすすめ——岩崎武雄
159 弁証法はどういう科学か 三浦つとむ
501 ニーチェとの対話——西尾幹二
871 言葉と無意識——丸山圭三郎
898 はじめての構造主義 橋爪大三郎
916 哲学入門一歩前——廣松渉
921 現代思想を読む事典 今村仁司 編
977 哲学の歴史——新田義弘
989 ミシェル・フーコー 内田隆三
1001 今こそマルクスを読み返す 廣松渉
1286 哲学の謎——野矢茂樹
1293 「時間」を哲学する——中島義道
1315 じぶん・この不思議な存在—鷲田清一
1357 新しいヘーゲル——長谷川宏
1383 カントの人間学——中島義道
1401 これがニーチェだ——永井均
1420 無限論の教室——野矢茂樹
1466 ゲーデルの哲学——高橋昌一郎
1575 動物化するポストモダン 東浩紀
1582 ロボットの心——柴田正良
1600 ハイデガー＝存在神秘の哲学——古東哲明
1635 これが現象学だ——谷徹
1638 時間は実在するか 入不二基義
1675 ウィトゲンシュタインはこう考えた 鬼界彰夫
1783 スピノザの世界——上野修
1839 読む哲学事典——田島正樹
1948 理性の限界——高橋昌一郎
1957 リアルのゆくえ——大塚英志 東浩紀
1996 今こそアーレントを読み直す——仲正昌樹
2004 はじめての言語ゲーム——橋爪大三郎
2048 知性の限界——高橋昌一郎
2050 超解読！ はじめてのヘーゲル『精神現象学』 竹田青嗣 西研
2084 はじめての政治哲学 小川仁志
2099 超解読！ はじめてのカント『純粋理性批判』 竹田青嗣
2153 感性の限界——高橋昌一郎
2169 超解読！ はじめてのフッサール『現象学の理念』——竹田青嗣
2185 死別の悲しみに向き合う——坂口幸弘
2279 マックス・ウェーバーを読む——仲正昌樹

Ⓐ

哲学・思想Ⅱ

世界史Ｉ

834 ユダヤ人——上田和夫
934 大英帝国——長島伸一
968 ローマはなぜ滅んだか 弓削達
1017 ハプスブルク家——江村洋
1080 ユダヤ人とドイツ——大澤武男
1088 ヨーロッパ「近代」の終焉——山本雅男
1097 オスマン帝国——鈴木董
1151 ハプスブルク家の女たち 江村洋
1249 ヒトラーとユダヤ人 大澤武男
1252 ロスチャイルド家 横山三四郎
1282 戦うハプスブルク家 菊池良生
1283 イギリス王室物語——小林章夫

1306 モンゴル帝国の興亡〈上〉——杉山正明
1307 モンゴル帝国の興亡〈下〉——杉山正明
1321 聖書vs.世界史——岡崎勝世
1366 新書アフリカ史——宮本正興 松田素二 編
1442 メディチ家——森田義之
1470 中世シチリア王国——高山博
1486 エリザベスI世——青木道彦
1572 ユダヤ人とローマ帝国 大澤武男
1587 傭兵の二千年史——菊池良生
1588 現代アラブの社会思想 池内恵
1664 新書ヨーロッパ史 中世篇 堀越孝一 編
1673 神聖ローマ帝国——菊池良生
1687 世界史とヨーロッパ 岡崎勝世

1705 魔女とカルトのドイツ史——浜本隆志
1712 宗教改革の真実——永田諒一
1820 スペイン巡礼史——関哲行
2005 カペー朝——佐藤賢一
2070 イギリス近代史講義——川北稔
2096 モーツァルトを「造った」男——小宮正安
2189 世界史の中のパレスチナ問題 臼杵陽
2281 ヴァロワ朝——佐藤賢一

世界史Ⅱ

日本史

世界の言語・文化・地理

心理・精神医学

宗教